# 风有约，花不误

田秀娟 著

台海出版社

图书在版编目（CIP）数据

风有约，花不误 / 田秀娟著 . -- 北京：台海出版社，2021.7
ISBN 978-7-5168-3066-6

Ⅰ．①风… Ⅱ．①田… Ⅲ．①散文集－中国－当代 Ⅳ．① I267

中国版本图书馆 CIP 数据核字（2021）第 139404 号

## 风有约，花不误

著　　者：田秀娟

出 版 人：蔡　旭
责任编辑：姚红梅
封面设计：中尚图

出版发行：台海出版社
地　　址：北京市东城区景山东街 20 号　　邮政编码：100009
电　　话：010-64041652（发行，邮购）
传　　真：010-84045799（总编室）
网　　址：www.taimeng.org.cn/thcbs/default.htm
E - m a i l：thcbs@126.com

经　　销：全国各地新华书店
印　　刷：天津中印联印务有限公司
本书如有破损、缺页、装订错误，请与本社联系调换

开　　本：710 毫米×1000 毫米　　1/16
字　　数：240 千字　　　　　　印　　张：19
版　　次：2021 年 7 月第 1 版
印　　次：2021 年 7 月第 1 次印刷
书　　号：ISBN 978-7-5168-3066-6

定　　价：59.00 元

# 序

曾经看过这样一个故事。

法国有一位名叫薛瓦勒的乡村邮差，每天徒步奔走在乡村之间。有一天，他在崎岖的山路上被一块石头绊倒了。他突然发现，绊倒他的那块石头样子十分奇异。他拾起那块石头，左看右看，有些爱不释手。于是，他把那块石头放在了自己的邮包里。

他回家后疲惫地躺在床上，突然产生一个念头，如果用这样的石头建筑一座城堡，那将是多么美丽。于是，他每天推着独轮车送信，只要发现中意的石头，就会装上独轮车带回。

从此，他再也没有过上一天安闲的日子，不停地寻找石头，运输石头，堆积石头。白天，他是一个邮差和运输石头的苦力；晚上，他又是一个建筑师，按照自己天马行空的想象来构造自己的城堡。

二十多年以后，在他的偏僻住处，出现了许多错落有致的城堡。

现在，这个城堡成为法国最著名的风景旅游点之一，它的名字就叫"邮递员薛瓦勒之理想宫"。在城堡的石块上，薛瓦勒当年的许多刻痕还清晰可见，有一句就刻在入口处一块石头上："我想知道一块有了愿望的石头能走多远。"据说，这就是那块绊倒过薛瓦勒的石头。

当一块石头有了愿望时，它就不再是一块普通的石头。

而我，就是一块有愿望的石头。

爱好文字，由来已久，我的素材与灵感大多源于父亲。

我的父亲是一名普通工人，因家贫，只读了几年书。他极爱花，会织毛衣，会画画，会拉二胡，会拉手风琴，还会讲故事。他种花，种树，给花嫁接，给果树嫁接。一棵路边的"臭蒿子"，经父亲嫁接后，开出的菊花硕大肥美；一株仙人掌，经他嫁接后，开出粉红色的蟹爪莲；一棵月季，经他嫁接后，能开出五六种颜色的花。幼时，我家的房子是破旧的，但窗前花开成海，蜂飞蝶舞。父亲给毛桃树嫁接上雪桃，寒风凛冽的冬天，院子里的桃树上，长着又大又红的桃子。父亲还突发奇想要给院里的槐树嫁接上月季，虽然没有成功，但是只要想一想，或红或粉或白的月季花，开在一棵大槐树上，我就忍不住笑出声来，那该是多么美好的画面呀！

漫长的冬夜，一家人围坐灯下搓玉米，父亲给我们讲故事，有历史故事，有我家祖上的故事，还有身边人的故事。父亲讲，我家祖上开着一家银号，后来衰落。父亲讲，我的姑奶奶十八岁，凭媒妁之言，嫁到邻村。姑爷爷去当兵，后来做了军官，曾经给家里写来一封信，让姑奶奶带着孩子去部队找他。这封信被姑奶奶的婆婆足足压了五年。姑奶奶守寡五十四年，至死没有再见过姑爷爷，而他就在国内的一个城市安家落户。现实为什么不像电影、电视剧里演的那样美好？我替姑奶奶打抱不平，无数次在心里为她改写命运。

我渴望记录，渴望表达。

我像乡村邮差薛瓦勒一样，不停地寻找石头，运输石头，堆积石头，用文字构筑我的城堡，我的"理想宫"。

因了一颗感恩的心，如父亲种花一样，我的文字也开出一朵朵稚嫩的小花。

生活是平庸的、素朴的，但是，因了文字，平凡的日子有了光。

父亲八十三岁，母亲八十二岁。父亲的耳朵越来越聋，和他说话，需要贴近他的耳朵大声吼。每次回家，父亲总是神情严肃地对我们说，我这记性，越来越差了，有一天会不会变傻？母亲的牙齿快掉光了，背驼得像一张弓。父母一天天老去。我心里明白，只是不说，假装天还长，地还久，岁月未曾老。我进门，还能叫一声"爸"，再叫一声"娘"，有人应着，我就是天底下最幸福的人。

世界上，没有永远。

我想像父亲嫁接花朵一样，把生活中那些细碎的温情与美好，付诸文字，储存于一本书中，任花绽枝头，花香氤氲。这是我多年的愿望，我的"理想宫"，也是我向父亲许下的诺言。

唯愿，风有约，花不误。岁岁如此，永不相负。

感恩遇见！

# 目录

辑一

风有约，花不误

就像花儿开过，风会记得一样。这个世上，总有人会记得擦肩而过的温暖。

**辑二**

## 愿与草木饮清茶

做一朵花吧，做一棵草吧，静静生长，淡淡欢喜。即使做不了花，也做不了草，那就去和花草共饮一杯清香的茶吧。

辑三

踮起脚尖来爱你

那一刻，她终于知道，所谓父亲，就是那个
永远踮起脚尖来疼她爱她的人。

## 辑四

**给平凡的日子嫁接诗和远方**

感谢父亲，在我们年少时，不仅嫁接了花朵，嫁接了果树，也给贫瘠的生活嫁接上了美好、希望，还有诗和远方。

# 辑五

## 有花开，就有美好在

有花开，就有美好在呢。透过那金黄色的喇叭形的花朵，我仿佛看到了幸福和胜利，在冲着他招手。

# 辑一
# 风有约，花不误

就像花儿开过，风会记得一样。这个世上，总有人会记得擦肩而过的温暖。

## 请和我门外的花坐一会儿

小区的门卫老李爱养花。

人们出入小区路过值班室时，总会不由自主地停下车或脚步，看一看里面的花，紧锁的眉头慢慢开始舒展，脸上有了笑意。抱小孩的人走到门口，总是指着屋里的花，笑着对孩子说，看看爷爷养的花多好看。

这些年，小区里的门卫走马灯似的换了一波又一波。有和小区业主吵架被炒鱿鱼的，有嫌夜间值班辛苦离开的，还有和其他门卫老头处不来离开的。

只有老李，一直都在，就像小区里的一个标志。

老李今年六十多岁，瘦高，有点驼背，细长的眼睛，整天笑眯眯的，说话慢条斯理。不管进出小区的人态度多么蛮横，车辆多么急吼吼，他都不急不躁，说话慢言细语，让人如沐春风。

物业公司管理消防通道乱停车的情况。老李他们几个门卫老头，轮换着在消防通道附近蹲守，看见乱停车的，赶紧制止。遇上胡搅蛮缠的车主，再赶上脾气火暴的门卫老头，争吵是避免不了的。但这样的事，从未在老李身上发生过。

傍晚，我开车回来，老李正坐在我家车库前，守着消防通道值班。他指着汽车右轮胎说："这个轮胎有点气不足，抽空去打点气吧。"我随口应着，停好车，跟他聊了几句。

问他："晚上老值夜班，辛苦吧？"他乐呵呵地答："辛苦啥？人老了，本来就觉少。"我夸他脾气好，他说："人嘛，不能老想着自己，多为别人着想，吃点亏，心里舒坦。"

老李没来小区之前，门卫值班室里光秃秃的，除了几个"大烟枪"在里面喷云吐雾之外，就是床上有一两套脏兮兮的被褥，还有桌子上胡乱地放着几个半旧的搪瓷缸子和几个罐头瓶子。推门进去，立刻被一股颓败的气息所包围。

自打老李来了以后，门卫值班室里的四面玻璃明显亮了，屋内的花花草草多了起来。没什么名贵的花，就是吊兰、文竹、绿萝、蟹爪莲什么的，还有太阳花，我们都管它叫"死不了"。花盆也都是业主们废弃不用的，被老李拾来，派上了用场。也不知道老李给花上了什么肥料，那些花就像一群正在发育的孩子，都憋足了劲儿地长。那些茎蔓，在玻璃窗上缠缠绕绕，还觉得不过瘾，最后都顺着绳子淘气地爬到屋顶上。屋里的衣架上，挂着用矿泉水瓶水培的吊兰和绿萝。矿泉水瓶经过精心修剪，拿绳子穿好，很有点艺术气息。

老李有一个发小，姓朱。老朱隔三岔五就来看老李，拎着酒、花生米，还有自己卤的猪蹄，外加一捆自家院子里长的青菜。说起和老李的交情，老朱说，那是换命之交。年轻的时候，他们去给生产队跑业务，老朱不小心弄丢了生产队的五元钱。五元钱在那时是什么概念，现在的人可能不理解。但是，当时的老朱欲哭无泪，甚至都想投河自尽。是老李给人家黑天白夜地扛了几天沙子水泥，挣回了五元钱，交到了老朱手上。

我以为老李一定有一个幸福的家庭，一个贤惠能干的老伴，两三个事业有成的孩子，有孙子或孙女欢绕膝下。

其实不尽然。

老李唯一的儿子，以前是跑货车的。没料想，出了一次车祸，钱赔进去不少。现在，转行做了小生意。"人没事就好！有钱多花，没钱少花。"老李很知足。

几年前，老李的儿媳妇突发心梗意外离世，留下两个孩子。老李和老伴一把屎一把尿带大了两个孙子。"大孙子十二岁了，可能吃啦！他奶奶做的手擀面，能连着吃三大碗。"老李用手比画着碗的大小，眼里蓄着欢喜的波。老李最得意的就是他的两个孙子，宝贝疙瘩一样。他盼着儿子能再娶个善良贤惠的媳妇，一家人和和睦睦过日子。

我出差，朋友打电话来，说已经到了我家小区门口，从老家给我带来了蜂蜜。我让他把蜂蜜放在小区门卫值班室，给老李就行。几天后，我回来，在小区门口下车。我抬头看了值班室一眼，老李在里面冲我招手。我推门进去，老李双手托着一大罐蜂蜜，递给我。我接蜂蜜的时候，突然发现老李的左手，竟然缺了两根手指。我一愣。老李看出了我的疑惑，笑笑说："年轻时给生产队铡草，出了点意外。干啥活都不影响。"我的心倏地疼了一下，似刀尖划过。

尼采说，就算人生是个梦，我们也要有滋有味地去做这个梦，不要失掉了梦的情致和乐趣。这话，我很想说给老李听，可是，终究没说。

那天，我经过门卫值班室，看到老朱在里面捣鼓花草，问他："老李呢？"

"在小区巡逻呢，他让我先跟花待会儿。"老朱哈哈大笑着说，"这个老头子，就是个'花心大萝卜'！"

我忽然想起汪曾祺写过的一句话，如果你来访我，我不在，请和我门外的花坐一会儿，它们很温暖。你在花里，如花在风中。

很温暖，真的。

## 走着走着，天就亮了

一

深夜，我睡不着，披衣起床，望着窗外。

屋内温暖如春，窗前却有一股凉气袭来。冬天的寒风，像个淘气的孩子，无处不在。

窗外黑黢黢的，树影婆娑。一束光晃动着，由远而近，是值夜班的门卫老头。白天宽阔的通道，此刻，竟被他孤单落寞的影子塞满。

当人和物都躲进暖室的时候，只有门卫老头一个人，在寒夜里，孤独地行走。我的心倏地疼了一下。

他种了一辈子地，老了，把地都给了儿子，自己来城里看大门。舍不得在外面买吃的，从家里带干粮。一天傍晚，我从值班室经过，他正吃饭。两张床中央放着一个油漆斑驳的小方桌，桌上，一碗玉米粥，一个窝头，一盘咸菜，他呼噜呼噜吃得很香，屋里一台旧电视机咿咿呀呀地唱着京剧。这所有的景致，都因为屋顶那盏昏暗的灯泡，而显得更加灰暗。

问他："深夜，一个人在小区里巡逻，害怕不？辛苦不？"

他笑："哪有不辛苦就能挣钱的事呀？"

"那值夜班是不是很难熬？"

他仍旧笑："说难熬也难熬，说不难熬也不难熬。走着走着，天就亮了。"

二

每年秋天，父亲都要种蒜。

蒜苗长到半拃高，冬天就来了。

寒风肆虐，雨雪霏霏，它们能熬过冬天吗？

父亲说，那得看它们自己了。不管怎样，春天都会来的。

春天，父亲用手指一点一点把蒜苗上盖的腐叶扒开，寻找针一样大的鹅黄的蒜苗。大部分蒜苗是活着的，只有很少一部分死了。

春风吹着，春雨淋着，那些存活下来的蒜苗，一个劲儿地往上蹿。

同时播种，同样的土地，同样的待遇，为什么有的蒜苗就活不过来呢？

父亲说，有的蒜苗受不了这寒冬的侵袭，伤心了，慢慢失去了对春天的期待与心情。

看来，不管环境好坏，永远都要有一颗期待春天的心。

可不，等着等着，春天就来了。

三

去一个贫困户家慰问。

床上躺着的男人四十二岁，一米八的大个子，高位截瘫。两个女儿，一个辍学，一个读初中。

本是一个幸福的家庭。几年前，男人从高高的脚手架上摔下来。摔下来的，不仅仅是这个男人的身体，还有这个四口之家的幸福。

女人说，自从出了事，他不是沉默寡言，就是大发雷霆。

跟他聊天，他闭着眼，不说话。

沉默，叹气，再沉默。

看到了墙上的奖状，我问是哪个女儿的。

像突然触动了开关，他开了口："两个女儿学习都好，要不是我出了事，大女儿不会辍学。"

接着，是长长的叹息，让人的心一点一点沉到井底。

女人说，没出事以前，男人可喜欢养花了。出了事，对啥都不感兴趣了。

后来，男人在精准扶贫政策及好心人的帮助下，建起了花棚。

初秋，男人坐着轮椅，气色红润，女人推着他，两个人在花棚里说说笑笑。

花，开得正盛。

时间真的会疗伤。再多的痛，交给时间就好了。

盼着盼着，日子就好了。

## 钻石与尘埃

很喜欢蕾丝餐桌布，浪漫，唯美，即使它很不实用。

也真的在商场买过一块，但是很少铺。一是舍不得，二是铺蕾丝餐桌布会平添许多家务，占用很多时间。平时，餐桌上铺的是一块塑料餐桌布。

偶尔，或心血来潮，或逢年过节，大扫除完毕，当整个家一尘不染时，我会把餐桌上的瓶瓶罐罐一一挪走，铺上它，再摆一盘水果。

我就坐在桌旁，看一眼书，再看一眼它。蕾丝是柔软的，上面的花瓣缠缠绕绕，一直缠到人的心里面，让人的心柔软地生出枝枝蔓蔓。就连摆在盘子里的水果，也瞬间灵动起来，含情脉脉地看着我。

简朴的日子，因了一块蕾丝餐桌布，变得华丽起来，高贵起来。

生活有时真的需要一些诗意的仪式感，这跟矫情无关，而是关于你对生活的热爱，就像日本作家村上春树所喜欢的"小确幸"一样。

我想，此刻，我看蕾丝桌布的眼神，很像单位的门卫大姐在注视她美丽的红舞裙，眼神里蓄满了欢喜的波。

大姐是去年来的。男人来单位看门，她一起来帮着打扫卫生。五十多岁的样子，人长得粗壮结实，脸上沟壑纵横。

单位值班室成了他们的家，很小，也就几平方米吧。一张床占了大半个房间，余下的地方，放锅碗瓢盆和一些杂物。

然，屋里十分整洁，被褥用白色的手工钩花方巾盖得整整齐齐，锅碗瓢盆擦得锃亮，屋角一盆吊兰生得茂盛葳蕤。我们淘汰的纸箱，大姐拿来装东西。纸箱上面，同样也是盖了白色方巾的。

更多的时候，大姐很随意地扎一个马尾，穿一身深蓝色工作服，哼着小曲，在楼道里擦地，抑或在院子里干零活。

某天，我下班，看到大姐正把洗好的衣服往绳上晾。几件黑灰的旧衣中间，一件漂亮的红舞裙在风中轻舞。大姐小心翼翼地抻着裙角，眼神在红舞裙上缠绵缱绻，一副爱不释手的样子。

问她，谁的裙子？她笑答："我的呀。"原来，她从小喜欢跳舞，但是家庭贫困，梦想一直在她的心底埋藏了很多年。

来到城里，她看到不少人在公园里衣袂飘飘，翩翩起舞，她的心也跟着雀跃起来，买了红舞裙，认认真真地一点一点学起来。

后来，在公园，偶遇大姐跳舞。她云鬓高耸，巧笑嫣然，莲步轻移。那旋转的红舞裙，犹如一朵盛开的红牡丹。我在她的唇上，看到了一抹鲜艳的桃红。那显然是刚刚涂上去的口红，在她略显粗糙的脸上，那么耀眼。周围的嘈杂与混乱，湮没不了她的美丽。

彼时，夕阳照在她身上，像洒了一层金粉，美好，圣洁，令人肃然起敬。

没来由的，想起我采访过的一位残疾女孩。女孩八个月大时，患上小儿麻痹症，从此再也没有站起来过。

"做过N次手术，打过N次石膏，最终还是与'残疾'二字结下了缘。"她就那么微笑着，很轻松地说，就像在说别人的事。

她学医，学按摩，学足疗，像一株倔强的向日葵。

上小学时，一群不懂事的孩子，在她后面追着笑话她；学医时，为练好针灸，她把自己的胳膊扎成了筛子眼儿；开按摩店，被同行排挤，被不良客户要挟，被地痞流氓砸过店……

受过的苦，流过的泪，遭过的白眼，没有在她脸上留下一丝痕迹。她的眼神，依然那么纯净。她的笑容，依然那么灿烂。

她跟我讲她的小秘密："姐，这么多年了，无论我的家搬到哪里，鞋橱里总会有一双红色高跟鞋。"看我一愣，她笑着说，即使自己穿不了，但是，每天看着它，也是一种享受呀！高兴的时候，向高跟鞋倾诉；不高兴了，也对着高跟鞋抹眼泪。每晚临睡前，她都许下一个心愿，希望早晨醒来，自己能站起来了，能穿着高跟鞋在马路上，昂首挺胸，"嗒嗒嗒"走上那么几步。哪怕只是一步，也好呀！

高跟鞋，是她长夜里的暖，寒夜中的光。就是因了这个美好的愿望，她的日子一天天在憧憬和美好中度过。她有了家，有了儿子，事业做得风生水起。

很喜欢瑜伽课结束的时候，师生们彼此合掌，很虔诚地互道一声"Namaste"。"Namaste"就是告诉对方："你是爱，丰足与平安；我也是爱，丰足与平安。"因为这样而呈现出一个爱、丰足与平安的世界。

换句话说，就是欣赏和感激。生命中钻石与尘埃并存，欣赏和感激是一种最好的生活态度。

## 多想在平庸的生活里拥抱你

秋已深，阳光却好，伴着丝丝缕缕的微风，连空气似乎都是香的。

约上三五好友，去公园，赴一场深秋的约会。

草木的气息，泥土的气息，水的气息，让人忍不住深呼吸。银杏叶金灿灿的，风一吹，有几片扑向清香而柔软的草地。公园的草地可真幸福，春天拥抱落花，秋天拥抱落叶。如同簪满头饰的新娘，落满银杏叶的草地是风情的、饱满的、富足的。

每一片银杏叶子，都像黄金雕镂的小扇子，倒过来看，又像小女生美丽的百褶裙。好友捡起几片叶子，先撕下四根叶柄，把一片叶子撕成椭圆形，一片叶子撕成倒立的梯形，椭圆形的摆在上面，接着放倒立的梯形，拿一片叶子当裙子，再分别放上四根叶柄，哇，一个穿着银杏裙的"银杏人"出现了。我立刻效仿着做了一个，于是，两个手牵手的"银杏人"，在公园的甬路上跳起舞来。该给她们放一首什么样的曲子呢？想想，还是《天鹅湖》吧。音乐响起，她们翩然起舞，跳起芭蕾。这美好的画面，让我心动了又心动。

在朋友圈得知，公园里种植了孔雀松。我们按图索骥，循径而行，找到孔雀松花海，欢奔而至。一位穿红风衣的短发美女感叹："哎呀，你们来晚了！一个月前，比这个好看多啦！那时的孔雀松又大又圆，红绿相间，现在有些败了。"我们说，现在也挺好看呀。她不甘心地举起手机给我们看她以前拍的照片和视频，她得意地说，这片花海是她第一个发现的，拍了照片，发到朋友圈。朋友们都问在哪儿拍的，都以为是大城市的美景呢。她哈哈大笑，我们也笑，为她爽朗的性格，为她有一双发现美的眼睛。

一对老年夫妇，正在花海旁拍照。男人瘦高，脸庞消瘦，戴眼镜，花白头发，穿一件青灰色夹克。女人个子高挑，黄白的皮肤略有些浮肿，戴一顶黑呢帽子，穿一件黑呢大衣，系一条红花丝巾。我们说："给您二老拍张合影吧。"他们欣然答应。拍完合影，女人走过来谢我们，朋友意外发现她们两人穿的鞋子竟是同一款白色镶红条的运动鞋，我们夸女人时尚年轻。女人说："我七十多岁了，衣服鞋子都是闺女、儿媳给买的。身体不好，老闹病，老伴叫着出来走走。"我们说："阿姨，你身材保持得好，腰板直，看着也就五十多岁呀！闺女、媳妇都这么孝顺，多幸福呀！"男人在一旁笑着说："看大家都在夸你，回家可要多吃一碗饭呀！多吃点，病就好了。"女人笑，脸颊有了一抹红晕。

看人，看花，看树，看太阳，看风把叶子吹落，看阳光照在每一片叶子上。我尽情地欣赏，尽情地呼吸，把这样的天、这样的地、这样的景，都贮存进我的眼睛里，我的脑海里，我的身体里。红衣女子惋惜我们没有看到孔雀松最美的时候，可我不觉得遗憾，因为每个日子都有每个日子的欢喜。

要知道，几个月前，我的右脚扭伤，别说去公园，连下地行走，都成了奢望。如同高速旋转的陀螺，突然被摁下了暂停键，我烦躁不安地开启了"花式宠脚"模式。在朋友处借了一副拐杖，学着去挂。在家里还好说，挂着拐杖外出需要很大的勇气。当我鼓足勇气艰难地挪出家门时，不断有人问："这是怎么啦？"我不得不像祥林嫂一样，一遍一遍地重复："脚扭伤了。"在同情夹杂着好奇的目光中，悲伤如潮水一样涌上来。

大医院的专家诊断过，小诊所的村医针灸过，中药水泡过，热毛巾敷过。泡过、敷过、针灸过之后，大夏天给它穿两层厚袜子，中间再贴上一层暖贴。找来各种偏方，网购了各种各样的康复理疗仪器。每日囚居斗室，右脚的伤痛被无限扩大，像一个毒瘤迅速蔓延全身，体内储存的所有坚强、乐观，瞬间被攻击得溃不成军。我变得敏感、脆弱、懒散、悲观，吃不下，睡不着，几年没犯的失眠，又找上了门。

扶贫是同事代我去的。听说我崴伤了脚，贫困户阿姨很着急，她要来看我，却不认识路，委托同事给我捎一百元钱，买营养品。我谢绝了她的好意。阿姨七十多岁了，身体不好，老伴患癌去世，自己一个人生活。我是她的帮扶责任人。电话里，她不厌其烦地嘱咐我："闺女，要好好养着呀，千万不要走路，要不然老了会落下毛病。"她的语气竟然跟我母亲如出一辙。放下电话，眼泪猝不及防地流了下来。

人生在世，谁没有疼痛的经历呢？作家马德说，这个世界，没有一种痛是单为你准备的。我突然懂得，我的右脚不是在背叛我，它是在提醒我，有痛感的人生，是加盐加钙的人生，是生命的一部分。有痛，才有希望。痛过，才更懂得珍惜。

从春到夏到秋，当我终于扔掉了拐杖，开始出门慢慢行走时，只觉天地静美，万物亲切。

我上班要经过两个街边公园。第一个街边公园，早晨，是跳广场舞的人们，确切地说，是女人们的天下。朝阳初升，音乐铿锵，人们随着音乐舞动，舒展畅快，充满生机与活力。下午，则是一群老大爷的天下。他们每人坐一个小板凳，眯着眼睛，晒着太阳聊天，轻松惬意。旁边放着各式各样的交通工具，有三轮车、自行车，还有电动轮椅。另一个街边公园，常有一群老人，穿红色或白色练功服，慢悠悠地打太极拳。

街边一家商店门前，摆了一张带棋盘的桌子，常常是两个人下棋，一群男人观战。他们身旁停着汽车、摩托车、三轮车、电动自行车，电动自行车车把上都挂了厚厚的挡风被。我喜欢看他们极其认真又兴趣盎然的样子。尘世万千，各有各的欢喜。

　　这些以前看似很庸常的场景，于我成了看不够的风景。午后的阳光下，我听着隔壁老樊的歌曲《多想在平庸的生活拥抱你》，用文字记录下这些平凡又温暖的故事。日子的好，在空气中缓缓流淌，就像风儿轻抚着花的心。

# 风有约，花不误

## 一

读沈复的《浮生六记》，一下子就被率性可爱的芸娘吸引了。有一年夏天，她与丈夫到苏州郊外莱园避暑，面对一派农家气象，她喜不自禁地对丈夫说："他年当与君卜筑于此，买绕屋菜园十亩，课仆妪植瓜蔬，以供薪水。君画我绣，以为诗酒之需，布衣菜饭，可乐终身，不必作远游计也。"

叶在长，花在开，有暗香浮动。夫妇二人吟诗作赋，赏花品茶，君画我绣，岁月静好，现世安稳。

芸娘想要的，不过是和夫君种花、种菜，然后，淡淡相守，慢慢变老。

"窗外蔷薇灿灿地开，人在屋内风长气静地笑。""黄昏的时候，我亲手去摘院子里的蔬菜、花朵，并且亲手种下樱花树、玉兰，等待春天来时，它们在窗前绽放。"这是女作家雪小禅繁花不惊、银碗盛雪的日子。平淡却不失芬芳，真实却不失浪漫。

爱花爱草的人，也许不一定是最浪漫的，但一定是最爱生活的。

## 二

"晚饭花开得很旺盛，它们使劲地往外开，发疯一样，喊叫着，把自己开在傍晚的空气里。浓绿的，多得不得了的绿叶子；殷红的，胭脂一样的，多得不得了的红花，非常热闹，但又很凄清。"汪曾祺笔下的花，有人性，有灵魂，鲜活灵动。我想，晚饭花也一定植入了作家的生命历程吧。

"园里什么花开了，常常是我第一个发现。"花花草草里有汪老跌宕起伏的人生。1958年，他被下放到张家口劳动，每天的工作任务是画马铃薯的标本。"这时正是马铃薯开花，我每天蹚着露水，到试验田里摘几丛花，插在玻璃杯里，对着花描画。"汪老自嘲，"坐对一丛花，眸子炯如虎。"

汪老用他的幽默、平和与诗意，告诉我们："一定要，爱着点什么，它让我们变得坚韧、宽容、充盈。"

## 三

春来，楼下的西府海棠开得沸沸扬扬的。

那些粉白的花儿们，像一群天真烂漫的孩子，开得毫无保留、肆无忌惮，恨不得把一颗心掏出来给人看。

我们的楼房，被那些粉白的花簇拥着、映照着，像一个童话世界。平日里，那些普普通通的人们，走过那些花旁，都被映衬得光华灼灼。

我上楼时看花，下楼时看花，开窗时也要看花。站在树下，感觉自己的眼睛是粉白色的，脸庞是粉白色的，衣服是粉白色的，整个人都是粉粉嫩嫩的，变成了一朵海棠花。

清晨有鸟儿在上面啁啾，有和煦的春风吹过，花枝乱颤，云蒸霞蔚，好一个水粉的世界啊！一颗心，开始雀跃起来。想变成一只鸟儿，在花枝上跳跃；想变成一缕春天的微风，与花朵缠绵；想成为一片嫩绿的叶子，衬托花儿的美丽。

小区里，经常见到一位坐着轮椅的老人。冬天，他戴着很厚的棉帽子、口罩和棉手套，腿上盖着厚厚的花被子，眯着眼睛，低着头，晒太阳。

海棠花开的时候，老人坐在轮椅上看花，仰着头，一看就是大半天。老伴叫他回家，他不动，含糊不清地说："这花……花……好看呢。"

是啊！花都开好了。

不管怎样，有花可赏，就是幸福的。

# 四

春天，出差上海。在高铁上，遇到一位八十多岁的阿姨。阿姨鹤发童颜，穿一件粉红色的开衫，白裤子，粉红色的绣花鞋。她很热情，将包里的吃的悉数捧给我们。

她是南京人，曾是一位医生，因子女均在上海工作，退休后，便在上海定居。她的退休生活丰富多彩。学京剧，咿咿呀呀，有板有眼；学画画，挥毫泼墨，点染丹青；做公益，四面八方，播撒爱心。

每到春天，她就到处去看花，迎春花、桃花、杏花、油菜花……她说，一直喜欢花，年轻时忙工作，救死扶伤无数，无暇赏花。如今，退休了，她要把错过的花期补回来。"跟着花期走，人也像花儿一样灿烂哟！"阿姨笑声朗朗。

车到苏州，阿姨一边和我说再见，一边拉着行李箱下车。站台上，她粉衫白裤，满头银发，似一朵花，温馨，从容，美丽。

## 五

夏日清晨，公园深处，荷叶田田，荷香袅袅。荷旁，总有一个身形消瘦的中年男人，忘情地扭着大秧歌。他穿一身白色练功服，随着音乐，舞着红绸，动作柔美轻盈，完全沉浸在自己的世界里。

我走到那儿，总忍不住停下脚步，看他一眼，再看他一眼。他嘴角上扬，有发自内心的喜悦，从心底缓缓流淌出来。

微风吹拂，荷叶摇曳生姿，荷花亭亭玉立。

男人飘逸轻灵，似一朵白色的荷，清新脱俗，淡然悠远。

我很希望，荷，一直在；那个男人，也一直在。

## 六

去东北一山村旅游，弯弯曲曲的山路两侧，五颜六色的对叶菊在微风中摇曳。一位干净清爽的老妇人站在路旁赏花，她微笑着，嘴里小声说着什么。我说："好漂亮的花！"她笑着回："我孙女告诉我，没事的时候，常对着花说'我爱你'，花就会越长越漂亮的。"她的眼神清澈，如孩子一样天真。

老妇人开着一家农家乐，房子半旧，但窗明几净，所有的窗台上都盛开着鲜花。跟她聊天，她语气平和，神态安详。她一生经历了很多，老伴患癌症，先她而去；儿子车祸，身体残疾……

然而，这些没有在她身上留下多少痕迹。她每天还是养花、浇花，对着花说，我爱你。

风吹，花笑。鸟来，花笑。阳光拂在花身上，它笑。没有什么能打败一朵花的微笑。

真可谓，风有约，花不误。岁岁如此，永不相负。

活着，是一件多么美好的事情。

## 人间有味

初夏，脚扭伤了，经常去诊所做针灸。

诊所在一个村子里，离县城二十多公里。

两扇黑铁门油漆斑驳，门旁有槐几棵。进门，四间旧红砖房，窗前一棵枣树，还有几棵薄荷，几株艾草，一丛晚饭花。

主人是一对夫妻。男的姓刘，四十多岁，瘦高个儿，清秀文雅，说话慢条斯理。女的中等个儿，微胖，走路一阵风，说话大嗓门儿。男的坐诊，扎针，开药方。女的抓药，熬药，起针。

刘大夫颇有些名气，看病的人多。人们来了，不挂号，叫一声"刘大夫"，刘大夫抬头一笑，招呼一声："来啦！"人们也不急，在屋里找个座儿，或者站在院里的枣树下，有的干脆拎个马扎坐在大门口聊天儿。

"哪儿不舒服呀？扎了几次啦？"

"腿疼，扎了三次了。"

……

聊着聊着，就聊到熟人。这个说，敢情咱还不是外人呢。那个说，可不是吗？等看好了病，咱喝酒去。那个说，好呀好呀！说完，两人哈哈一笑，成老熟人了。

一对夫妻，五十多岁的样子。男人瘦高，长脸，大眼睛，表情木讷。女人矮胖，圆脸，穿着干净利索，说话声音嘎嘣脆。男人以前是一名军人，参加过对越自卫反击战，负伤后退役。去年，男人患了脑出血，在医院住了两个多月，命保住了，但是左腿左手不听使唤。先是在医院做康复治疗，后来，女人听说针灸效果不错，便每天带着男人来做针灸。一段时间后，男人能歪歪斜斜地走上几步了。女人欢天喜地，逢人便讲。

等着的工夫，女人开始扶着男人练走路。男人每迈出一步，都很费劲，好像要下定决心，排除万难，脚才能迈出去。女人站在男人旁边，眼睛紧盯着他，一只手在半空悬着，随时准备扶住男人。有时，女人站在男人前方两三米的地方，冲着男人招手，说："过来，过来。"男人一步一步地走，身体稍微有点倾斜，女人赶紧一把扶住。看男人走稳了，女人掏出手机，一边拍一边说："看这会儿走得多好！我发给闺女、儿子看看。"女人笑着，眼角的皱纹越聚越多，似些小鱼在水中游。

男人坐在马扎上，大夫给他扎针灸。一根一根，一会儿，男人头顶上、腿上，扎满了针。女人坐在旁边，给他扇扇子、擦汗。男人有些含糊不清地说："以后，谁犯了罪，就让谁得这个病。"人们哈哈笑。问他怎么负伤的，他答："执行任务时，踩在地雷上了。左脚丫子，差点炸烂了。"虽然做了手术，但是，从那以后，他的左腿左脚长年肿着。"我算幸运的，捡了条命回来，好多战友都牺牲了。一想起他们，我心里就不好受。咱活着，领工资，有老婆，有孩子，有吃有喝，不能给国家添麻烦。"男人说着，额头青筋暴突，情绪有点激动。女人拍拍他的肩膀说："行啦，行啦，咱不说了！"

另一对夫妻，大概六十多岁。女人个子高，黑瘦，别人都穿短袖上衣，她穿一件酒红色长袖衬衣，一条黑长裤，柔柔弱弱，走路轻，说话也轻。男人中等个儿，皮肤黧黑，一脸的憨厚。女人说，浑身疼，好几年了，到处去看，总也治不好。这不，过来针灸了。

男人从车上拿来两个抱枕，一个小褥子，先把小褥子铺在床上，再把抱枕放在小褥子一头，然后，扶着女人慢慢躺下。女人扎上针后，男人把另一个抱枕放在女人后背，让女人倚着。男人坐在床边，手里拿着一把扇子，为女人赶苍蝇。人们说："看你老伴儿多疼你呀！"女人嗔怪："老伺候病人谁不烦呀？就是不表现出来呗。"男人笑笑，不说话，手里的扇子一直不紧不慢地摇着。

还有一对老夫妻，六七十岁吧。男的黑瘦，佝偻着腰，满脸皱纹，爱笑。女的矮小，圆脸，头发花白，穿一身花衣服，不爱说话。除了头顶扎满了针，两条腿上的针也是密密麻麻。男的坐在床边，守着女人，和人们聊天。女人得的是"帕金森"。"针灸了半年，能包饺子啦！"男人很知足。女人起了针，男人就拉着女人的手，一前一后，在院里溜达。

常来的还有一个男人，不到五十岁，皮肤白，瘦高，得了脑血栓，人们说他"栓的是眼和嘴"。他对旁边一个男人说："我看不见脚上的鞋，得把脚伸出老远才能看见。"他头上扎着针，嘴里不停地练绕口令："吃葡萄不吐葡萄皮，不吃葡萄倒吐葡萄皮……"他有时故意说成"吃葡萄不吐葡萄皮，不吃葡萄倒吐苹果皮"，惹得人们哈哈大笑。

经常来做针灸的，还有一个七八岁的小男孩。小男孩长得很漂亮，大眼睛，双眼皮，胖乎乎的脸，就是说话不连贯，吐字不清楚，还有点结巴。等着针灸的时候，他坐在院子里，举着一本书，大声地朗读，读得很认真。奇怪的是，他读书却很流利。轮到小男孩做针灸了，他放下书，就往大门外走，一边走一边嘟囔："我不扎了，我好啦。"爷爷奶奶就在后面追。最终，小男孩噘着嘴，扭着身子，被拉进了屋。爷爷嗔怪："看你那嘴噘得，都能拴上驴了。"

我再去诊所时，小男孩在院子里大声地朗读，读的是一篇特别有意思的文章——《方帽子店》。最后一句话是："日子一天天地过去，世界一天天在改变，那些不舒服的方帽子，慢慢地成为古董。"

我突然觉得这个尘世间无比可爱有趣，每一个认真努力活着的生命，都值得尊重和敬仰。我把小男孩读的那句话改编了一下："日子一天天地过去，世界一天天在改变，那些不舒服的疾病，慢慢地成为过去。"

　　院子里，微风拂过，有泥土的气息，还有淡淡的槐花香，温暖，恬然。这味道，平凡又平庸，但足可以抵挡一切疾病、痛苦与灰暗。

## 愿所有的花都能好好地开

### 一

晚饭后，我在屋内写字，楼下传来一个男人打电话的声音。

我继续写我的字，他的声音越来越大，情绪也越来越激动。

我站起来，向窗外看。

他一边来回走动，一边激动地挥舞着手臂，嘴里反复说着："王总，你就是瞧不起我，就是瞧不起我……"

后来，他一屁股坐在地上，开始呜咽。他的双肩剧烈耸动，像一片风中的树叶。

这个男人，我见过，他在一家私企打工。

在小区里，他常常满脸笑容地抱着他的二孩——一周多的宝贝儿子，肩上挂着一个奶瓶子，兜里装着面巾纸，见谁都乐呵呵的。大女儿已经上大学了。夏天，大女儿放暑假回家，一家四口，在楼下遛弯。

常有人羡慕地说："儿女双全，真幸福呀！"

他呵呵笑，眼角的皱纹像菊花一样绽开来，说："赶上二孩政策的尾巴，抢种抢收了一个大胖小子，当宠物养呗。"

人们哈哈笑。

此刻，男人还在打电话，声音开始含糊不清。

他的妻子跑下楼，拖着他的胳膊，让他回家。

男人一把推开妻子，站起来，踉踉跄跄地走到一辆车前，倚着车继续打电话。

妻子在一旁不停地劝，男人无动于衷。女人束手无策。

一会儿，女人走了，男人依然在打电话。

我倒了一杯水的工夫，女人已经抱着他们的二宝贝站在男人对面了。

胖小子挥舞着胖胖的手臂，含糊不清地喊着："爸爸……抱抱……"

男人终于挂了电话，抱起胖小子。胖小子紧紧搂住男人的脖子，女人挽着男人，回家了。

过了几天，再看见男人，是一个傍晚，雨过天晴。

他笑容满面地抱着胖儿子，站在楼下的海棠树旁，胖小子仰着头看花，他轻轻地在胖小子脸上啄了一口。

胖小子咯咯地笑，他也笑。

想起祖母在世时，总说，人活着，不容易，都有伤心的时候，哭一顿，就好了。老天爷还有不高兴的时候呢。祖母把阴天说成老天爷不高兴。雨终于下来了，祖母就说，老天爷哭出来了，心里痛快了，天快晴了。

夕阳照在男人和胖小子身上，像涂了一层金粉，波光粼粼的。

## 二

女人，是小区的清洁工，黑、瘦、龅牙，且个子小。

早晨，我去上班，她已打扫完几栋楼的楼道和电梯，在整理楼下的垃圾箱。

中午，我去上班，她推着垃圾车，往外走。车把上挂着几件从垃圾箱里拣出来的旧衣服，后面是满满一车垃圾。

问她："大夏天中午也不休息。困不？"她笑笑，答："习惯了。"

和她聊天，她突然问了一句："你们是怎么教育孩子的？我家大小子老是玩游戏，管不了，愁死我了。"

她的大儿子初中毕业，沉迷游戏，学习不好，只考上了一所职业高中。

"他从小就爱玩游戏，他爸不让他玩，他就去网吧玩。他爸也管不了。……"她絮絮地说着，眼里闪过一丝愁绪，眼圈儿有点红。

"我小儿子上小学，懂事。我回家，他问我累不累，还给我做饭。他会做鸡蛋饼，会熬粥，会煮方便面，会炒西红柿鸡蛋。晚上，他写完作业，还给我按摩，跟我聊天，跟贴心小棉袄似的。"她眉眼里有掩饰不住的笑意。

我劝她，好好跟孩子谈谈心。她笑着点头，然后推着一车垃圾走了，后背的衣服被汗水洇湿了一大片。

周日，我打扫房间，收拾出一些不穿的衣服和一双运动鞋，整理好，用塑料袋装了，送给她。

改天，看见她远远地走过来，笑着，冲我招手，脚上穿着我送她的粉色运动鞋，很扎眼。走近了，她从车把上解下一个塑料袋，递给我，说："这是我家院里长的丝瓜，刚摘下来的，可好吃啦。送给你尝尝。"

我接过丝瓜，回家炒了，真的如她所说，很好吃。

我外出一段时间，回来后，吃完晚饭，下楼遛弯，她正在收拾楼前的垃圾箱。看见我，她的眼里跳出惊喜来，放下工具，跑过来，说："好久不见你了，小妹子，出门了？"我点头。

她说："我家院里的丝瓜长了好多，老想给你拿来，总看不到你。妹子，告诉你个好消息。我家大小子上了高中以后有变化了，不迷游戏了，喜欢上音乐了。给他买了把吉他，他会弹一首叫啥爱丽丝的曲子啦！将来还想考音乐学院呢。"她一边比画着，一边心满意足地笑着说。

想象着她的家，几间简单的瓦房，院里长着青菜，院墙上趴着丝瓜花。她养鸡喂狗，种地种菜，打扫卫生。日子里有辛苦劳碌，也有幸福甜蜜。

就像《爱是你我》那首歌里唱的："就算生活，给我无尽的苦痛折磨，我还是觉得，幸福更多……"

## 三

去一个孤寡老人家里。

摇摇欲坠的门洞，低矮的土坯墙头，几间破旧的老式砖房。窗户上钉着一层塑料布，屋里黑黢黢的，几件旧家具歪歪扭扭着。

男人六十多岁，身体不好，一个人过。

院里几棵树却葳蕤着，一棵核桃树，一棵李子树，一棵桃树，一棵杏树。破旧的搪瓷盆里，种着一盆太阳花，也叫死不了，开得五彩斑斓。

春天，桃树、杏树开满了花，树下种了草莓、青蒜，把他破旧的小院装点得生机勃勃。

夏天，我们去时，他的李子树上结了又大又黄的李子，引来很多鸟。人们让他在树上拴上红布条啥的，驱赶鸟，他却不。他说，鸟聪明着呢，啄了哪个李子，哪个李子就是最甜的。他喜欢坐在院子里看那些鸟，听它们叽叽喳喳地唱。村里人笑他傻，说他脑子有毛病。

秋天，他的核桃树上，结了青青的大核桃。他的柿子树上，有黄澄澄的大柿子，挂在枝头，累累的。

冬天，他家窗台上晒着一排排的柿子干、红薯干，树枝上挂着一串串茄子干。

只是，他的房子太破旧了，夏天漏雨，冬天进风。

村主任怕房子出问题，联系乡里、县里，让他去养老院。

他却不愿去，提出想翻建房子。村主任不解地问："你费那个事，干吗？翻建了，能住几年？住养老院，多省心！"

他嗫嚅着说："我离不开我的树。"

他们不知道，那个破旧的院落，和院子里的那几棵树，是他灵魂生长的地方。

这个世界上，不管卑微，还是高贵，每个人都是一朵独一无二的花。

愿所有的花都能好好地开着，开出属于自己的美丽的花朵，来芬芳这个世界。

## 花知道

"我的前半生是娘给的，后半生是花给的。"五十岁的老陈常这么说。

二十八年前，老陈还是小陈，师范大学毕业，在一所乡中学当数学老师。高个子，白白净净，一头浓密的黑发，不仅人长得精神，说话还幽默。"吃葡萄不吐葡萄皮，不吃葡萄倒吐葡萄皮。""扁担宽，板凳长，扁担想要绑在板凳上，板凳不让扁担绑在板凳上，扁担偏要绑在板凳上。"这些跟数学风马牛不相及的绕口令，被他带到了课堂上。那些枯燥乏味的数学，立刻变得妙趣横生。

小陈爱打篮球。他穿一身天蓝色运动装，奔跑、跳跃、投篮，像装了弹簧一样。投篮时，浓密的头发跟着向上一抛，球进网了，头发也乖乖落回原位。愉悦在奔跑中沸腾，单纯的，飞扬的。

这样一个大男孩，却喜欢养花。宿舍的窗台上摆满了花花草草，废弃的饭盒、淘汰的茶缸、空罐头瓶子，装上土，都成了养花器皿。也没什么名贵的花，就是些吊兰、绿萝啥的。他还在花盆里种红薯、土豆、花生。红薯叶子长得蓬蓬勃勃，土豆开着紫色的小花，花生开着淡淡的鹅黄色小花。喜眉笑眼的，让人爱不释手。

小陈很快有了女朋友，是本校的同事，教英语。女孩短发，娃娃脸，粉嫩嫩的，花蕾一样站在他身旁。

日子，如一朵花，含苞欲放着。

然而，他却出事了。

意外来得很突然。初冬的一个傍晚，他骑车回家，行至拐弯处，一辆大货车飞驰而来，来不及躲避，他一下子被卷到车下，瞬间眼前一黑，什么都不知道了。

从昏迷中醒来，他不记得发生了什么，也不知道自己在哪儿。右大臂针刺一样的疼，他扭头一看，只见厚厚的纱布，裹着一小段残臂。

大难不死，然，右臂却没了。

亲人、朋友来看望，带着深深的同情与怜惜。

女朋友来过，抱着他痛哭一场，后托人捎信来，提出分手。捎信人绕了很大的弯子，吞吞吐吐的。他说："我知道了，希望她以后过得幸福。"

心像是被洗劫了一番，空空如也。他想起《牡丹亭》中那句著名的唱词："却原来姹紫嫣红开遍，似这般都付与断井颓垣……"

不去想，不敢想，前路茫茫不知所向。

娘的头发一夜之间都白了，守着他寸步不离。"儿呀，不管怎么说，咱保住了一条命啊。活着，就是好的。你在，娘的日子就有个盼头儿。"

他一日一日萎下去。深夜，他辗转反侧，胡思乱想。心底一个声音说，要坚强，活出个样来；一个声音又说，年纪轻轻就残废，不如一死了之。他的思绪忽而飞到希望的巅峰，忽而降到绝望的谷底。

睡不着，他披衣起来，走到窗前，视线落在一个花盆上。那些枯萎的枝叶间，几片嫩绿的新芽正羞涩地探出头来。他突然意识到，哦，春天要来了。

他的日子，开始有了期待。一天，又一天，他给它浇水，看它抽枝长叶，长成浓密的一大棵。它开始抽茎，打花苞苞，米粒一样的花蕾，密密麻麻，像藏着无数个小秘密。

天气暖起来了。某天，他去看时，发现浓密翠绿的叶子，簇拥着一个粉红色的大彩球。花朵儿一串挨着一串，一朵接着一朵，它们笑着，闹着，挤挤挨挨，叽叽喳喳。它们的笑，点燃了整个病房。

他忍不住嘴角上扬，这是他出事后第一次笑。这盆花成了治疗他的药引子。

他问护士，这是什么花，谁养的？护士回，绣球花呀。快出门了，她又回头说："这盆花在这儿七八年了，不知道是谁留下的。在这个病房里住过的病人都会打理它。因为它的花语，就是希望啊。"

希望，多么好的一个词语呀！醒醒吧！不要再沉沦了，不要再悲戚了。没有了右臂，还有左臂，还有双腿，还有一个健全的大脑。从现在开始，他要好好配合医生治疗，接受不一样的自己，像这盆花一样，重新绽放。

出院后，他辞掉教师的工作，开了一家小小的花店。

他的花店，开在一个巷子里。一间平房，摆满了各种花花草草，最多的就是绣球花。他手嘴并用打理花草，把小花小草装进各种形状的小器物里。那些花，都是憨态可掬的样子，让人一见就喜欢得不得了。晚上，他守着一屋子的花睡觉，连梦都是香甜的。

一个爱花的姑娘，走进他的店，对小花小草爱不释手。后来，几乎天天长在他的店里。她不嫌弃他身有残疾。她说，喜欢花草的人，一定是善良柔软的。他们恋爱了。

那时物流业不发达，他需要去全国各地采购鲜花。坐夜车，凌晨四点到鲜花批发市场选购鲜花，然后雇三轮车把鲜花拉到长途汽车站，再坐车返回。有一年冬天特别冷，他采购完鲜花，回到家才发现右臂残肢被冻烂了。因为神经受损，他没有感觉。姑娘看着他红肿溃烂的残臂，心疼得流下了眼泪。她说："让我来照顾你吧。"

他们结婚了。花店里，他修剪花草，她打下手。隔一会儿，她给他端茶递水。他打理好一盆花草，叫她来欣赏。他们向前几步，再退后几步，左看看，右看看，脸上渐渐浮上笑来。那笑，漫开去，漫开去，融入阳光里。

他们还办了插花班，义务教授插花。小城的很多人都是他们的学生，走在街上，经常有人喊他们"老师"。

他们有了一个可爱的儿子，儿子闻着花香长大。他让儿子学着种花种草。他告诉儿子，一粒种子从种到土里到发芽，需要走很长很长的路。要经历漫长的等待，黑暗中的挣扎，还要有合适的温度和湿度，被唤醒后，分化出根和芽，再顶土而出，成长开花，每一步都需要巨大的、超越它自身重量百倍千倍的力量。老陈告诉儿子，一朵花的盛开，其实，就像一个传说。

老陈最喜欢的事，就是笑眯眯地和花聊天。他俯身到一株绣球花跟前，神情陶醉，像个拥有无数宝藏的王。他说，被花治愈的人，他的喜怒哀乐，花都知道。

## 花落无声

她是他的续弦。

什么是续弦？古代以琴瑟比喻夫妻，丧妻称断弦，再娶为续弦。

她进门时，他已有两个女儿，一个十岁，一个六岁。

她十九岁，长得眉清目秀，白白净净，只比他的大女儿大九岁。

第一次，听到他的两个女儿称呼她"娘"，她的脸红得像块红绸布。

当姑娘时，她只在家绣花，从不下地。她绣牡丹，粉色的、红色的，神采飞扬，丰腴富足。她绣荷，浅粉色、藕荷色，亭亭玉立，仙气飘飘。那些花，像真的一样。

到了谈婚论嫁的年龄，她只有一个条件，嫁了人，只绣花，不下地。很多人家一听这个条件，就打了退堂鼓。娶个媳妇，不下地，只绣花，那可不行。女人进门就得家里家外地操持，只坐在炕头上绣花，算怎么回事？那不是娶了一个姑奶奶吗？

他却托了媒人上门提亲。

媒人说，他是生产队长，是条汉子，身强力壮，犁镂锄耙，扬场放磙，样样精通。干农活儿，一个人顶两个。媳妇患了重病，他到处请大夫，花了很多钱。人没了，不光没跟她娘家断了来往，还给她的爹娘买了打棺材的木料。他是个热心肠，只要下了雨，就拉着一车土，看村里哪条路有坑，赶紧垫上。他还特别孝顺，冬天怕娘冻着，天还黑着，就起床捅炉子。

"多少女人嫁了人，累死累活，生儿育女，还得挨男人的打。这样有情有义的男人，哪里去找呀？"媒人的话，她听得入了心，自作主张答应了婚事。

她的娘震惊，大怒："丢不丢人呀？好好一个大姑娘家，为什么非得找个'二婚'？再说，后娘可不是那么好当的。"

然，她却铁了心。

经过千辛万苦，她到底和他成了亲。结婚那天，没有鞭炮齐鸣，没有花轿锣鼓。娘抹着眼泪说："闺女，以后日子过好过孬，你可别后悔啊！"她点头。

她的陪嫁只有一个长方形的绣架，他小心翼翼地把它摆在西屋的炕上。他下地，她绣花。绣布上绣着大朵的牡丹花，红的、粉的、黄的，团团簇簇，喜气洋洋。牡丹上栖着彩色的蝴蝶，活灵活现。自打她进了门，门帘上绣着花，对角各有一枝红彤彤的干枝梅；枕头上绣着花，一对鸳鸯快乐地戏着水；茶壶、茶碗上的盖布绣着花，白色的盖布四周缠缠绕绕着一圈小红花；他的两个女儿衣服上也绣着花，衣领处一朵粉色的蔷薇，含苞欲放。

每天，他和女儿从地里干活回家，她已做熟了饭菜。菜是普通的青菜，饭是白面包玉米面饼，俗称"包皮火烧"。普通的食材，一经她手，便不一样了。盘子里的菜摆得漂漂亮亮、圆圆满满，"包皮火烧"黄白相间，切成几角，又摆成圆形，层层叠叠如一朵花，又好吃，又好看，赏心悦目。他真的没有食言，结婚十多年，从来没有让她下过地。他最喜欢看她绣花。她的右手拿着针线，在绣布上面一扬，划出一道好看的抛物线，绣针再轻轻一扎，绣布下面的左手迅速接应，两只手上下翻飞，一会儿，一朵花就开在了绣布上面，也开在了他的心里面。

日子就像墙上挂钟的钟摆，不停地走着。她手下的花，一年四季在绣布上开着。她生了四个孩子，三个女儿，一个儿子。她的孩子们，衣服上都有她绣的花。女孩的衣服上绣着粉色的花朵，男孩的衣服上绣着吉祥的图案。

孩子们长大成人了，出嫁的出嫁，成家的成家。她的眼睛花了，拿起针来，怎么也不听使唤。

他更老了，忽然有一天喊她"巧芝"。她一愣，一惊，掉下眼泪。那个名字是他前妻的。

他得了老年痴呆症，大小便失禁，心性大变。他指着墙上的灯龛儿说："扶我上去躺会儿。"她不扶，他就骂人。有时候，他不睡觉，折腾一晚上，闹着要出去干活。

她哄他，像哄孩子一样。她伺候他，给他换上干净的棉裤；给他戴上围嘴儿，喂他吃饭；给他做小褥子，一条又一条，针脚歪歪扭扭的。夜里，她给他翻身。他身子重，她搬不动他，翻一次身，她就大汗淋漓。

他八十六岁时走了。身上盖的布是她亲手绣的，四周是金灿灿的缠枝莲，缠缠绕绕。

她哭得老泪纵横，叫来所有的儿女，商量后事。

他有两任妻子，按老规矩，有排棺葬和夹棺葬。排棺葬是依照结婚先后顺序，依次排列，葬在男性的右侧。夹棺葬是男性葬在中间，妻子分葬在两侧。中国古代传统礼仪是左为上，按规矩，一般先结婚的葬在左侧，后结婚的葬在右侧。

她态度坚决，近乎蛮横，必须夹棺，而且将来她要葬在他的左侧。

儿女们劝她，人走如灯灭，怎么埋有啥用？她不依不饶，又哭又闹。

人们不明白，她明事理了一辈子，怎么就在这个身后事上犯了糊涂，和早已死去的人争地位？只有她自己知道，她这一辈子都睡在他的左侧，从来没有换过地方。

他走后，她先是腿不行了，走不了路，后来开始犯糊涂。她经常找东西，找不到就说儿媳偷了她的东西，又哭又闹。有时躺在床上，她突然指着身边的空地说："谁在我身边睡觉呢？"有时，她会冲着一个地方喃喃自语："老头子是我一个人的，谁也别跟我争。"

她蓬头垢面，眼神呆滞，再没了年轻时的清洁与安静。牙齿掉光了，需要把馒头泡进粥里，慢慢地用失了牙的牙床子一点点碾碎食物。

八十二岁那年，有一天，她忽然清醒了，梳头洗脸，让儿子从杂物间搬出绣架，找出以前没有绣好的绣布，开始一针一线地绣。她的手早已不复当年的灵巧，变得干枯僵硬，每绣一针，都要费很大的力气。有几次，针还把手指扎破了，但是她锲而不舍，神情专注。

第二天早晨，儿子去房间看她时，她已经走了。走时，神态安详，像睡着了一样。身上盖着的布，是她亲手绣的，上面同样是缠缠绕绕的缠枝莲。

遵照遗愿，她安葬在他的左侧。回家后，儿女们整理她的遗物时，在柜子底部发现了一摞叠得整整齐齐的绣布，上面绣的牡丹、荷花，还有缠枝莲，色彩依然是那么艳丽，就像刚刚绣好的一样。

她是朋友的外祖母，已去世多年。她的一生，很平凡，如同大地上的一粒尘埃，被风一吹便无声无息；像一滴雨，落下又消失；像一朵花，开了又谢了。偶然听朋友说起她的故事，我的脑海里便浮现出这样一幅温馨恬静的画面：一个面容姣好的年轻女子，坐在绣架旁，大朵大朵的牡丹花在她手下开得鲜艳饱满，栖在上面的蝴蝶翩翩起舞。

## 风吹有痕

疫情期间,我在一条老街执勤。

老街,南北走向,两侧房屋,鳞次栉比。

紧挨执勤点的一户人家,大黑铁门,门楣上写着"家兴财源旺"五个大红字。女主人六十多岁,个头不高,干净利落,爱说爱笑,在一家绿化公司做临时工。问她干啥活儿,她笑着说,栽花种树、剪枝拔草啥的,让干啥就干啥呗。一天挣几十块钱,总比在家待着强吧?

她家门口空地上种了五棵树,一棵枣树,中间三棵核桃树,还有一棵杏树。除了枣树,其余几棵树,都用砖围起来。春天,树发芽,抽叶,由淡绿到深绿。紧挨墙头的一点空地,她又种上豆角、丝瓜,搭上了架子。

她干活回来,自行车后架上不是驮着剪下来的树枝子,就是几块破木板子、废旧纸箱子。有时,车把上还挂着一兜野菜,通常是蒲公英、荠菜或者马齿苋啥的。她拎个马扎子,坐在门口择野菜,一边择一边问我要不要。"野菜多好,不打药,有营养,包饺子、蘸酱都好吃。你们年轻人不爱吃这个,我们家老头儿忒爱吃。"大人小孩从门前过,她都热情地搭话。

"冬子妈,你这是开学啦?"

"没有,开会去,还不知道啥时开学呢。学生都说想我啦!"

"可不是呗，一晃半年多了。"

一位老太太开着一辆老年代步车过来。

"去哪儿呀？大姐。"

老太太答："牙疼，买点止疼药去。"

"东大街有个诊所，您去那儿看看。您有假牙吗？"

"我八十二岁了，一颗假牙都没有。先拿点药，不见好，再去诊所。"老太太声音洪亮，一脸自豪地开着代步车走了，如老鱼吹浪，悠闲自在。

一家三口远远地走过来，男孩子抱着一个高压锅，妈妈拎着一兜新腌的糖蒜，爸爸左手右手都没闲着。"丁丁，你们这是去奶奶家，还是姥姥家呀？"男孩先叫了声"奶奶"，然后答道："先去我奶奶家，再去姥姥家。"

……

听着他们一问一答的对话，心里充盈着幸福和美好，让人忍不住微笑。

女人家养着一条小黄狗，叫豆包。冬天，她出来，豆包跟着，耷拉着耳朵，卧在脚下。春天，豆包欢实了，在门口卧着的时候，耳朵会"噌"地竖起来，身子弹起来，向箭头子一样射出去。顺着豆包的视线，一条黑色的哈巴狗远远站着，低声吠着。豆包颠颠跑过去，两只狗深情对视一下，开始欢畅地缠绵。女人紧走几步，冲着哈巴狗一声大喝，顺手做了个扔石块的动作，棒打鸳鸯。哈巴狗吓得扭头就跑，豆包缩着头，斜睨着眼，一边不情愿地往回跑，一边回头望向哈巴狗。女人怒笑，这个死哈巴狗，天天跑这边来。

只要有空气、阳光，就会有爱情，狗狗才不管什么疫情不疫情的呢。没人能阻挡豆包的情事，豆包的肚子一天比一天大。它一出门，就慵懒地卧在门口，嘴巴贴着地，半闭着眼，很惬意。

初夏，豆包再出来时，拖着下垂的乳房和干瘪的肚子，身上的毛没了光泽。豆包当妈了，下了四个崽。"四只小狗都往它身上扑，把豆包缠磨烦了。"女人喂了豆包一个鸡蛋，抚摸着它的头说，"家有猫狗算一口儿。动物养时间长了，有感情了，丢了，死了，忒心疼。"

女人儿女双全，闺女在外地上班，儿子开水暖店，都已成家。她说："儿媳妇比闺女还细心呢。春天我闹嗓子，儿媳妇听说了，骑着电车子，大中午就把药送过来了。"执勤好长时间，都没有见过她老伴儿。女人说："老头子晚上在工地看大门，白天不出门。儿子儿媳叫他过去吃饭，死活不去。我开电三轮车拉着他，都不去。"

一天下午，一个瘦小的老头从大黑门里走出来。细长的眼睛，黑瘦的脸，好熟悉的面孔，似曾相识，一下子又想不起来。趁着他和一位老爷子聊天，我一边仔细观察，一边快速启动大脑搜索引擎，二十多年前的一幅画面倏地从脑海里浮现出来。

我曾在一个老旧小区住过。小区是开放式的楼群，没有围墙。每天中午或者傍晚，路边总有这样一幅情景：一个瘦小的男人，守着一辆半旧的三轮车，车厢里放着一个大笸箩，雪白的棉布下面是鼓鼓囊囊的馒头。看见小孩放学回来，他笑着招呼一声："放学啦？"看见下班回家的人，他招呼一声："下班啦？"小区的人几乎都买他的馒头。

如今，岁月在他脸上刻下了太多的沧桑。认出他，我的心里一瞬间风起云涌，却又假装云淡风轻地问了一句："以前，您是不是在某小区卖馒头？"他的眼里有惊喜，说："是呀！卖了二十多年的馒头。你在那边住呀？"显然，他早已认不出我。

那时，公公、婆婆从老家过来帮我带孩子，几乎每天买他的馒头。公公有低血糖，在楼下带孩子玩，有时犯了低血糖，就赶紧买个糖包吃下去。冬天，婆婆担心馒头凉得快，专门用布头和棉花做了一个小棉口袋，上面用绳子穿上，一拉绳子，可以把口袋扎紧。孩子上幼儿园后，公公每天骑着三轮车接送孩子，三轮车上放着那个棉布袋。儿子一回家，就拎着一袋馒头。

他和他的三轮车曾经是小区的一个标志，成为很多人的记忆。

此时，他坐在一旁和老爷子聊天，说天气，拉家常，谈论国家大事。他不知道，短短几分钟，我完成了一次时空穿越。

我和他们夫妻一样，都是小人物，如一粒尘埃而已。然，我在他们身上，看到了努力活着的姿态，低到尘埃的美好，还有我曾经逝去的光阴，有欢喜，有泪水，有失去的痛苦，有收获的喜悦，还有一种叫岁月的东西。

就像花儿开过，风会记得一样。这个世上，总有人会记得擦肩而过的温暖。

## 每一朵花都有盛开的理由

一

这是前些年的事了。

新房子装修好，去看家具，一个年轻的男导购员接待了我。他瘦高个子，皮肤白净，笑起来很阳光。

他很热情地问我买什么家具，然后详细介绍每一款家具的功能、质地、生产厂家，很专业，语气和善，让人听着很舒服。当我问起隔壁家具城另一个品牌家具质量如何时，他没有贬低别的品牌，而是客观描述了两个品牌的优缺点，态度诚恳、谦和有礼。第一次见面，对他很有好感。

我留了他的电话，说再考虑一下。他笑着说，有什么问题，可以随时打电话。回家，我开始在网上查询、对比各种家具品牌，遇到不懂的，就给他打电话。他很热情，没有一丝一毫不耐烦。后来，他说："姐，你加我QQ吧，这样更方便。"

最初，我们的话题只是家具，他给了我很多建议，从品牌的选购到家具的布局。我接受了他的建议，买了他推销的家具，效果很不错。

后来也聊别的。他说起他的老家，偏远山区的一个小山村。他是老大，下面还有两个妹妹、一个弟弟。只读到初中毕业，家里就没钱供他了。他不想一辈子待在大山里面，背上母亲给他烙的一摞饼，走了两天两夜，走出大山。他在饭店端过盘子，在物业公司做过保安，在家政公司干过家政。最穷困潦倒时，吃过别人丢弃的饭菜，睡过大街上的水泥管子，也辗转过不少城市。"就当是免费旅游了。"他很自豪。

他挣的钱，寄到家里，不但养活了家人，还供弟弟妹妹读了书。他说，知识能改变命运，一定要让弟弟妹妹读到大学毕业。他现在最遗憾的事，就是书读得少了。不过，他在书店买了书，晚上自学。他勤奋好学的精神让我钦佩。

后来，他的QQ头像一直灰着，不见露面，个性签名永远是这一句话："只要努力。"

我慢慢淡忘了他。

很久之后的一天，他突然在QQ上给我发了一个窗口抖动，吓我一跳。问他："从哪儿冒出来的呀？"他发了一个"坏笑"的表情，说："我要去外地上学了，想系统地学习家具设计方面的知识。"我回："好啊！希望你学业有成。"他回："谢谢姐。"

从那以后，再没和他联系过。

多年后，本市开了一家红木家具店，我去参观。一个高高瘦瘦的男人微笑着走过来，招呼着客人。似曾相识，一时又想不起来，短暂对视后，我们认出对方。他现在是一名家具设计师。我不知道，从一个初中毕业生成长为一个家具设计师，需要付出多少努力，需要学习多少知识，需要遭受多少挫折，但是，我看到他的眼神里流露出坚毅、自信的光芒。

我想起他QQ上的个性签名来，是啊，只要努力，再卑微的生命，也能开出美丽的花朵。

# 二

写字楼来了一位电梯工。小姑娘，二十岁左右，扎一个马尾辫，穿一件白T恤，一条牛仔裤，见人笑眯眯的。普通话说得不好，夹杂着一些方言。

傍晚下班时，我比别人晚走了一会儿。乘电梯时，只有小姑娘一个人，她抬头冲我笑笑，复又低头看书。我注意到她手里正捧着一本很厚的书，问她："看什么书呢？这么认真！"她不好意思地笑笑说："英语书。"说完，视线又回到打开的书本上。我随便瞄了一眼女孩看的书，是一本高中英语课本。

只要看到女孩值班，她的手里总捧着一本书，看得极认真。可能大多数人比较喜欢爱学习的人，同事们常谈论这个女孩。

天天乘电梯上上下下，人少的时候便和女孩聊会天儿。女孩来自偏远农村，因家境困难，只读到高二便辍学回家。为了供弟弟读书，来城里打工。目前除了做电梯工，她晚上去一个快餐店打工，早晨帮一家鲜奶吧送鲜奶。"我觉得每天时间不够用，不能走，只能奔跑。"女孩笑着说。

周日早晨，陪着儿子去公园的英语角练英语口语。我坐在长椅上休息，远远注视着儿子。这时，一个熟悉的身影忽然映入我的眼帘——瘦小的身影，白T恤，牛仔裤，扎一个马尾辫，是她。她在和一位外国人面对面全神贯注地谈论着，时不时打着手势。

和儿子说起她，儿子问："你怎么认识她呀？"我说："她是我们那儿的电梯工。"儿子惊讶得不得了，说："那个姐姐口语很厉害的。"

我不知道，这个瘦弱的女孩身体里积蓄着多大的能量。但是，我知道，这个女孩不抱怨、不埋怨，一点一滴地努力着。

后来，这个女孩辞职了。

一个偶然的机会，我在另一个公司写字楼看到她，她的脸上带着自信的微笑——她当然已经不是电梯工了，而是一位公司白领。

每当我听到年轻人抱怨社会不公，抱怨找不到一份体面清闲又收入颇丰的工作时，我就想起这位奔跑的女孩。

## 三

我喜欢花，家里既有娇贵的兰花，也有不起眼的太阳花。

兰花清新淡雅，花香袭人，令人爱不释手，但兰花是一种"娇"气较足的花卉，对水、肥、土、温、光等要求很高，稍有不慎，很难成活。单就浇水来说，就是一门很深的学问，古人云，养兰一点通，浇水三年功。我对兰花可谓煞费苦心，严格按照季节的变化和温度的高低来浇水，还唯恐照顾不周。

对于兰花旁边的太阳花，我从未在意过，经常随手把喝剩的茶倒进花盆，有时，七八天都不浇水。

兰花在我的精心照顾下，终于开花了。每天早晨，我都会站在兰花前，细细欣赏，轻嗅清香。某天，不经意的一瞥，看到太阳花居然开出了一朵淡黄的小花，不耀眼，很低调，像个淡淡妆、浅浅笑的女孩儿，惹人怜爱。看着这朵小花，一瞬间，我对自己厚此薄彼的行为，感到羞愧。

想起印度著名诗人泰戈尔的诗："你知道，你爱惜，花儿努力地开。

你不识，你厌恶，花儿同样努力地开。"其实，每一个生命就像是一朵花。我们人生路上，一路走来，应该珍惜看到的每一朵花，不管是高贵的还是卑微的，是朴素的还是雍容的，因为每一朵花都有盛开的理由。生命的花开着，便是好的。

# 辑二
# 愿与草木饮清茶

　　做一朵花吧，做一棵草吧，静静生长，淡淡欢喜。即使做不了花，也做不了草，那就去和花草共饮一杯清香的茶吧。

# 春不老

雪里蕻，竟然还有个名字，叫"春不老"。

我翻书偶然得知，先是惊，后是喜，最后开始浮想联翩。"春不老"，多么好听的名字呀！像极一个妩媚的女子，有着极细的腰肢，花朵般的面容，弱柳扶风般，行走在青衣柳巷，烟雨江南，有暗香盈袖，美不胜收。

然而，它只是一种蔬菜，普普通通。秋后，玉米被挂上了树，像一串串灯笼；萝卜拱开地缝，探出了头；白菜被扎上了裙带，束上了小蛮腰；院子里的花们，被霜打得憔悴不堪，垂下了高贵的头，"春不老"才开始播种。地里浇过水，半干之后，松土，蹚平，撒种，盖上一层薄土。没过几天，"春不老"就出土了，嫩绿的小苗，弱不禁风。

此时，树上的叶子黄了，落了，风像小蛇一样无孔不入。先是萝卜拔了，后是白菜起了，空落落的地里只剩下"春不老"了。它不急不躁地生长着，由嫩绿到翠绿，没过多久，就长成了绿油油的一片。风吹过来，它们摆动着婀娜的腰肢，宛如一群身着绿裙的仙子，手挽手欢快地舞蹈。这难得的一抹绿色与沉寂的田野、萧瑟的万物形成了鲜明的对比。

假如，它生在草木怀春、莺歌燕舞的春天，或者繁花似锦、蝶飞蜂舞的夏天，抑或硕果累累、金桂飘香的秋天，那么，它只能是一种普通的甚至不起眼的绿色蔬菜。可它，偏偏剑走偏锋，生长在万物凋零的冬天。

看看迎风绽放的蜡梅，傲立雪中的青松，诗人吟叹，画家描绘，众人传颂，风光无限。而作为"草根一族"的"春不老"，从没有享受过被吟成诗绘成画的待遇，更没有过万人瞩目的繁华时光。它就那么静静地长在风中，雨中，雪。碧绿的根茎，碧绿的叶子，在尘土里安详，在寒风下生长，没有悲欢的姿势。

《广群芳谱·蔬谱五》记载："四明有菜名雪里蕻，雪深，诸菜冻损，此菜独青。"不仅如此，它还有醒脑提神、解毒消肿、开胃消食等多种功效。

"春不老"经常被拿来腌制。清水洗过，太阳晒过，用粗盐揉搓过，置于坛中，方石压住，盖好盖子。将坛子放在墙根下，角落里，风吹日晒，雨雪霏霏，都不用管。剩下的，就交给时间吧。

那么鲜嫩的菜，经过时间的洗礼，石头的挤压，粗盐的腌渍，会怎样呢？我真怕它会像那些经了霜的花朵，变得憔悴不堪，惨不忍睹。

半个冬天过去，打开坛子，在雪白粗盐的映衬下，"春不老"颜色碧绿，晶莹剔透。捞起一棵，宛若娇俏女子，盈盈一笑，满室生辉，吐纳之间，清气如兰，比之前更多了几分别样的风情。嚼一口，那脆，那爽，在唇齿之间流连。

想必"春不老"应该有博大的胸怀，把曾经的风霜雨雪，曾经的挫折磨难，统统吞咽进去，全部转化成丰富的营养、甘甜的汁液，储存在饱满的茎叶里。

鲜嫩的菜，用生命中的韧性与坚强，诠释了"春不老"的名字。植物如此，人生亦如此。在凉薄而喧嚣的世间，在寒刀霜剑的背后，在风起云涌的浪潮中，你能忍得住寂寞，受得起打击，挺得住痛苦，顶得住压力，就能收获不老的春天。

初春，与友人至毛公墓前拜谒。春风煦煦，春意融融，站在墓前，心中感慨万千，耳边似有大雅传诵，弦歌缭绕。

两千多年前，大火熊熊，纸灰飞扬，一场浩劫袭来。以语《诗》为事的毛亨，在一个月黑风高之夜，将典籍贴身藏好，与侄子毛苌一路北上，来到这九河之间，播种，耕耘。

试想，如果没有当年毛氏叔侄一路风尘辗转至此，如果他们没遇到修学好古、实事求是的河间献王刘德，那么《诗经》又该是何等命运？那婉转动听的"关关雎鸠，在河之洲。窈窕淑女，君子好逑"是否能在耳畔回响？那朴实热烈的"桃之夭夭，灼灼其华。之子于归，宜其室家"是否还能让我们心生萌动？那感天动地的"死生契阔，与子成说。执子之手，与子偕老"是否会在我们口中声声传唱？

历经千年风华雨露，不论是《诗经》，还是传播火种的毛氏叔侄，抑或河间献王刘德，仿佛是那一棵棵长在风里、雨里、雪里，被手搓过，被石头压过，被盐腌过，仍然碧绿清爽的"春不老"，春意盎然。

用心写就的春天，永远不会老去。不信，你去问问那棵叫"春不老"的蔬菜。

## 坚强不屈齐会槐

你是一棵树。但，你已不是一棵树。

自元朝起，你静静地屹立在河北省河间市北石槽乡齐会村，已有七百多年。

见到你的那一瞬间，我的心中惊涛拍岸，卷起千堆雪，惊叹、激动、敬畏之情油然而生。

伤痕累累，苍劲皲裂，沟壑密布，扭曲空洞，青筋暴突……我不知道该用什么样的词语，来形容此时此刻的你。

树粗1.5米，高6.5米，树干南侧的一根大主枝，被侵华日军的炮弹炸断，导致重心偏移，树身如比萨斜塔一样，向北倾斜，用一根木头支撑着。树干下部，树皮损伤严重。树干上沟壑纵横，布满了或深或浅，或大或小的弹痕，如一双双饱含热泪的眼睛，注视着脚下这片土地；像一张张干瘪褶皱的嘴巴，撕心裂肺地诉说着曾经被蹂躏、被撕裂、被侮辱的痛苦与屈辱；似一个个翻滚涌动的漩涡，时刻提醒人们要知耻而后勇，知弱而图强，要历经磨难而坚强不屈。

你，是一棵有生命、有情感、有独特语言的古槐。你枝上的每一个叶片，都写满了坚强；你身上的每一个弹痕，都记录了日本侵略者的罪恶与战争的惨烈；你身上的每一个肿块、空洞，都在表达着你难以言说的愤怒与痛苦；你脚下的每一条根须，你身下的每一寸土地，都浸透了无数先人的汗水和血泪。朝代更迭，历史变迁，天灾人祸，世事沧桑、民族苦难，都被你一一收录在年轮里，悬挂在树梢上。

抚摸着你粗硬枯涩的身体，隔着七百多年的岁月，我试图去读懂你。读懂一座有生命的博物馆，读懂一本自然留给我们的历史教科书。

这个世界上，可怕的从来不是天灾，而是人祸。

1939年4月23日，侵华日军向河间市齐会村发起攻击。在贺龙师长的指挥下，驻齐会村的八路军与日军展开激战。日军久攻不下，恼羞成怒，火烧房屋，发射毒气弹。齐会一带火光冲天，毒气弥漫，枪声四起，炮火连天。

老槐树绿叶婆娑，在村中心位置，且地势最高，于一片民房之中，鹤立鸡群，成为日军首选攻击目标。

子弹、炮弹不断地打在老槐树身上和周围。这棵历经元、明、清、民国的老槐树，体无完肤，枝叶如雨点纷落。突然，一颗炮弹打来，南侧一根主枝"咔嚓"一声，当空断裂。老槐树在枪林弹雨中巍然屹立。

树下，一个接一个的战士倒下去，一个又一个战士顶上去。

一个战士，身负重伤，强忍剧痛，从牺牲的同志们身上找到几颗手榴弹，绑在自己身上，等日军靠近，拉响引线，与几个日军同归于尽。

一个机枪手，子弹打光，被敌人包围，他怀抱机枪，纵身跳进水塘。

……

齐会战斗亲历者、村里九十九岁的老党员时雁南老人回忆说："齐会战斗打得非常惨烈，日本侵略者的子弹将这棵老槐树的树叶都打秃了……"

日本侵略者，不可一世，耀武扬威。老槐树眉头紧锁，青筋暴突，两眼冒火，恨不能抽身相助。村民们冒着枪林弹雨抢运伤员，给战士们送水送饭，它只能用自己的身躯，为他们遮挡子弹。

八路军与侵华日军吉田大队连续激战三个昼夜，歼灭日军七百余人，生俘七人，缴获大批武器弹药，取得了平原歼灭战的重大胜利。这就是发生在大槐树脚下的齐会战斗。

　　齐会战斗结束，部队转移时，数百名村民参军入伍，保家卫国。他们在老槐树下，庄严宣誓："一定要打败日寇，把他们赶出中国！"老槐树身中数弹，元气大伤，仍笑中带泪，送上祝福："孩子们，早日打败敌人，回家团聚。"

　　"齐会战斗时，我给八路军送水送饭，帮着抬子弹箱、垒工事。齐会战斗一结束，我就参军了！"时雁南老人虽年事已高，但精神矍铄，思维敏捷。他曾经在战争中身负两处枪伤，在家养伤期间，还动员弟弟参加了八路军。后来，弟弟不幸牺牲。

　　老人说，日寇暴行，惨绝人寰。他的本家侄子也是一位共产党员，在村里任公安员。日寇为了找到他，将其母亲抓起来。敌人吓唬拷打，未能得逞。恼羞成怒的敌人，光天化日之下，强剥衣裤，将两个烧红的木炭，塞至老人腋下，只听"刺啦"一声，肉被烧焦，日军又割其双乳。这位伟大的母亲被折磨得死去活来，都没有屈服。

　　老槐树目睹了日军灭绝人性的野蛮暴行，它气得怒发冲冠，撕肝裂肺，痛彻骨髓。但是，它已身中十多颗子弹，主枝折断，极度衰弱，只能眼睁睁地看着自己的同胞忍受这民族耻辱。它老泪纵横，痛不欲生。

　　有一个人，老槐树永远都不会忘记。

　　他就是国际共产主义战士亨利·诺尔曼·白求恩。1938年3月31日，他不远万里，来到中国。在齐会战斗中，白求恩和他的医疗队战地手术室就设在距齐会村三公里的屯庄真武庙里。伤员一批一批从前线上运下来，炮弹接二连三地在手术室附近爆炸。小庙顶上的瓦，哗哗地往下掉，白求恩在简陋的手术台上，十分镇静地为伤员做手术。大约六十九个小时里，白求恩为一百一十五个伤员动了手术，创造了火线治愈率百分之八十五的奇迹。

生命垂危的老槐树，对这个高鼻梁的外国大夫充满感激之情。后来，白求恩大夫逝世的消息传到河间，不仅河间军民悲痛万分，就连这棵老槐树都痛彻心扉。

齐会战斗结束后，人们都以为这棵老槐树死了。

冬去春来，老槐树奇迹般地复活了，又长出了新的枝杈。

时光流转，岁月更迭，老槐树用血泪包裹着罪恶的子弹，树皮小心地裹着树心，分泌着汁液，修复着残缺的身体，生骨长肉。一个个弹孔，残缺的树皮，突起的肿块，都结成了疮疤。结疤的地方，成了老槐树最坚硬、最有力的地方。

它站在那里，裸露着疤痕，摇动着枝叶，好像在告诉后人：子弹虽然打进了它的身体，却无法剥夺一个生命的尊严。活着，是一件多么美好的事情！

曾经和时雁南老人一起战斗的历史见证者们，正在一个一个离我们远去。所幸，有这棵坚强的老槐树在为英雄代言，为历史代言，为这片红色的土地代言。

一位村民心疼地说："子弹到现在还留在老槐树体内。如果解剖的话，不知道老槐树的身体里有多少颗子弹。"这棵老槐树被村民们视为精神图腾。他们在树周围修了水泥围栏，还安排了专人对古槐进行日常养护。这些年，老槐树过着平静舒心的好日子，枝叶日渐繁茂。

槐树，被称为国槐。国槐之精神，即国家之精神。这棵坚强不屈的老槐树，不正是中华民族奋起抵御外辱、不屈不挠的象征吗？

老槐树所在的十字街口是齐会村最热闹的地方。我去时恰逢集市，卖菜的、卖水果的、卖熟食的，各种摊点林林总总，吆喝声不绝于耳。

它如同一个和蔼可亲又饱经风霜的老人，静静地站在阳光下，笑看云卷云舒，静听花开花落，俯瞰烟火人生。它守护一座村庄，也守护一段不能忘却的历史……

## 做一株植物，倾听爱情

梦里，我是一株植物，随性而妖娆，行走在《诗经》那平平仄仄的诗句里，倾听爱情。

桃之夭夭，灼灼其华。我是一枝爱情的桃，在乡野里盛放。我看见，那粉面桃腮的新娘，一身红装，低眉浅笑，顾盼生姿。她的双眸里，荡漾着幸福的涟漪。她与他曾于桃园偶遇。嫣然出篱笑的桃花，犹如她那美丽又羞涩的脸颊。爱情的种子，在他和她的心里萌芽，生长，日益繁茂。

桃花再次盛开的季节，她出嫁了。她的心，也如这桃花般绽放。或许他们有过"山无棱，天地合，才敢与君绝"的山盟海誓，抑或是"死生契阔，与子成说；持子之手，与子偕老"的浪漫宣言。我却唯愿，时光静好，与君语；细水流年，与君同；繁华落尽，与君老。

爱情的一枝桃，永远开在他（她）的心中，唯美浪漫。

终朝采蓝，不盈一襜。我是一株思念的蓝草，在无垠的旷野中，摇曳生姿。我在等待，等待那双纤细温柔的手，带给我掌心的温暖。那个着蓝衫蓝裙的女子，挎着竹篮，采蓝草。她时而低头沉思，时而抬头凝望，眉山目水间有情意展延。从前时光很慢，一生只够爱一人。思念的味道是甜蜜的，美好的。因为思念，才有了久别重逢的欢畅，才有了意外邂逅的惊喜，才让平淡的生活多了缠绵缱绻的韵味。

"我愿意为你，我愿意为你，忘记我姓名。就算多一秒，停留在你怀里，失去世界也不可惜……"我愿意，用我的生命，化成一滴一滴的蓝，让她把思念，一寸寸，融进为夫君织染的衣衫。

蒹葭苍苍，白露为霜。我是一丛诗意的蒹葭，饱满葱茏，生机盎然。现代人叫我芦苇，我更喜欢从前的名字。秋露浸润，天气薄凉，那个忧郁的青年，一次次来到岸边，看芦花繁茂，霜露点点。他思绪万千，心事重重，一次次在心中勾勒心上人的形象。那个女子，定是肤白貌美，体态轻盈吧。可是，可是，她到底在哪儿？在水之方，水之湄，抑或是水之涘？或许，她，永远是他心中的彼岸花吧？

任时光变换，沧海桑田，永远不变的是他内心的那份柔软。不管怎样，所谓的曾经，都将成为幸福的模样。

野有蔓草，零露漙兮。我是一团初夏的蔓草，清新美好。晨露微风，草香氤氲，沁人心脾。她布衣荆钗，素面朝天，却清扬婉兮，说不出的清纯，与青草、蓝天、绿树、碧水浑然一体。

他心如鹿撞，她情窦初开。最美的年华，遇见最美的你。如张爱玲所说，于千万人之中遇见你所遇见的人，于千万年之中，时间的无涯的荒野里，没有早一步，也没有晚一步，刚巧赶上了，那也没有别的话可说，唯有轻轻地问一声，噢，你也在这里吗？

风儿、鸟儿、花儿，让我们静静地倾听，静静地……

梦里，我是葛，是唐，是绿，是薇，是卷耳……在《诗经》里行走，倾听爱情，见证思念，收藏那些质朴清新的感情，以及远古时代那一颗颗粘着尘土与草香的初心。

## 风住尘香花已尽

梦里，花香，宋词。

多少个夜晚，我捧着李清照的词，读得如醉如痴。

我穿过千年前，那寂静幽深的长巷，叩开朱红斑驳的门扉，与词人一起东篱把酒，倾听她的喜怒哀乐、爱恨情愁。

李清照出身簪缨世家，书香门第。父亲李格非在朝为官，是苏东坡学生。母亲名门闺秀，善文学。少女时期的李清照，像一株饱吸阳光雨露的植物，无拘无束地生长。

春日清晨，一个青瓦黛墙的院落里，草木萋萋，花香氤氲，李清照在荡秋千。"墙里秋千墙外道。墙外行人，墙里佳人笑。笑渐不闻声渐悄，多情却被无情恼。"飘逸的长发，美丽的裙裾，清脆的笑声，在风中飘荡。忽闻有客来，她心如鹿撞，手足无措，走至门口，又按捺不住心头激动，回眸偷觑少年。"和羞走。倚门回首，却把青梅嗅。"为了掩饰自己的失态，她倚门假装嗅梅，娇羞怯怯，婀娜多姿。

李清照，活泼开朗，饱读诗书，无忧无虑。溪边亭中，她与友人游玩至日暮，沉醉不知归路，划着小舟，嬉戏于藕花深处，惊起鸥鹭一片。她还经常到东京街市，观赏花灯，写下许多灵动活泼的诗句。

十八岁，李清照嫁给太学生赵明诚，两人珠联璧合，琴瑟和鸣，也就有了新婚燕尔时"奴面不如花面好。云鬓斜簪，徒要教郎比并看"的娇羞甜蜜。夫妻二人研究金石书画，吟诗作赋，有时还会玩赌书斗茶的小游戏。斟上香茶，随意说出某个典故，猜它出自哪本书的第几卷、第几页、第几行。猜中者饮茶，不中者不得饮。由于李清照的记忆力特别强，几乎是百猜百中，明诚不得不甘拜下风。可是往往词人端起茶杯，明诚一句笑话，引得两人哈哈大笑，以至茶杯倾覆怀中。"余性偶强记，每饭罢，坐归来堂烹茶，指堆积书史，言某事在某书某卷第几页第几行，以中否角胜负，为饮茶先后。中，即举杯大笑，至茶倾覆怀中，反不得饮而起。"

那些幸福的时光，就像蝴蝶在花间舞翩跹，让人流连忘返，陶醉其中。

赵明诚在外为官，李清照思念不已，便将离愁别绪付诸文字，作了那首著名的《醉花阴》，寄给赵明诚。"薄雾浓云愁永昼，瑞脑销金兽。佳节又重阳，玉枕纱橱，半夜凉初透。东篱把酒黄昏后，有暗香盈袖。莫道不销魂，帘卷西风，人比黄花瘦。"史载，赵明诚接到后，叹赏不已，于是闭门谢客，三日得词五十首。他把李词杂于其间，请友人品评。友人说："只三句绝佳。"问哪三句，答："莫道不销魂，帘卷西风，人比黄花瘦。"明诚自叹不如。"花自飘零水自流。一种相思，两处闲愁。此情无计可消除，才下眉头，却上心头。"千言万语写不尽缠绵悱恻的思念，千呼万唤道不尽缱绻万千的浪漫。李清照与赵明诚志趣相同又相互爱慕，这样的爱情，令世人向往之。

奥地利作家斯蒂芬·茨威格说，所有命运赠送的礼物，都早已在暗中标好了价格。

黑云压城城欲摧，山雨欲来风满楼。金人铁蹄南下，东京沦陷，北宋王朝忽啦啦似大厦倾。雕栏玉砌应犹在，只是朱颜改。覆巢之下岂有完卵？李清照与赵明诚失去了故国和家园，开始了颠沛流离的生活。过往浮华，宛若南柯。如《牡丹亭》中那句最著名的唱词："原来姹紫嫣红开遍，似这般都付与断井颓垣。"

赵明诚在担任京城建康知府时，城里发生叛乱，他弃城而逃，被免去官职。心情黯然的夫妇二人，沿江向江西流亡。行至乌江镇时，李清照得知此地是当年项羽兵败自刎处，面对浩浩长江，吟出这首千古绝唱："生当作人杰，死亦为鬼雄。至今思项羽，不肯过江东。"赵明诚听着李清照掷地有声的金石之声，愧疚之感油然而生。琴瑟和鸣的爱情，糅杂了丝丝苦涩的味道。

不久，赵明诚染疾去世，金兵南犯。四十五岁的李清照大病一场，带着她和赵明诚一生搜集的书籍文物，漂泊逃亡。她托人保存的大量书籍，在战乱中被金兵焚掠；随身携带的几箱文物，被贼人偷窃。国破家亡，流离失所，夫君早逝。彼时的李清照，孤苦伶仃，痛断肝肠，空有满腹才华，却无处施展，禁不住仰天长叹："我报路长嗟日暮，学诗谩有惊人句。"

"感月吟风多少事，如今老去无成。谁怜憔悴更凋零。试灯无意思，踏雪没心情。"回首往事，感风吟月，烹茗煮酒，赌书泼墨，共迷金石，唱诗和文，诗书伉俪。曾经的美好，所有的幸福，都已随着山河破碎而烟消云散。落花流水春去也，天上人间。

李清照孤苦伶仃，漂泊流浪，像风中的落叶，如水中的浮萍。她渴望安定，渴望温暖，她需要一个家和一个疼她爱她的夫君。于是，她再婚张汝舟。但张是个伪君子，婚后，觊觎李清照身边的文物，彻底撕下了文人的面纱，对李清照拳脚相加，大打出手。李清照不惜以坐牢为代价与这个伪君子离了婚。彼时的李清照身心俱疲，心灰意冷。

曾经沧海难为水，除去巫山不是云。晚年李清照孑然一身，寄人篱下。

"病起萧萧两鬓华，卧看残月上窗纱。豆蔻连梢煎熟水，莫分茶。枕上诗书闲处好，门前风景雨来佳。终日向人多酝藉，木犀花。"李清照历经亡夫、文物被盗、两次大病、被骗婚骗财、解除婚姻、身陷囹圄等磨难之后，身在杭州，写下了这首词。看月、煎熟水、读书、赏景、观花……在乱世流徙中，在感受了世态炎凉、世事沧桑之后，李清照将深深的悲戚深埋心底。

陪伴在李清照身边的，除了诗，还有她一生不曾离弃的酒。此时，她饮下的是辛辣，是苦涩，更有数不尽道不完的愁绪。"寻寻觅觅，冷冷清清，凄凄惨惨戚戚。乍暖还寒时候，最难将息。三杯两盏淡酒，怎敌他、晚来风急！雁过也，正伤心，却是旧时相识。满地黄花堆积，憔悴损，如今有谁堪摘？守着窗儿，独自怎生得黑？梧桐更兼细雨，到黄昏，点点滴滴。这次第，怎一个愁字了得？"年年岁岁花相似，岁岁年年人不同。从"有暗香盈袖"到后来的"满地黄花堆积"，一个才华横溢、出身名门的女词人，沦落到了国破家亡、颠沛流离的境地。多少心酸，多少思念，多少无奈，多少孤独，多少委屈，岂是一个"愁"字能形容的？

当金人再次入侵，赵构再次出逃时，李清照流落到金华，友人请她去附近的双溪游玩，她长叹一声："风住尘香花已尽，日晚倦梳头。物是人非事事休，欲语泪先流。闻说双溪春尚好，也拟泛轻舟。只恐双溪舴艋舟，载不动许多愁。"国愁、家愁、情愁、学业之愁，任多大的船也载不动呀！

已入暮年的李清照，没有子嗣，没有亲人。她有一个好朋友，其小女十岁，极为聪颖。李清照希望将平生所学相授，不料孩子脱口说道："才藻非女子事也。"闻听此言，李清照忽觉一阵眩晕，悲从心来，孤独、寂寞、凄凉，像一块块石头，狠狠地将她击中。顷刻间，她的心支离破碎。

家国之痛，命运之殇，没有击垮李清照。她在愁苦流离中，殚精竭虑，坚持整理、校勘《金石录》，直至离世。

世事一场大梦，人生几度秋凉。千古词后，在厚重的史册上，也不过是一片瘦瘦的黄花，唯有暗香残留。我把杯中酒一饮而尽，醒来泪已湿枕。此刻，夜正阑珊。

## 倾听植物的呼吸

惊蛰至，万物动。我在倾听一盆植物的呼吸。

它两岁了。我熟悉它的呼吸，就像它熟悉我的脚步。

前年初秋，我去城郊买花。花棚的女主人，黝黑，胖，有着爽朗的笑声。我说，我不会养花，想买好养的花。她指着地上一盆肉嘟嘟的绿植说，这个好养，浇点水就活。问她这是啥花，她答碧玉。

红色的花盆，肥厚的绿叶，团团簇簇，是沸沸着的，像一群吵吵嚷嚷的胖娃娃。我像宝贝一样捧回家。

在网上一查，这花有好几个名字，豆瓣绿、翡翠椒草、小家碧玉……你听听，这些名字多么妩媚，妩媚到让人浮想联翩。让人想到，桃红柳绿的人间四月天，"春晓红袖舞，雨柔绿意深"；身着绿萝裙的小家碧玉，嫣然一笑，顾盼生姿，"记得绿罗裙，处处怜芳草"；还有那晶莹剔透的碧玉首饰，在女子的耳间鬓际、纤纤细腕，环佩叮当，风情万种。

碧玉被我安放在卧室窗台，阳光洒在它身上，融融泄泄。隔三五天，给它浇点水，看它一点点长出新的叶子。

春天来的时候，它比刚买来时大了一圈。外缘的茎叶因为长得快，失去了花盆的支撑，披散下来，有些不修边幅。它需要搬家了。

我想起阳台上那个曾经记录过滴水莲花事的大花盆。

滴水莲是前年春天从一个朋友家讨来的。朋友养着一大盆滴水莲，分蘖了很多棵。他挑一棵最大的，挖下来，帮我栽到一个大花盆里。

他说，这花好养，浇点水，给点儿阳光就好。花盆大，一两年都不用换盆。

送我出门时，他开玩笑说："花姑娘算是嫁到你家啦，好好照顾。"

我把滴水莲安置到主卧的窗下，有充足的阳光，隔两三天给它浇一次水，想它应该算是安居乐业吧。

然而，它似乎有些水土不服，竟一日一日萎了下去。

给它浇水，松土，施营养液……无论我怎么挽留，滴水莲去意已定。

先是一片叶子发黄，失了生机，支撑它的茎变得干瘪，朝圣般地匍匐下身子。接下来，叶茎接二连三倒伏，只剩下孤零零的一段根茎，最后，连它的根也开始干枯。一棵滴水莲，就这样香消玉殒。清理了残枝败叶，我把花盆打入"冷宫"。

给碧玉找新家的时候，我决定翻这个大花盆的"牌子"。

从阳台上拎过这个残土犹存的花盆，浇水，松土，把土里剩余的一截残根挖掉，再铺上一块塑料布，把盆里的土倒出来，撒上肥料，拌匀，然后小心翼翼地把碧玉从小花盆请到大花盆。

新家舒适宽敞，"小家碧玉"成了"大家闺秀"。

暮春时分，一个午后，给碧玉浇水时，我偶然在花盆边缘发现了一抹浅绿，也就那么一点点绿芽，羞怯怯地探出头来。以为不过是一棵小草，任它自生自灭吧。

没几天，那抹浅绿一点点长大，它抽出一片叶子、两片叶子……竟然是一株滴水莲。

天哪！它是怎么存活下来的？别说留在土里那一段干瘪的根，被我扫地出门，就连大块的土坷垃，都被我用小铁铲敲碎了。它是孙猴子转世，还是大变活"莲"呀？真叫人不可思议。

想它在枯萎里，积蓄了怎样的能量？又怎样挣扎出新的生命？是什么力量驱使它这么做的呢？我想，一定是信念，活着的信念吧。

它大概有半根筷子高了，柔柔弱弱地长在花盆边缘，像弱柳扶风的林妹妹。毕竟是人家的地盘，碧玉算是主人，它连客人都算不上，最多是个"私闯民宅"的不速之客。

它能长成什么样子？能与碧玉和谐相处吗？我特别好奇，以至于童心大发，还给它们起了小名——小莲和小玉。

看着它们，日子里就有了美好的期待和成长的喜悦。

小莲一点点长高，由浅绿到翠绿，长成了一大株。它居然一发而不可收，攻城略地，反客为主，后来居上。

小玉似乎完全接受了这个"不速之客"，在小莲脚下，做了陪衬。高挑的小莲疏朗有致，青翠的小玉团团簇簇。它们就这样相互依偎、相互搀扶着，走过一个夏天，一个秋天，一个冬天，直到今天，依然生机盎然。

想这两种互不相干的植物，居然阴错阳差走到了一起，一起呼吸，一起沐浴，一起享受阳光的照拂，一起听我和它们说悄悄话。

小玉也许从未想过，它会在茫茫花海中与小莲相遇。而小莲也许从未想过，它劫后余生，最终和小玉相遇。世间每一次相遇，真的都是久别重逢吗？

如果会说话，它们会一起聊一聊前世今生吗？或许它们聊着聊着，说到动情处，会喜极而泣；说到热闹处，会开怀大笑。偶尔，也会斗斗嘴，撒撒娇。矫情的时候，也许它们会说出张爱玲那句名言：时间的无涯的荒野里，没有早一步，也没有晚一步，刚巧赶上了，那也没有别的话可说，唯有轻轻地问一声："噢，你也在这里吗？"

我相信，它们会。

我常常让自己安静下来，去听一听它们的呼吸。就像此刻，我分明听到了它们体内的细胞被唤醒与激活的声音。

　　当一个人被一盆植物所吸引，与它们的呼吸融合在一起的时候，宁静与祥和，清心与喜悦，诗意与美好，就一定会在心头萦绕。

## 于春风中，赴一场草木之约

春日，风轻，花俏。

"轻风摇杂花，细雨乱丛枝。"风的步子迈得碎碎的，裹着香，携着甜，如戴着步摇的古代女子，逶迤而来。

彼时，细雨如丝，浸润花瓣，我见犹怜，更添几分朦胧之美。

宋代杨万里有诗曰："卷帘亭馆酣酣日，放杖溪山款款风。"在华美的亭馆中，珠帘高卷，和煦的阳光就那么铺下来，铺下来。诗人拄着拐杖，在溪山郊野间放步漫游，迎面吹来了款款的春风。

"款款风"，读诗至此，令人微醺。清风拂面，水波荡漾，涟漪阵阵，柳枝轻摇。湖边，该有一位双瞳剪水、面若桃花的女子吧。眼波流转，顾盼生姿，不疾不徐，款款走来。风起，环佩叮咚，摇曳生姿。举手投足间，有暗香浮动。

喜欢这样的风，轻，柔，如梦，似幻，令人遐想联翩。

几千年前，也是这样的风和日丽，抑或是细雨霏霏吧。

天苍苍，野茫茫，那些葛、薇、卷耳、唐、绿、蓝、荇菜、莼菜……葳蕤茂密、肆意生长。

美丽的女子，她们身着绿罗裙，云鬓高耸，穿过蒹葭，袅袅娜娜地，采绿采蓝，采桑采唐。她们或明眸皓齿，或娴静柔美，或窈窕翩跹。穿越千年，依然是最美的风景。

"关关雎鸠,在河之洲。窈窕淑女,君子好逑。"风轻,云淡,水清,树影婆娑,远处有鸟儿在啁啾。

水边的荇菜,鲜嫩欲滴,在微风的吹拂下,如游弋的小鱼,翩翩起舞。"参差荇菜,左右采之。"美丽的姑娘,穿着长长的绿裙子,挎着一只篾篮,在河边采荇菜。或许,她一边采着荇菜,还一边哼着歌。无意间看到水里自己娇俏的影子,姑娘的脸有些绯红。

"窈窕淑女,君子好逑。"这样清新自然的场景,这样美丽健康的女孩,偶遇的男子一见倾心,再见倾城,眉山目水间有情意展延。

《小雅·采绿》中有这样一句:"终朝采蓝,不盈一襜,五日为期,六日不詹。"诗中这个采蓝的女子,夫君尚在远方,思念盈满怀。

"夫君,你可知?千水万水,万水千山,都隔不断我对你的思念。家,没有你的气息,是空旷的,是清冷的。"

她再也坐不住,穿上自己织染的蓝衫蓝裙,要去田野里采蓝,为夫君织染衣裳。

说是采蓝,她却不时眺望远方。她盼望着,远方传来哒哒的马蹄声,夫君打马归来,挥着手,大声呼喊着她的名字。

"望穿秋水,不见伊人来。"彼时,田野里静悄悄的,天空中不时有鸟儿飞过,捧着手中的蓝,她的思念都染成了蓝色。这里的爱,如果有颜色,应该是蓝色的吧。

"椒聊之实,蕃衍盈升。……椒聊之实,蕃衍盈匊。"一棵棵花椒树上,花椒缀满枝头,繁密,红艳。多,真多,一嘟噜一嘟噜的,成串,硕果累累呢,更有相亲相爱的甜蜜。

姑娘们在树下采摘花椒。花椒结得太多了,随手一摘就是一大把。她们一边采摘,一边热议着那个即将成为新娘的姑娘。

"彼其之子,硕大无朋。……彼其之子,硕大且笃。"这个好姑娘,丰满又结实，她会很有福的。摘下花椒，放入她的嫁妆里，让美好的祝福永远跟随她。但愿，她嫁过去，像这一嘟噜一嘟噜的花椒一样，多子多孙。

这个场景很多见。新娘要出嫁了，新房里必定少不了枣、栗子、核桃、花生之类的东西，寓意多子多福。生活不只有眼前的苟且，还有对美好生活的向往和憧憬。

最喜欢的是那首《周南·芣苢》。芣苢，也叫车前子。

"春风如贵客，一到便繁华。"不过是一夜春风吹，地里的车前子，呼啦啦地钻出来，如探头探脑的小娃娃。

让人一下子想到了朱自清的《春》："春天像刚落地的娃娃，从头到脚都是新的，它生长着……"

"去采呀，去采呀！"女人们三三两两，叽叽喳喳，走进春风里，走进野地里，好多车前子呀！

"采采芣苢，薄言采之。采采芣苢，薄言有之。采采芣苢，薄言掇之……"多么和谐的画面，多么自然的场景，她们与天与地与植物浑然一体。

春天，我也曾约了闺蜜，去野地里挖荠菜。

她拎着荠菜，走在回家的路上，高兴地说最喜欢看家里那人，像兔子一样吃野菜蘸酱。她的眼里，有欢喜的波在荡。那是俗世里的暖。

即使穿越千百年，人类还在俗世里爱着，暖着，生生不息。

春风来的时候，我们要去赴一场草木的约会。

## 一棵野菜的江湖

初秋，婆婆丁的叶子开始肥硕起来。婆婆丁，学名蒲公英。它隐在草丛里，或趴在一棵树下，守着身下一片土，慢悠悠地吐着一朵朵小黄花，像个朴实又善良的柴火妞。小黄花落了，花托上就长出了洁白的绒球。

为什么叫婆婆丁呢？我很好奇。是不是很像一个喜眉笑眼的老婆婆呀？整天为一家老小操劳着，惦记这个，惦记那个，从不为自己着想，把一家人的生活打理得活色生香。

关于蒲公英，倒有一个传说。很久以前，有个十六七岁的姑娘患了乳痈。但她羞于开口，只好强忍着。母亲知道了，以为女儿做了什么见不得人的事。姑娘见母亲怀疑自己的贞节，又羞又气，更无脸见人，便横下一条心，在夜晚投河自尽。恰巧河边有一艘渔船，一个蒲姓老公公和女儿小英正在月光下撒网捕鱼。两人赶紧救起姑娘，问清了投河的原因。第二天，小英按照父亲的指点，从山上挖回一种草药，翠绿的披针形叶，边缘呈锯齿状，顶端长着一个松散的白绒球。小英将草药洗净后捣烂成泥，敷在姑娘的乳痈上，不几天病就痊愈了。为了纪念蒲姓渔家父女，人们便把这种野草称为蒲公英。

人踩，鸡啄，猪拱，蒲公英可不管那些，年年兀自生长着，坚强又茁壮。《本草衍义》里说："四时常有花，花罢飞絮，絮中有子，落处即生，所以庭院间皆有者，因风而来。"

不知道从哪天开始，蒲公英成了人们饭桌上的美味。从地里挖蒲公英，择净，清水冲洗，浸泡一两个小时，可以直接蘸大酱吃。蒲公英的苦鲜与大酱的咸香混合在一起，咸中略苦，苦中带鲜，鲜中微咸，别有一番滋味。不过，小孩子是不屑于吃它的，嫌它扎嘴，嫌它有苦味。孩子们还不懂得人生的苦，不管你想不想吃，有些苦是必须要吃的。蒲公英用水焯了，还可以包饺子、蒸包子，或者与粗粮面掺在一起，贴菜饼子、蒸菜团子。

父亲说，春天的野菜，最有营养。因为采集了天地的灵气，吸收了日月的精华，是大自然对人类的馈赠。父母膝盖不好，蹲下去，再起来，很是费劲。父亲用铁锹挖，母亲猫着腰跟在后面捡。一次，父母发现一片野菜长得很是茂盛，喜滋滋地赶紧过去挖。没想到，草丛里突然蹿出一条蛇来，吓得父亲差点犯了心脏病。好长时间了，母亲说起来还心有余悸。择野菜也是个麻烦事，需要耐心，去除黄叶、老叶、虫叶，将根上的黑皮去掉，一遍遍清洗，嫩一点的蘸酱吃，老一点的晒干了泡水喝。打上一大袋野菜，晾干后，也就剩下很小的一把。

我有慢性咽炎，母亲每年都要给我晒上很大一包蒲公英，放在办公室里泡水喝。因长期喝蒲公英，咽炎几乎没有犯过。一位朋友见我喝蒲公英水，惊讶地问："你咋还喝这玩意呀？等我给你买点普洱茶来。"我笑着说："这玩意是宝贝呢。"

前段时间，身体不适，去药店买消炎药。店员推荐一种叫蒲地蓝的中成药。我拿过来一看，主要成分就是蒲公英。知道蒲公英有药用价值，但是看到药盒里精致的绿色小药片，想想地里那不起眼的野菜，还是多出了几分敬佩之情。清代名医陈士铎早有赞言："至贱而有大功。"

《诗经·卫风·伯兮》里，有这样一句："自伯之东，首如飞蓬。岂无膏沐，谁适为容？"诗里所说的"飞蓬"就是蒲公英开花后结的籽。诗中的女子因丈夫征兵到边塞，辗转相思，不梳不洗，头发乱得像蒲公英结的草籽。虽然家里有的是香油香膏，但她又为谁来梳妆打扮呢？一个多么痴情又可爱的女子。看到蒲公英，我常常想起这句诗，不觉莞尔。

我的办公室在三楼，窗外是窄窄的飞檐。不知从何时起，一棵蒲公英，居然在飞檐上安营扎寨。它寸土必争地争取着活的权利，在飞檐上仅有的一点土里生长、开花、结籽，活出最好的状态。我在屋内，它在屋外，我们隔着一扇窗。刮风时，它在风中摇曳；下雨时，它在雨中畅饮。我写字累了，就站在窗前看看它。更多的时候，它在屋外静静地看着办公室里的繁华。很多次，我想打开窗户，和它来个亲密接触。无奈，窗户是固定了的。也许正因为如此，它才存活下来，一年又一年，自成风景，开枝散叶，繁衍后代。

出门旅游，千里之外，人是疏离的，语言是陌生的，却在一片树林里与一棵蒲公英相遇。它在一棵树下，羞涩地开着小黄花，欢颜轻绽，清香暗播。孤单的我，再也不觉异乡的陌生与疏离。天地有多大，它就能走多远。人是抱着希望与信念在世上行走的，蒲公英也是如此吧？

父亲打电话来，兴奋地说，他采了蒲公英的种子，要把它们播种在老家的院子里，以后不用去洼里挖蒲公英了。蒲公英居然可以在我家的院子里重出江湖，想想就很激动。

## 愿与草木饮清茶

一

四月，花开灼灼。

紫荆的花开得葳蕤极了。紫红色的花朵，簇拥着枝条，沸沸地开着，掏心掏肺，毫无保留，有着傻傻的、浓得化不开的热情。

它们把一颗心捧出来，给天，给地，给你，给我。

我站在树下，一颗清素的心，开始沸腾起来，燃烧起来。

其实，世上没有一朵花不是美的。

树下的草也是美的。它们静静地点缀着那些花的美，衬托着花的美，不吵不闹，心思单纯，活得简单而又平凡。花开时节，它们静静地欣赏；花落时节，它们伸出小手，接住那些缤纷的落英。

我在拍路边的波斯菊时，一棵星星草无意间闯入我的镜头。

它混在一片金灿灿的波斯菊中，仰着一张天真的小脸儿，笑意盈盈，不巴结，不迎合，不轻贱，兀自欢喜着。

草是天真的，单纯的，它不慕虚荣，只安静地做着自己。

这世上，谁比谁更优越呢？你有你的盛放，我有我的繁华。

生命中高贵与卑微，真的无所谓。按着自己的心意生长，编织属于自己的梦就够了。

二

我上班，必经一条路。路两旁有槐，槐下植有紫薇和美人蕉。

七月，路旁的花争先恐后地开。

粉紫色的紫薇开得团团簇簇，微风一吹，像一群小女孩，在那儿唱啊跳啊，停不下来。

美人蕉，也不甘示弱，吐出一朵红，又一朵黄，像个魔术师一样，让人看得眼花缭乱。

很远就能闻到槐花的香味。树上的槐花，在上面看着紫薇和美人蕉比美，眼馋得不得了。于是，它们成群结队地挣脱了槐树的怀抱，跳着舞，落在紫薇和美人蕉上，落在马路上，落在行人身上。

跟紫薇、美人蕉相依相偎的槐花，会说些什么呢？它会说："哎呀，一年啦，我们又见面啦！好想你们呀！盼来盼去，终于盼到这一天了。"紫薇、美人蕉会高兴地说："是呀，是呀！终于见面了。"美人蕉和紫薇说，槐花的味道没有变，依然那样香。它们说着笑着，有着说不完的话。天上的云听见，笑着飘走了。采蜜的蜜蜂听到了，停下吮吸，静静地聆听。地上的虫子听到了，高兴地鼓起掌来。

我一路走，一路赏，心里充盈着说不出的美好。

店铺门前，一位长发披肩的姑娘坐在藤椅上，捧着一本书，很认真地读。她穿一件浅粉花连衣裙，瀑布一样的长发一直垂到腰部。槐花如雨点一样，落到她的头上，她的肩上，她的脚下。她的身旁，紫薇、美人蕉花开潋滟，就像一幅画一样，镶在了夏天的画框里，也镶在了我的心里。

# 三

不知何时，瑜伽馆里多了一个男人的身影。

他个子不高，清瘦，戴一副眼镜。每次上课前，他就在教室后面，安静地坐着。

小城里，练瑜伽的男人凤毛麟角。女学员们叽叽喳喳地说话，常常忽略了他的存在。

女更衣室里，挤挤挨挨。男更衣室里，只有他一人。一些女学员图方便，常跑到男更衣室里去换衣服。下了课，他以迅雷不及掩耳之势，披了外衣就走，女学员们就可堂而皇之地霸占男更衣室了。

他几乎不缺课，舞韵瑜伽也从不落下。有女学员窃窃私语，男士练舞韵瑜伽挺有意思。

瑜伽馆里举办庆典活动，他夹在一群花一样的女学员当中，表演舞韵瑜伽，表情虔诚，像一株努力又极认真生长的草。

爵士钢琴手塞隆尼斯·蒙克说过，你就按照自己喜欢的样子演奏便好。至于世间要求什么，那种事情不必考虑。

# 四

路过花店，必进去转一转。有时买几枝含苞欲放的百合，有时买几枝小雏菊或者几枝玫瑰花，一切随缘。

去一家花店，一个娃娃脸、大眼睛的小姑娘，正在修剪鲜花。

看见我，她笑着问："喜欢什么花？"

我说："想要些小雏菊，放水里养。"她回："姐，这些花都是冷藏过的，放在水里养的话，花期会短些。明天，我订购的鲜花到货，你拿最新鲜的花，花期可长了！"

她笑，我也笑。我为她那句"花期可长了"而动容。

第二天，我去她的花店，她给我留着一束鲜美水灵的小雏菊。我捧着一束花，就像捧着整个春天，心也明媚起来。

我用清水供着，供养着一屋子的喜悦。真的，花期可长了，很久都没有败。曾经看过这样一句话，哪怕你的口袋里穷得只剩下一文钱，你也要花半文钱去买花，芬芳你自己。

有了一颗芬芳的心，即使遇到再大的风，再大的雨，那又何妨？

<h1 style="text-align:center">五</h1>

山间，路旁，一个搭在枝丫间的小小鸟窝，闯入了我的视线。鸟窝极精致，细细的草叶，重重叠叠，紧凑密实，圆润舒适，给人无限温暖。这是我在外地爬山时，无意间掠入眼中的画面，再也忘不掉。

不知道什么原因，它就走进了我心里。我确信，它与我心底的某根脉络相连相通，触动了我的灵魂，在我心里投下了异样的温暖。

这样漂亮的鸟窝，是怎样的一只鸟筑成的？或者是怎样的一家鸟筑成的？我不知道。我宁愿说出是"家"，而不是"窝"。我认为它们与人类一样是有语言、有思想的，只不过，我们不懂鸟语，没有走进它们的世界。我想象着，天上白云飘飘，山间凉风习习，青草悠悠，花香浓郁，鸟儿站在枝头婉转歌唱。

是"自在娇莺恰恰啼"中的黄莺吗？小路上，花开得盛，枝条被压得垂下来，花蕊之上是流连忘返的彩蝶翩翩起舞，黄莺在唱着美妙无比的歌。是"两个黄鹂鸣翠柳，一行白鹭上青天"中的黄鹂和白鹭吗？初春，如烟如雾的春柳，一对黄鹂一唱一和，一行白鹭自由自在地翱翔在湛蓝的天空上。是"谁家新燕啄春泥"中可爱的小燕子吗？春姑娘在唱着歌，跳着舞，小燕子从南国飞回来了，啄泥衔草，营建新巢，心中是满满的欢喜和盼望。这是怎样的人间仙境啊！我醉在自己描绘的风景画里，不能自拔。

我与它对视着。朋友在一旁催促，向上爬呀，就要到山顶上了。他不知道，我内心的波澜壮阔，而我不想说，亦不能说。说了，就会破坏了我内心的意境。就像今天，我遇到了这小巧的鸟窝，而我不想知道，住在这里的是怎样的一只鸟或者一家鸟。我宁愿就这样，一日一日绵延着我的想象。

# 六

朋友在几百里外的山村买了房子，邀我们前往。

一个春日，开了几个小时的车，到了山脚下。

沿着弯弯曲曲的山路，盘旋而上，几座依山而建的徽式建筑映入眼帘。

拾级而上，推开院门，一片姹紫嫣红扑面而来，甬路两侧有大片的虞美人、对叶菊，还有一些不知名的小花随风摇曳。黄瓜、辣椒、茄子等蔬菜，饱满葱茏。

叶在长，花在开，一张小方桌放在花旁，有茶香袅袅。主人脚下，卧着一只慵懒的小狗。它抬头看看我们，复又低头打盹。

主人随手摘下几片植物的叶子，丢进茶壶。少顷，轻啜一口，从口到心，瞬间被清凉填满。

"是薄荷呢。"主人笑。

世间竟还有这样的植物。它具有医用和食用的双重功能，茎、叶、花均可食用，既可作为调味剂，又可作香料，还可配酒、冲茶等。"满腹清凉之感"，令人心旷神怡。

向一株植物学习吧，该绿的时候，拼命绿；该绽放的时候，拼命绽放。你看与不看，它都在这里。

做一朵花吧，做一棵草吧，静静生长，淡淡欢喜。即使做不了花，也做不了草，那就去和草木共饮一杯清香的茶吧。

## 冬天，也是一种春天

### 一

冬天，新型冠状病毒肺炎还妄想着卷土重来，让极寒天气做它的巢穴。

市里派出医护人员火速支援石家庄。其中，有位男士是我的邻居，是名疾控工作人员，还有一位美女护士是我的微信好友。他们都穿着厚厚的防护服，要不是防护服上写着名字，很难认出来。

那位邻居，个子不高，白净，利落，见人乐呵呵的。下班回家，手里有时拎着一兜菜，有时拎着一兜馒头，很顾家。2008年汶川地震，他去支援震后消杀工作。这次，他又报名出征。

微信里那位美女护士，人长得漂亮，也爱美，有两个宝宝。工作之余，经常在朋友圈晒娃、晒美食。

看他们披挂出征的视频，很感动。

石家庄很冷，他们一定把春天带过去了。老树说，春风已经在路上，估计很快就能回。

## 二

父亲爱花。

父母来城里"猫冬"，花也来"猫冬"。

阳台上，父亲养的一盆蟹爪莲开成了粉红色的瀑布。站在那里，似乎能听到瀑布哗哗地倾泻下来，粉红的颜色四处飞溅。

这盆花是父亲用一棵仙人掌嫁接的，有七八年了。如今，仙人掌还是那棵仙人掌，但是它上面的蟹爪莲长成了好大的一蓬。它先是向上长，接着向一面披垂下来，颇有点黄山迎客松的味道。

一朵朵粉红色的花，像一个个点燃的爆竹，噼噼啪啪引爆了冬天。更像一群穿着粉衣粉裙的小女孩，在那里载歌载舞，叽叽喳喳地想叫醒沉睡的春天。

每天中午，八十多岁的父母，一人一个小板凳，坐在阳台上看花。一边看一边感叹，这花比去年开得还大还密呢。

父母的眼睛里都是春天。

## 三

常去一家理发店。

店主是一位五十多岁的大姐，瘦高个儿，眼睛不大，说话爽快。从十七岁干这一行，一晃好几十年了，靠着这门手艺，在城里买了房。

最初，理发店开在车库，地方不大，顾客大都是小区居民。干了几年，顾客越来越多，她租了小区的底商，还雇了一名员工，开起了像模像样的理发店。

房子宽敞明亮，装修简洁，两扇大玻璃门擦得锃光瓦亮。大家都说，真豁亮。大姐笑笑说，可不是嘛，租金也翻了好几倍呢。

大姐除了理发，就一个爱好——跳交谊舞。

吃了晚饭，大姐穿上红舞鞋，换上长裙，昂首挺胸，骑上电动车走了。三九天儿，也不例外。电动车车把上挂了厚厚的挡风被，她穿一件长款羽绒服，脚上依然穿着红舞鞋。问大姐冷不冷，大姐说，不冷，跳一会儿就热了。

因为疫情，交谊舞活动暂停了。

经过大姐的理发店，没有客人，她认真地擦着红舞鞋。

擦完鞋，她换上，站起来，张开双臂，跳起舞来。她上身穿一件红色蝙蝠毛衫，下身穿一条黑色阔腿裤，舞步轻盈，姿势优美，像一只翩翩起舞的蝴蝶，更像一朵肆意绽放的红牡丹。

## 四

偌大的公园，游人不多，且都戴着口罩，音箱里播放着防疫科普知识。

背阴的湖面结了冰，草地是枯黄的，一切都删繁就简。

很意外的，我在一丛掉光叶子的灌木枝条上，发现了一串串红果子，像一个个晶莹剔透的玛瑙，挂在枝头。

"识花君"告诉我，它的名字叫毛核木，为忍冬科。花朵凋谢后即结成浆果，成串簇生，深秋后果实转为红色，且一直挂果，至翌年早春。

春夏时节，花们都憋着劲儿，喊着号子开，公园里开成一片花海。我真的没注意过这个叫"毛核木"的植物。没想到，它竟然在这个万物黯然失色的季节，活得光彩灼灼。

想它和花们、树们，一起走过春夏秋冬，一路走一路欢声笑语，熙熙攘攘，等一回头，才发现，小伙伴们都已偃旗息鼓，休养生息。只有它褪去华服，再披锦衣，把生命的明艳认认真真地写在冬的册页上。

经历了风霜雨雪，它的果子越发艳丽。

如人生，经历一些挫折，才会越发坚韧。

## 五

一个中年男人，在公园湖畔边忘情地歌唱。

手机、三脚架、音箱、话筒，一应俱全。

他跟着音乐唱得很投入，一首接一首，从《再回首》到《你的柔情我永远不懂》，再到《真的爱你》。

人们从他身边经过，有的看一眼，有的径直走过去了。他沉浸在自己的世界里。

他的旁边是粼粼的湖水，几只野鸭和一对黑天鹅在湖中慢慢游弋，歌声在风里回荡。

说不上多么好听，可是，我在那歌声里听到了开心愉悦的花朵，在灿然绽放。

## 六

这个冬天，沧州两位老人先后离世。

一位是捐出毕生积蓄助学的离休教师方桂馥。他少年丧父，青年丧母，终身未婚，听不到声音，交流只能靠写字。他舍不得吃，舍不得喝，舍不得穿，先后捐出八十五张存折，最少的五百元，最多的一万两千元，时间跨度长达四十年。

另一位是沧州好医生范力华。她从十九岁到七十七岁，终身未婚，把五十八年时光献给了医院和患者。被确诊患癌后，她坚持工作，直到无法站立，才不得不手术。手术前，她向党组织缴纳了一万元的特殊党费，并立下遗嘱：生就站着生，要清醒，要自理，要工作。死就快些死，不做无价值的抢救，捐献器官，骨灰撒入大海。

我久久凝视着他们的照片，他们的笑容是温暖的，眼神是干净的，像孩子一样。

那是光，是暖，是春天般的感觉。

## 七

看一则新闻，那位感动中国的"春运母亲"，历经十一年，被找到了。

2010年1月30日，一位年轻的母亲背上背着巨大的行囊，左手拎着一个背包，右手揽着一个婴儿，在火车站匆匆赶车。被新华社记者周科拍下后，被各大媒体引用、转发，成为"春运表情"。

2021年春节前夕，记者辗转找到了这位母亲。她叫巴木玉布木，是四川省凉山彝族自治州越西县瓦岩乡桃园村人。她没上过一天学，在大山里过着贫困的日子，住着漏雨的房子，家里没有通电，为了生计，不得不带着孩子，外出打工。如今，她已是四个孩子的母亲，住着三室一厅的房子，孩子们享受义务教育，一家人其乐融融。

是精准扶贫政策，让他们依靠种植烟叶，过上了幸福生活。

据统计，过去八年，我国近一亿贫困人口实现脱贫，而巴木玉布木就是其中的一员。

巴木玉布木脸上的笑容是那么灿烂。普里什文在《花朵的河》中写道："在春洪奔流过的地方，现在到处是花朵的洪流。"一亿张笑脸，想必一定是一条奔涌不息的花朵的洪流。

新型冠状病毒肺炎还没走，我们从最初的恐惧不安到如今坦然面对，生活的列车还在一路向前。有瘟疫，更有温暖；有黑夜，更有黎明；有阴霾，更有阳光。

医疗队队员把春天带到了石家庄；我的老父亲在亲手培育的一盆蟹爪莲上，找到了春天；理发店的大姐，捧着心爱的红舞鞋，就像捧着春天；毛核木在冬天让自己活得像春天一样美丽；那位中年男人让歌声开出了春天般愉悦的花朵；两位老人虽死犹生，活成了春天的模样；那个年轻母亲的笑容，温暖了整个中国。

有花，有光，有暖，有爱，冬天，何尝不是另一种春天？

## 种在皮箱里的白菜

皮箱里种白菜，这好像绝不可能，但确实存在。

我在一家足疗按摩店门前，偶然发现了它。那是一只去掉了翻盖的皮箱，确切地说是半只皮箱。浅灰色的底子，上面有深灰色的斑点，边角上镶着暖黄色的条边，皮箱一侧有暖黄色的皮革拉手，里面长着一箱绿油油的小白菜。

这真是个奇妙的组合。怎么会想到用皮箱种菜呢？种菜的人该是个怎样的人呢？一定是个热爱生活又有情调的小女子吧。

一日一日，我好奇着，猜测着，看一眼皮箱和皮箱里的菜，便生出很多趣味。

想那皮箱曾经是小女子的爱物吧，装过心爱的衣物，装过琳琅满目的化妆品，装过她喜欢的书籍，装过男朋友送的礼物。跟着她走南闯北，坐汽车火车，乘飞机轮船，走过繁华都市，穿过喧嚣人群，听过主人的笑声，看过主人的泪水，不知陪伴着主人走过多少难忘的岁月。后来，箱子坏了，破了，过时了，但是她舍不得丢弃。

突然有一天，她萌生了一个新奇的想法。已经闲置许久被放在角落里的皮箱，听到了主人熟悉的脚步。主人把它拎到门前，剪掉翻盖，装上满满一箱土，用手捏碎土坷垃，浇了水，晾得半干，轻轻地撒上白菜种子，盖上一层细土，把它放到阳光下。

白菜的种子落入皮箱里的时候，吃惊地看了一眼周围，确认这是它们从未见过的地方。

黑暗里，种子们大口大口喝着水，汲取着营养，比着肩，努着劲儿，等待小芽破土而出。黑暗有唤醒灵魂的力量。几天后，当它们破土而出，伸直腰，睁开眼，看到外面的世界时，才发现原来它们生长在一个温暖的皮箱里。

一粒种子不知道自己来自何处，落在哪里，但一落地，它就会坚强地活下去，捍卫它生存的权利。

相遇，就是这么神奇。皮箱和小白菜相互打量着，惺惺相惜着，一起沐浴着阳光，一起听鸟儿的啁啾，一起接受风儿的轻抚，一起看川流不息的人群，开始了日日厮守、相依相伴的日子。

路过的人们都会忍不住停下脚步，看一会儿皮箱里的菜，然后称赞一声，这真是一箱绿油油的人间烟火呀！

终于见到了这箱菜的主人。

如我所料，真的是个小女人。她皮肤白皙，身材高挑，扎一个丸子头，穿一件淡黄色的卫衣，一条牛仔裤，一双白色运动鞋，热情开朗，充满活力。

经常去店里做按摩，也就知道了她的故事。

父亲早逝，兄妹多，家里条件不好，初中毕业，她就外出打工。临行，一向节俭的母亲，去商场给她买了一只皮箱。送她上车时，母亲流着泪嘱咐她："闺女，无论多难，要做干净人，挣干净钱，过踏实日子，睡安稳觉。"

初到大城市时，她年龄小，没有一技之长，也没有学历，不仅没找到工作，还被黑中介骗去了身上所有的钱。只好自认倒霉，一个人拎着箱子流落街头，连吃饭都成了问题。"又冷又饿的时候，就想吃妈妈做的白菜炖粉条，想家里暖暖的棉被窝，想喝妈妈熬的粥。"她笑着说，一脸的云淡风轻。

找不到工作，去工地搬水泥。水泥的灰尘，呛得眼睛都看不清，吐口唾沫都是黑的，一辆车接一辆车，连休息一下的时间都没有。一天下来，浑身骨头都散了架。

后来，找到一份流水线工作，每天一睁眼就像机器人一样干活。她住在一个矮小破旧的出租屋里。冬天，没有暖气，早晨起床刷牙，牙缸里的水都会结冰。夏天，闷热难耐，苍蝇蚊子，嗡嗡地盘旋，唱着恼人的歌。出租屋连饭桌都没有，她就在皮箱上吃饭，有时当饭桌，有时当板凳。吃苦还不算啥，经常被黑心老板克扣工资。

她辗转了多个城市，做过流水线工人，做过化妆品销售员，在按摩店打过工，被传销团伙骗过，吃过很多苦。躺在逼仄的出租屋里，梦想过一夜暴富，也梦想过嫁入豪门。兜兜转转，看过了很多人很多事，她才体会到母亲说的"做干净人，挣干净钱，过踏实日子，睡安稳觉"是最好的人生态度。她拎着一只箱子回到家乡，嫁了一个老实本分的男人，用打工赚来的钱，开了一家足疗按摩店。

那个皮箱跟了她好多年，有的地方磨坏了，两个轮子也掉了，但她一直舍不得扔，在里面种上小白菜。这样，箱子以另一种方式陪伴着她，就像母亲在她身边一样。

她说，人生在世，说复杂也复杂，说简单也简单，能做一棵温和淡然的小白菜也挺好，不轻贱自己，也不攀附巴结。就像一杯寡淡无奇的白开水，可谁又能离得了呢？

罗曼·罗兰说过，世上只有一种英雄主义，就是在认清生活的真相之后，依然热爱生活。有白菜一样的朴素心地和人生智慧，往后余生，她一定能将日子过得趣味盎然。

## 惟有葵花向日倾

我上班必经过一个十字路口。那儿有一块空地，已闲置多年，杂草丛生，碎砖烂瓦，一派萧条景象。

春天，开始有人翻地松土，播种浇水。没几天，小苗破土而出。我每从那儿走过，眼光都会不由自主地落到那些小苗上面。呵呵，它们又长出了几片叶子。看，它们又高了许多。那些小苗就像是正在蹿个儿的孩子，一天一个样儿。没过多久，一株株挺拔的向日葵就出现在我的眼前。

我每天欣赏着向日葵的点点滴滴，日子便很有盼头地朝前过着。走到那儿，我总要停一停，和它们打声招呼，问声好。盛夏来了，金黄的向日葵热烈地开放着。我站在它们旁边，仿佛听到了它们的欢声笑语。那炫目的金黄，在人的心中，泛起了一圈一圈的涟漪。

傍晚，那个老人必在。老人衣着整洁，头发灰白，戴一副黑边眼镜，身材瘦削，但精神矍铄。他背着双手，在那些向日葵面前，一棵一棵地细细查看，眉眼里盛着笑意。他很满意，那些向日葵像撒了欢儿的小马驹一样，开得那么欢实。而那些向日葵，因为他的注目，更显苗壮。植物是通人性的，你施于它人性的关爱与照拂，它必回报你倾尽全力的蓬勃与葳蕤。

老人见了我，总是笑着问："下班了？"

我回他一句："嗯，老伯，你种的东西都成了别人眼中的风景了。"

老人笑："在这儿干活真是一种享受啊，看着人来人往，可舒服了。路人也是我的风景啊！"

老人的话语不俗。我心里一喜，想起那首经典的诗："你站在桥上看风景，看风景的人在楼上看你。明月装饰了你的窗子，你装饰了别人的梦。"老人用汗水装点了我的思乡梦啊！

"看着这么好的地闲着，怪心疼的。"老人说。

闲聊中，知道老人是一位退休教师，从十七岁开始教书，一干就是四十多年，一生命运多舛。他说起自己的过去，显得很轻松，好像在述说一件与他无关的事情。

"我教的学生，全国各地都有，各行各业都有，还有不少在国外深造呢！每年，他们都会回来看我。"老人看着金灿灿的向日葵，眼神闪亮，自豪之情溢于言表。

与老人告别时，他打开了随身携带的收音机。收音机里传来了字正腔圆的京剧，有如天籁之音。老人微闭着眼，手里摇着一把蒲扇，陶醉其中。夕阳照在他身上，波光粼粼的。

一日，突然听人谈起这个老人，得知他已患癌多年，一直与癌症做斗争。他把所有的时光，都献给了教育事业，甚至没有婚姻、没有子女。有的学生家庭困难，他买书、买吃的，供他们上学；学生大学毕业了，他帮着张罗工作、找对象；退了休还义务辅导小区的孩子们学习……

抬头看看远处那一棵棵挺立的向日葵，我想起北宋诗人司马光的《客中初夏》来："四月清和雨乍晴，南山当户转分明。更无柳絮因风起，惟有葵花向日倾。"诗里的葵花，一心向日，任雨打风吹，不动不摇。

我不禁感叹，植物如此，人亦应如此。

# 百年古桑

这是一片明代古桑林，位于河北献县本斋回族乡孟各庄村，至今已有六百余年历史。

行走古桑林，我意外发现一棵独特的古桑。这棵树出地之后，树身先是以七十五度左右的斜角向东倾斜，树身向左绕旋，然后在两米多的地方，拐了一个弯儿，顺势在半空中画了一个"问号"。"问号"的尾部向下平行生出两个大枝，匍匐在地，枝叶婆娑，白色桑葚若隐若现。树身空洞，纹路跌宕起伏，再往上，树皮开裂中空，似有炭化痕迹。

这棵桑树为什么会长成这样？因为病虫害、遭雷击，抑或人为因素？我不得其解。当地一老农指着树的周围答，它是在追随着阳光长。如果它不这样长，就永远见不到阳光。我仔细一看，在它周围，三棵粗大的古桑，从北、西、南三个方向，以字母"C"的形状，包围着它。抬头，是一片绿云，如伞如盖。而它的东边几米处就是开阔的农田，白花花的阳光，就那么倾泻下来。好一个冰火两重天。

原来，这棵桑树在想方设法从遮天蔽日的桑叶中突围出来，一直向东，寻找阳光。它倾斜，它低头，它弯腰，它匍匐在地上，都是在虔诚地追赶阳光。像逐日的夸父，一边大声喊着"太阳，等等我"，一边努力奔跑，直至筋疲力尽。它那倾斜弯曲的树身，两条匍匐向下的树枝，像一个虔诚的朝圣者，更像一座生命的雕塑，有着饱经沧桑的厚重与庄严。

去西藏，我见过朝圣路上的藏胞。他们身着长围裙，手戴木拖板，喃喃念诵，磕长头，然后起身，循环往复，不远万里，直至抵达心中最神圣的地方。为了朝圣，他们心甘情愿忍饥挨饿，跋山涉水历经磨难，甚至献出自己的生命。

我面前的这棵古桑，不就是这样一个朝圣者吗？它心中最神圣的地方，就是阳光普照的地方。相比其他古桑，它明显瘦小，像个发育不良的孩子，但是，它至少有两百多岁了。许是桑果掉落，籽落土中，生根发芽，抑或鸟儿无意间促成好事。几百年前的春天，一粒种子，经过漫长的等待，痛苦的挣扎，终于破土而出。然而，它一出生就注定了生命不会一帆风顺。它睁开眼睛，伸伸懒腰，环视四周，只见周围高大的桑树，枝叶浓密，遮挡了视线，也遮挡住了和煦的阳光。向上，看不到天空。向东，有大片的阳光，铺在一望无际的田野上。

它身上的每一寸肌肤，每一片枝叶，每一个细胞，都需要阳光的照拂，而它的种子却被撒落到这样一个地方。它若自暴自弃，将会永远深埋于泥土之中，不见天日。它接受着命运安排，但又不屈从于命运的安排，努力活出个样子给天看，给地看，给自己看。

物竞天择，适者生存。它拼尽全力，把根深深扎进土壤里，牢牢地抓住身下每一寸土地，生长，倾斜，再倾斜，向着阳光一点点靠近。有过路的人在嘲讽它，这棵桑树，简直是"歪瓜裂枣"；有孩子爬上它的身体，左摇右摆，当摇椅，当秋千；有羊群走到它身边，把它的枝叶啃得七零八落。它忍受着讥笑与嘲讽，忍受着破坏与侮辱，努力积蓄能量，释放内心强大的力量，捍卫着生存的权利。

雷劈电击，人踩畜啃，虫咬鸟啄……要成长，就有压制；要生存，就有毁灭。只有战胜这些，才能奔向光明。梭罗说："一个人怎么看待自己，决定了此人的命运，指向了他的归宿。不管你的生命多么卑微，你要勇敢地面对生活，不用逃避。"人是行走的树，树是站立的人。这棵桑树将疼痛与苦难全部转化为生长的动力。因为它始终相信自己，只要朝着一个方向努力，总有一天会实现自己的梦想。

它真的做到了，把自己完全交给了阳光。

桑树本是普通的树种，《诗经·小雅·小弁》中有："维桑与梓，必恭敬止。"然而，这个造型独特的古桑，恐怕世间唯此一棵，就是能工巧匠也不一定能创作出这样的杰作。看它劲结的树根，就知道这棵古桑有多大的定力和耐力。

一方水土养育一方人，也养育一方植物。人与树，脚踏同一片土地，头顶同一片天空，同呼吸、共命运，相知相伴，荣辱与共。在兵荒马乱、饥荒遍地的年代，人们摘桑葚，采桑叶，剥树皮，以此果腹。人饥饿瘦弱，树也奄奄一息。树下流过多少血泪，脚下发生多少故事，人知道，树也知道。人记在心里，载入史册；树记在年轮，挂在树梢。

抗日战争时期，马本斋率领回民支队，以古桑做掩体，打得日寇丧魂落魄，丢盔弃甲，落荒而逃。古桑见证了抗日英雄马本斋带领回民支队歼灭日寇的浴血奋战，更见证了马本斋母亲拒写劝降信，绝食七日，以身殉国的英雄壮举。

1937年7月7日，日军铁蹄犯我中华，马本斋义愤填膺，率领乡亲们组建队伍，奋起抗争。1941年7月，马本斋率回民支队与日军驻河间山本联队展开了激烈斗争。几番交手，山本连连失利。1941年8月，黔驴技穷的山本，将马本斋的母亲白文冠抓到河间宪兵队，用种种手段逼迫马母给马本斋写劝降信。但是，深明大义的马母宁死不屈，绝食七天，以身殉国。痛失母亲的马本斋化悲痛为力量，在战场上更加英勇杀敌，战斗取得节节胜利。马本斋以此告慰母亲的在天之灵，他长跪在母亲坟前，激动地说："娘，你看到没有，咱们要翻身解放了，再也不用当牛做马了。"

由于过度思念母亲，加上连年征战，马本斋身体每况愈下。1944年2月7日，马本斋英年病逝，年仅四十二岁。他死的时候半坐着，腿上还摊着正在写的《战斗札记》。山河呜咽，草木同悲。英雄虽逝，精神永存。

春日，与友人去马本斋母子烈士陵园拜谒。陵园坐南向北，迎门巍然矗立着一座汉白玉英雄纪念碑。纪念碑的基座为圆形，象征太阳。马母白文冠烈士安息在陵园中间，马本斋的衣冠冢紧紧依偎在母亲墓前。这对英雄的母子久经别离，终于可以安卧地下，相拥而眠了。

古桑历经磨难，苦苦追寻阳光，不惜将树身匍匐在大地上。英雄母子历经苦难，苦苦追求和平与光明，不惜将鲜血和生命抛洒在大地上。如今，在这块红色的土地上，人民安居乐业，古桑安稳踏实，一派祥和气息。硝烟虽已远去，历史不容忘却。铭记历史，绝不仅仅是记住苦难，而是要吞下苦难，知耻而后勇，不屈不挠，自强不息。这是一个人、一棵树，乃至一个国家、一个民族都应该具备的精神和气节。

此刻，阳光照耀着这棵古桑，它的枝叶闪着钻石般的光芒。我摘下一颗白色微粉的桑葚，细细品味着它酸甜绵长的味道，像是咀嚼着一部两百多年的史书。

## 青青大蒜

正午，冬日的阳光，小鱼一样游进来，与窗台上的一盆蒜苗缠绵。蒜苗嫩绿的叶子，像镶上了亮闪闪的"钻石"。这抹嫩绿，成了冬季里连接我与老家的纽带。

白露早，寒露迟，秋分种蒜正当时。秋分节气一到，父亲便准备在院子里种蒜了。

父亲说："深栽葱子浅栽蒜。"地浇过水，晾得半干，用铁锨翻过，铁耙细细耧平，开好沟，把一瓣一瓣的蒜，种在沟里，铺上地膜。过几天，蒜就发芽出土了，嫩黄的蒜苗如淘气的娃娃，直拱得薄膜高高凸起。父亲便拿个小钩子，帮助这些"娃娃们"放风透气。

等蒜苗长到半拃高，冬天就来了，盖上柴草或者牛粪当被子，它们就安眠过冬了。

来年一开春，春风那么一吹，再来上几场雨，蒜就睡醒了，伸个懒腰，开始猛长。过不了多长时间，蒜的叶子中间就会扭出一个花骨朵一样的茎，那就是蒜薹。之所以说是"扭出"，因为它很柔弱，细脚伶仃的，很像老人们嘴中"黄毛丫头"头上的小辫子。此时，馋嘴的人们再也按捺不住肚里的馋虫了，把蒜薹抽出来，炒上几个新出窝的柴鸡蛋，或者切上几刀五花肉。那鲜味，简直是绕"嘴"三日而不绝。我们有时图省事，就用嫩蒜薹蘸着母亲做的黄酱吃，也别有一番风味。

"五一"前后，蒜就成熟了。这个时候，母亲比父亲更心急。吃饭时，母亲有一搭没一搭地念叨："到了腌糖蒜的时候了。"我们在后面跟着起哄："吃糖蒜，吃糖蒜。"父亲总是不紧不慢地说："再等等，让它们再长长。"

挖蒜的时候，父亲最高兴。他拿起磨得锃亮的铁锹，先是小心翼翼地挖上一棵，拎到眼前，仔细看看长势，然后，"噌噌噌"几下，一溜大蒜就被放倒了。母亲跟在父亲后面，抖掉土，把它们分类归拢到一起。嫩一点的腌糖蒜，老一点的辫起来，能吃到第二年春天。

接下来，该母亲大显身手了。母亲洗好坛坛罐罐，把嫩蒜的蒜苗切掉，扒掉老皮，用清水泡上两三天。腌一坛放白糖的蒜，又甜又脆，当水果吃；一坛放酱油、醋、盐、大料的，咸中带香；还有一坛只放清水和盐的，清凉爽口。老蒜被我们辫成大辫子，挂在南墙根下，什么时候想吃了，顺手拽下一头。

父亲常说，蒜就像是农村里的"皮孩子"，爬着滚着，被风吹着揉着，被太阳烤着晒着，就长大了，不娇气，命贱却顽强。可不，冬天，把蒜泡到清水里或者种到花盆里，啥都不用管。没几天，蒜就发芽了。蒜苗长高了，割下来，包饺子或者炒鸡蛋，绝对是一道美味。隔几天，又长出寸把高，还可以再割，再吃，一茬一茬的。冬天储藏的蒜吃不完，放到春天，蒜就干瘪了。那也不要扔，把它埋到土里，用不了多久，就会长起来。

蒜还有另外一种吃法，腌腊八蒜。腊八节这一天，家家户户都腌腊八蒜。剥好蒜瓣，用上好的米醋浸泡，密封。一段时间后，蒜瓣通体碧绿，如同翡翠碧玉，口感酸辣适度，醋香、蒜香融为一体，用来配饺子吃，那真是绝配。腊八蒜也就常常成为除夕夜饺子的好伴侣。

据说，因为"蒜"和"算"字同音，腊八蒜还曾被委以要账的重任。

进入年关，腊八节这天，生意人都要把一年的收支算出来，准备过年。如果有欠账，直接去要呢，显得双方都没面子。于是，收债人就会腌上一坛腊八蒜，很委婉地送到欠账人家里。欠账的人收到了，自然心照不宣。看来，蒜不光皮实，没脾气，还成了替人们要账的"丑角"。

家乡还流传着新婚喜宴放大蒜的风俗，寓意落地生根，多子多孙。人们知道，隆重而甜蜜的婚礼之后，就是漫长而平淡的生活。不管风吹雨打，还是艰难困苦，都要一路欢歌走下去。就像这皮实的大蒜，给点水，给点土，就能生长，甚至，给点空气都能发芽。

历经磨难，八十多岁的父亲，常常感叹，"蒜"如人生。

想到明年一开春，我就能吃到父亲亲手种的大蒜和母亲亲手腌的糖蒜，心里美美的。冬天，就让这盆水灵灵的蒜苗陪着我，因为，它能读懂我的眼神。

## 韭香悠悠

《红楼梦》有诗："一畦春韭绿，十里稻花香。"

春韭，一个极其秀美妩媚的名字，让人联想到冯唐的"春水初生，春林初盛，春风十里，不如你"，让人想到百草萌发、新燕呢喃，还有桃红柳绿、人间四月天等诸多美景。

韭菜，种一年，年年长，以春韭最为珍贵。春风一吹，韭菜就冒出了嫩芽，没几天，就成为绿茸茸的一片。春韭纤细，适合用剪刀剪，一根一根，嫩得冒水。《本草纲目》记载："正月葱，二月韭。"二月的韭菜，鲜嫩，味美，且有温补作用，为人们所喜爱。

韭菜早在两千多年前就有记载，《诗经·豳风·七月》有咏："四之日其蚤，献羔祭韭。"初春二月，去行祭礼，为祖先献上羔羊和春韭。春韭能作为祭礼，除了味极鲜美之外，与韭菜的"剪而复生""久久为韭"有很大关系，意在祈求祖先护佑子孙后代永远昌盛绵延。

杜甫的《赠卫八处士》写春韭："夜雨剪春韭，新炊间黄粱。主称会面难，一举累十觞。"饱尝风霜，失散多年的故友久别重逢，心中纵有万语千言，却不知从何说起。夜雨淅沥，主人倾尽所有招待故友，冒雨剪下嫩绿的春韭，烹制菜肴。烛光融融，韭香氤氲，举杯对饮，酒入豪肠。这样安宁祥和的夜晚，诗人一时间忘记了战争离乱，忘记了忧伤愁苦，忘记了今夕何夕。美好的时光，就这样停下来多好。然而，世事两茫茫，明日之别，何日能相见？不得知，不得知！

年复一年，春韭还在，诗人与故友却已远隔千山万水。

或许，每个人，都只是对方生命中的匆匆过客，没有谁，可以陪伴谁走到人生的终点。但是，那一把鲜嫩欲滴的春韭，成为诗人与故友深厚友谊的见证，滋味绵长，流传千古。

明代高启也写过春韭："芽抽冒余湿，掩冉烟中缕。几夜故人来，寻畦剪春雨。"春雨淅沥，主人灯下读书，忽闻柴门轻叩，友人来也。于是，主人披蓑戴笠，割几把春韭回来，做个韭菜炒鸡蛋。耳边雨潺潺，窗外夜迢迢。绿蚁新醅酒，红泥小火炉。一把春韭，平添了不少情趣。这样的诗句，不管隔着多少岁月，读起来，依然是春意盎然，春风满面。

从春到秋，韭菜且割且长。除了春韭从古至今被人们视为珍馐外，韭花同样入味入诗。

八月，韭开花。一根细长的茎，顶着一头细碎的小白花儿，像撑起一柄小伞。采摘下韭花，捣碎，可做成味道鲜美的韭花酱。

杨凝式的《韭花帖》，千百年来，被推崇之至，位列天下第五大行书。"昼寝乍兴，辄饥正甚，忽蒙简翰，猥赐盘飧。当一叶报秋之初，乃韭花逞味之始，助其肥羜，实谓珍羞，充腹之馀。铭肌载切，谨修状陈谢伏惟鉴察。"初秋，杨凝式昼寝乍起，腹中饥饿之时，得到友人馈赠以韭花充饥之后，答谢朋友美意，信笔写下这封信。

杨凝式生在乱世，朝代更迭频繁，战乱连年。他几次入朝为官，又多次寻病辞官，甚至为了避祸，不得不装疯佯狂，生活动荡不安。乱世里一捧韭花，不再是普通的韭花，而是朋友一片难得的真心与真情，被杨凝式称之为珍馐。其生活之乐观，态度之积极，对朋友的感激之情均跃然纸上。这捧珍贵的韭花，是历史上保鲜最久的韭花。

小时候，春韭炒鸡蛋是招待贵客的上等菜，不等客人离开，小孩子是不能上桌子的。一年春天，临近中午，父亲的一个老朋友突然造访。那天，我正发着高烧，几顿饭没吃，躺在床上昏昏欲睡。为了招待客人，母亲赶紧收起刚刚出锅的玉米饼子，忙不迭地取出一点白面，准备烙饼。奶奶用几斤玉米换来了一把春韭。不一会儿，韭菜炒鸡蛋的香味扑鼻而来。躺在床上的我，突然来了食欲。等客人离开家门后，母亲拿过一角卷了韭菜炒鸡蛋的大饼，递给我。我咬一口，真香呀！白面饼的松软，春韭的清香，鸡蛋的鲜香，混合在一起，那是我这辈子吃过的最香的饭。当晚，我就退烧了。奶奶说："你这丫头就是馋春韭炒鸡蛋了。"

如今，院子里，父亲专门辟了一小块地种韭菜。我们从春天一直吃到秋天，蒸包子、包饺子、烙合子，换着花样吃。秋天，母亲摘下韭花，给我们做成韭花酱。韭花酱放到冰箱里冷冻，可以吃上一年。

在老家长大的侄女，后来去美国留学。在美国，她念念不忘的是奶奶蒸的韭菜馅大包子。她和爷爷奶奶视频聊天，总抱怨在美国吃不到好吃的韭菜馅包子。母亲最后一句话一定是："啥时回来，奶奶给你蒸韭菜馅包子。"侄女笑，我们也笑。祖孙两代人，隔着千山万水，韭菜成了连接亲情的纽带。

春天，去一户人家慰问。家中只有一个七十多岁的老太太，几间矮小的青砖房，院子里一畦春韭绿油油的。老太太指着韭菜说，这是老头子去年种下的，上了好多鸡粪，长得特别壮。她的老伴去年因脑瘤去世，生病期间，硬撑着爬起来，松土、浇水、种上韭菜。

想象着老头儿种韭菜的情景，不觉悲哀，只觉温暖。往后余生，他的老伴还有一畦绿意葱茏的韭菜陪伴着，应该不会太凄凉吧。

韭香悠悠，久久不息。

## 那时桃花，香如故

寂静的夜晚，我手捧书卷，踏着时光的阡陌，穿过深深雨巷，轻叩朱红门扉，于一树桃花旁，见证一场又一场爱的相逢。

"桃之夭夭，灼灼其华。之子于归，宜其室家。"最热烈的相逢，出现在三千多年前的桃树下。彼时，桃花绽放，姹紫嫣红，云蒸霞蔚。她俏如桃花，他眉目俊朗，一见倾心，再见倾城。桃花再次盛开的季节，她出嫁了。那繁花满枝的桃，成为他与她爱情最美的见证。从此，唯愿从锦绣年华到白发苍苍，在我心，世间始终你好。

那唯美纯净的人面桃花初相逢，属于唐朝诗人崔护。那年春日，他举进士不第，清明独游，来到一处花木掩映的庄院，"酒渴求饮"，轻叩门扉。随着木门"吱呀"一声，一位粉面桃腮的少女款款而出。彼时，桃花嫣然出篱笑，少女明媚似桃花。四目相视，已是情愫暗生。岂料来年崔护故地重游时，却是"人面不知何处去，桃花依旧笑春风"。春还在，花亦开，心上人却不知去向何方，诗人心中泛起无限伤感。那如桃花一样的少女，最后做了谁的妇？不得知。但，那唯美的桃花以及桃花下的相逢，像清晨的露珠般晶莹剔透，永远植入了诗人的生命历程。成为他的心结，抑或是他此生再也放不下的心事。

那伤感悲凉的桃花落红旧相逢，在宋朝，在沈园。他是陆游，风流倜傥，满腹诗文；她是唐琬，清灵秀气，才华横溢。他们青梅竹马，情投意合，凤钗为媒，天地为证。两人婚后，恩爱有加，举案齐眉，岂料却遭陆母狠心拆散。陆游偷偷另筑别院，安置唐琬，被陆母发现后，彻底断绝两人往来。二人悲痛欲绝，从此天各一方。

又是一年春来到，陆游独自来到沈园踏春。竟然邂逅已嫁作他人妇的唐琬。四目相对，多少惊喜，多少无奈，多少哀怨，多少思念，如海啸般袭来。转瞬，唐琬离去，空留陆游在原地黯然神伤。所有的思念，所有的悲哀，所有的血泪，尽数化作千古绝唱《钗头凤》。"桃花落，闲池阁，山盟虽在，锦书难托……"相见争如不见，有情何似无情。那满地的落红，美得让人心碎。陆游临终前一年，再游沈园，写下最后一首思念唐婉的诗："沈家园里花如锦，半是当年识放翁。也信美人终作土，不堪幽梦太匆匆。"沈园的桃花依然灿烂无比，而让陆游魂牵梦绕的唐婉已随落花作古于土下。从桃花如锦到满地落红，仿佛一场轮回，恰似陆游与唐婉那凄美无比的爱情。

那次百感交集的重逢，属于北宋才子晏几道和一个歌女。他虽为北宋宰相晏殊之子，但生性高傲，漠视权贵，把所有的情感都给了那些如桃花般的歌女。多年后，他与一个久别多年的歌女在人生的渡口，得以重逢。当年，他与佳人，月下柳梢时饮酒寻乐，高歌曼舞，直至月落西沉，桃花扇无力摇动，也不肯停歇。那无限欢乐，记忆犹新。"从别后，忆相逢。几回魂梦与君同。"林花谢了春红，太匆匆。

"你还好吗？"夜晚，他颤抖着双手，持着银灯，细细端详眼前这个饱经风霜却风韵犹存的女子，生怕一眨眼，一切都会消失。他们守望彼此，心中纵有千言万语，竟然不知从何说起。愿时光能缓，愿故人不散。然，天下宴席皆有尽，也许，明日一别，从此，天涯两茫茫。那把多情的桃花扇，永远记得，那一日，他们曾经"舞低杨柳楼心月，歌尽桃花扇底风"。

一枝枝桃花，见证了或热烈或唯美或感伤或沧桑的爱的相逢。即便历经千年，依然流淌着过往的醇香。

## 情事越千年

冬夜，窗外狂风怒号，屋内暖意融融。我在灯下品读《诗经》，穿越千年，感受那依然动人的爱情。

"终风且暴，顾我则笑。谑浪笑敖，中心是悼。"或许，也是这样寒冷的天气吧。女子出门，突遇风雨，她急慌慌地跑去附近的亭子里避雨。以为亭子里没人的，进亭来，用手轻抚脸上的雨水，一抬头，却与一男子四目相对。惊，愣，窘，女子的脸立刻红了。男子斜睨着眼，坏坏地看着她，半真半假地挑逗她。女子心如鹿撞，抬头复又低头，男子已坏笑着走远，留她一个人在那里发呆。"莫往莫来，悠悠我思。"从此，他的影子再也挥之不去，白天想，夜晚思，茶饭不进。"剪不断，理还乱，是离愁，别是一般滋味在心头……"

漫漫长夜，孤枕难眠，有谁能懂得她深深的忧伤？有谁能懂得她绵长的思念？《邶风·终风》里这个痴情的姑娘让人心疼。谁知这样的思念与等待，最终换来的是爱还是殇？

最是寂寞女儿心，如守着荒漠婚姻的朱安。

朱安之于鲁迅不过如此。"她是我母亲的太太，不是我的太太。这是我母亲送我的一件礼物，我只负有赡养义务，爱情是我所不知道的。"四十多年的婚姻，朱安像一只蜗牛一样，努力地想走近鲁迅，走近他心中的大先生。可是，他是她永远也读不懂的一本书，永远也越不过的一座山。她守着有名无实的婚姻，终其一生，孤独离世。在生命的最后，朱安悲痛欲绝地说出了这样一段话："我好比一只蜗牛，从墙底一点一点地往上爬，虽然爬得慢，但我相信总有一天会爬到墙顶的。现在我没办法了，我没有力量爬了。"何其悲凉。

爱，原不是一个人的事，要两情相悦才好。

还是来看《小雅·隰桑》中那个情窦初开的女子吧。"甜蜜蜜，你笑得甜蜜蜜，好像花儿开在春风里，开在春风里……"该是个草长莺飞的春日吧。风含情，水含笑，姑娘挎着竹篮，迈着轻盈的脚步，心里甜蜜得似要淌出汁来。

和煦的阳光，就那么铺下来，铺在碧绿的桑叶上，泄泄融融。"隰桑有阿，其叶有难。……隰桑有阿，其叶有沃。……隰桑有阿，其叶有幽。"阳光是美好的，桑叶是美好的，连空气都是美好的。姑娘采着桑叶，心里满满的，都是心上人。心里正想着，猛一抬头，那人竟来了。姑娘的心立刻怦怦跳，激动，紧张，慌乱，哎呀，我的头发乱吗？我的衣服乱吗？

她多想如小鹿一样，欢快地跑过去，说一句："亲爱的，你知道吗？我见到你，是多么快乐！你知道，我有多想你吗？"然，她却继续假装采桑叶，心却怦怦跳着，脸颊上飞起红云一片，羞涩得不知说啥好。那人渐渐走远，她后悔得直跺脚呀。"心乎爱矣，遐不谓矣。中心藏之，何日忘之！"我那么想念他，为何不敢告诉他呢？他永远都会在我心里，哪一日都不会忘记的。这个傻姑娘，爱一个人，你要学会表达呀！

很多时候，爱是等不来的，不如去主动争取。如《郑风·褰裳》里那个泼辣的姑娘，令人忍俊不禁。"子惠思我，褰裳涉溱。子不我思，岂无他人？狂童之狂也且！"面对患得患失，始终没有明确答复的恋人，姑娘不想猜，亦不想等，她要的是一句痛快话。

爱，或不爱，来个痛快的，作为一个男人，别那么磨叽。于是某天，风和日丽，姑娘梳妆打扮，穿上美丽的裙裾，或许还叫上了两三个闺蜜，一同去河边，她们要给这个坏小子点颜色。姑娘冲着河对岸的恋人喊话："你如果爱我，你就提起裤脚，蹚过这溱河来。哼，你不想我，难道就没有别人了吗？想我的人可多了去啦！我告诉你，可别太狂妄了！"

姑娘聪明伶俐又自信满满，她不是一味地等待，把命运交由上天或他人，她懂得幸福是靠自己努力争取来的。

《诗经》里的那些爱、那些情，从未走远，它们始终生动着、鲜活着，一日一日，绵延不绝。

## 怀一颗春心

天寒地冻的时候，像盼过年一样盼春天，盼春暖花开，盼草长莺飞四月天。

惊蛰一过，天一天比一天暖，风一天比一天柔，经过路边的小花园时，发现明媚的阳光把小树的树芽全部催发了。小小的树芽，打着卷儿，探着头，像个犹抱琵琶半遮面的女子。孩子们急着脱掉笨重的棉服，解放被禁锢了一冬天的胳膊腿儿，在草地上尽情地撒欢儿。女孩子迫不及待地换上洁净的裙装，露出纤纤细腰和美丽的脚踝，浑身散发着逼人的青春活力，路人忍不住回头看一眼，再看一眼。小区里，整个冬天都把脖子缩在羽绒服领子里的大叔，也换上了运动服，抱着篮球往体育场跑。

可这天真像小孩子的脸，说变就变。春天只扒了个头儿，扮了个鬼脸，嘿嘿笑了两声，就不知道躲到哪里去了。寒流就像喝醉酒的醉汉，左突右冲，横冲直撞。晚上，狂风怒吼，光听动静就够吓人的。站在窗前，看楼下那刚刚吐绿的树被风吹得东倒西歪，我为那些嫩得不堪一击的芽儿们担心，怕它们经受不住这寒风的侵袭，会受伤，会怨声载道，会再也不相信春暖花开。

没来由地想起一位朋友。她大学毕业，去了一家薪水不低的单位。朋友属于直性子，说话直来直去，但工作蛮拼的。上司也是一个爱才的人，很是欣赏她，日子过得顺风顺水。去年秋天，单位换了新上司。这位上司好大喜功，不喜欢低头钻研业务的人，倒对溜须拍马的人高看一眼。朋友不盲从，偶尔在人前发了句牢骚，不知怎么，这句话就跑到了上司的耳朵里。上司是一个非常任性的人，于是，朋友被迅速地边缘化。人是群居动物，可想而知，当一个群体把一个人边缘化时，后果是很可怕的。

冬天，有一阵子，朋友痛苦、纠结，最后失眠，一把一把地掉头发。"我的心就像这严冬，感觉找不到希望。"几个老友聚餐时，朋友没绷住，"哇"的一声哭了出来。

她说，她羡慕别人开怀大笑，可是，她好久都没有笑过了。朋友黯淡的眼神，紧锁的眉头，憔悴的面容，与现在被狂风摧残的树芽毫无二致。

"我们要有一颗期待春天的心，努力做最好的自己，相信春天一定会来的。"几个老友都劝她。

有一阵子没见着朋友。听说，她很忙，每到周末就泡在图书馆里。

再见朋友，是前几天。她眉飞色舞地告诉我，她的论文在全国获奖了，一等奖，而且上司换人了，是一位充满正能量的上司。"春天真的来了！"朋友的笑发自内心。

看我望着楼下的树发出感叹，先生说，真是庸人自扰之。他说，什么都挡不住春天的脚步，不信过几天再看。可不是吗！你看楼前的草地，远远看上去还是一副萧瑟的样子，简直就是枯草。但是，你轻轻地扒开，根部已经有了绿的痕迹。

果然，只冷了两三天，气温就开始回升，那些发芽的树又幸福地沐浴在阳光下了。

人就得像草一样，像树一样，不管环境好坏，要做好自己，永远怀有一颗期待春天的心。

# 辑三
# 踮起脚尖来爱你

那一刻，她终于知道，所谓父亲，就是那个永远踮起脚尖
来疼她爱她的人。

## 切开苹果看星星

常去一家眼镜店配眼镜，认识了大鹏。

大鹏在眼镜店打工十多年了。个子不高，留平头，穿一件白T恤，一条牛仔裤，一双板儿鞋，爱说，爱笑，爱唱，走路一阵风似的。这十多年，他休假不超过十天。

老人配花镜，孩子配近视镜，他都热情相待，绝不会有丝毫敷衍。有老人举着一副断了一条腿儿的老花镜过来，焦急地问："小伙子，给我看看这眼镜还能修吗？跑了好几家了，人家都不给修。戴了十多年了，跟老伙计似的。"大鹏说："您别急，我看看。"他转身拎出工具箱，里面电烙铁、专用钳、小改锥、小起子，一应俱全。

别看修一条眼镜腿儿，比配一副眼镜用的时间还长，得给它"做手术"。因为眼镜框老化，得用电烙铁对镜架局部加热，取下旧螺丝，再植入一个新螺丝，然后把眼镜框和眼镜腿儿焊接到一起。弄好了，不挣钱，费时间；弄不好或者弄坏了，受累不讨好，可大鹏依然乐此不疲。时间长了，人们都知道眼镜店有个小伙子手巧还热情。有行动不变的老人，偶尔会给他打电话，叫他上门去修眼镜。他也不推辞，下了班，骑着自行车就去了。同事们称他"万能鹏"。

大鹏从小聪明，爱唱爱跳，阴错阳差学了视力矫正专业。娘说过，不管干啥，得弄出个四五六来。娘的意思就是做什么事都得认真。娘没文化，但是一辈子做事认真。不管多忙多累，娘都把家里家外收拾得干干净净。家里灶台贴了白瓷砖，娘擦得一尘不染。一只锅，用了十几年了，里里外外，擦得锃亮。家里四个孩子，一到过年，每人一身新衣服，唯独娘把旧衣服翻个面儿接着穿。没有电熨斗，娘用茶缸子，或者烧土烙铁，也把家里人的衣服熨得平平整整。院里的柴火垛，娘也码得方方正正。娘舍不得吃好的，把好吃的都让给他们姐弟四人吃。大鹏说，等他挣钱了，一定给娘买好多好吃的。可是，娘没等到那一天。娘得了肝癌，发现时已是晚期。娘身体很好，平时有个头疼脑热的，也不当回事。

大鹏带着娘去了好几家医院，都是一个结果。娘说："鹏啊，咱回家吧，在家里踏实。"大鹏把娘接回了家，每天晚上陪着娘，陪娘说话，给娘做好吃的，给娘唱京剧，给娘唱歌。娘爱听京剧《锁麟囊》，大鹏就学着唱。听着他唱戏，娘就笑了。娘叹："我家大鹏唱戏这么好听，没学音乐，可惜了。"娘拉着大鹏的手说："鹏呀，娘就你一个儿子，不求你有多大出息，做个好人，凭自己本事吃饭，健健康康、开开心心地活着，娘就知足了。"

娘的身体一日一日衰竭，最终离他而去。但是，娘的话，大鹏记在了心里。娘走的那天，天上的星星特别亮。他想，娘没走，只是变成了一颗星星。他要开开心心地活着，给娘看。

大鹏结婚了，他对着天上的星星说："娘，我娶媳妇了，您有儿媳妇了，高兴吧？"一年后，大鹏的儿子出生了，他对着天上的星星说："娘，我有儿子了，您有孙子了，高兴吧？"天上的星星眨着眼睛，他知道娘看到了，娘很高兴。

大鹏白天去眼镜店打工。晚上，他和媳妇去公园夜市烤串儿。夏天，他穿一件大背心，一条大裤衩，肩膀上搭着一条毛巾，手里烤着串儿，嘴里不停地招揽着顾客。他烤上一个小时的串儿，就领着人们在公园里跳鬼步舞。网上跳舞的视频，他一看就会，会了就教大家。他跳得轻松流畅，非常有动感和活力，像个欢快的小马驹，大家都喊他"大鹏老师"。

收拾完烤串儿摊子，回到家，就夜里十一点多了。他和媳妇还得穿好第二天用的串儿，制作第二天用的面筋。忙完了，就快凌晨两三点钟了。媳妇饿了，他和了点面给媳妇炸了一个大麻花。媳妇嗔怪："我腰上都有'游泳圈'了，你还让我吃。"他说，胖点就胖点，吃麻花相当于给"游泳圈"打点气呗。媳妇怒笑着要揍他。他恭恭敬敬给媳妇端上麻花，对着媳妇就唱上了："终于可以牵你的手，保护你，有你的地方就格外的清新，想着你我的嘴角都会扬起……"

除了烤串儿，他还养起了信鸽。他跟自己叫"小帅哥"，跟鸽子叫"小帅鸽"。他训练"小帅鸽"们飞，等它们飞回来，挨个给它们点眼药水，一边点一边说："给你们做做保健，别管飞得快慢，能回来都是好样的。"晚上，他去给"小帅鸽"查房，对它们说："赶紧睡觉，不许大声喧哗。"看着它们都好好的，他再回屋睡觉。给信鸽育种，他先让鸽子们培养感情，再入"洞房"，还赋诗一首，"一团喜气入洞房，今晚蛟龙配凤凰。"

大鹏想多攒点钱在城里买处房子，面积不用大，够住就行。有了自己的房子，再买架古筝，他一直想学弹古筝。

再去眼镜店，和他聊天，说起现在的房价。他说："姐，幸亏我在涨价之前买了一个小单元房。再过几个月，新房子就要交工了，还没想好怎么装修。媳妇喜欢啥样的，就装啥样的。"他笑，有点调皮的样子，很可爱。

一年后，我在他朋友圈里看到一段视频。在新房子里，他穿大红的汉服，很投入地弹着古筝。那天他过生日，没买生日蛋糕，媳妇给他蒸了一个大大的枣花糕，层层叠叠的花瓣上镶嵌着七颗大红枣。那晚，天上没有星星，他切开一个苹果，因为苹果里面藏着星星。他对着苹果里的星星说话："妈，你还好吗？今天是我三十七岁生日，我搬了新家，五层，带电梯，上下楼方便。妈，我想唱戏给你听，还想弹琴给你听。妈，你能听见吗……"

在他含着泪的双眼里，我看到了很多，有积极乐观的生活态度，有内心的安定与丰盈，还有一种叫善良和感恩的东西。

能在切开的苹果中找到星星，我相信，生活的困苦和磨难一定不会打垮他。

## 拎着包子陪你走天涯

包子哥，不是因为人长得像包子，而是因为他是蒸包子、卖包子的。他蒸的包子好吃，做生意实在，人称包子哥。

包子哥瘦小，爱笑爱说；包子嫂高胖，不爱说，但朴实勤快。

三十多平方米的临街店面，里外两间，外间有桌有凳，里间一张双人床，挨着墙的地方，用木板接出来一块，住着一家四口。两个孩子，一儿一女，一个上小学，一个上幼儿园。

一年四季，除冬天外，包子铺门口总是摆着两张桌子，上面摆着几个热气腾腾的大笼屉。包子哥戴着雪白的围裙套袖，站在大笼屉后面，一手举着夹子一手抻着塑料袋，或是端着竹盘子，嘴里也不闲着："野菜猪肉的，来几个？茴香鸡蛋的，来几个？""好吃再来啊！""自己找零钱啊！"……

生意好的时候，包子铺一天能卖出八九百个包子。前几年，微信支付还没有流行开来，卖包子的过程中，包子哥的手是不碰钱的，旁边放了一个鞋盒子。买多少钱的包子，顾客自己把钱放到鞋盒里，需要找零也自己拿。

包子嫂也不闲着，屋里屋外，上上下下，收拾擦洗。客人走了，择菜，洗菜，剁馅，和面。

包子哥蒸的包子，皮薄馅大，好吃。包子之所以受欢迎，原因还有很多。比如，面是揣碱的，不用发酵粉，嚼起来，有口劲；肉是附近屠宰厂送过来的，新鲜的好肉，不掺杂，不使假；野菜是地里挖回来、洗净晾干的马齿苋、荠菜。

包子嫂还有一手绝活儿，就是根据季节变换，自己腌制一些小菜。如雪里蕻、萝卜丝、嫩丝瓜、扁豆角、鲜辣椒、韭菜花……都是自己家种的菜，不打药，纯绿色。小咸菜用小碟装着，淋上香油和醋。吃一口包子，就一口小咸菜，包子的香和咸菜的辛、爽一起裹入口中，真是说不出的完美体验。客人们常一扬手："老板娘，来碟小菜！""来啦！来啦！"包子嫂嘴里吆喝着，端着一小碟咸菜，乐呵呵地小跑着过来。

包子哥出名是在两年前。包子铺里来往客人多，避免不了丢落东西。一天早晨，正在店里忙碌的包子哥，发现屋角的一张桌子上有个棕色手包。"准是哪个粗心的客人丢的。"包子哥急忙追出店外，却没见着人影。回到店里，打开包一看，里面有厚厚的一摞现金，还有银行卡、欠条等物品。

包子哥对包子嫂说："丢了钱包，失主指不定多着急呢！咱给收好了！"到了下午，失主急吼吼地跑来了。核对无误后，包子哥将手包完璧归赵。失主拿出钱来感谢，被包子哥婉言谢绝。

不少人逛完商场，来店里吃几个包子。吃完包子，抬屁股就走，新买的衣服、鞋子就落在店里了。包子哥把这些东西妥善保管，等人家来认领。这事一传十，十传百地传开了，都知道有个包子哥厚道、讲诚信。

其实，包子哥前几年生了一场大病，不适合干重体力劳动，才和妻子开了这家包子铺。父母身体也不好，需要长期吃药。因为筹备开包子铺，夫妻俩还向亲戚借了几万元。

包子哥出名以后，生意比以前更好了。很多人跑来，不只是为吃包子，还想一睹包子哥芳容。

去年秋天，一位跟包子哥熟识的朋友问我，知不知道包子哥的包子铺关门了。他告诉我说，包子嫂得了重病，经常往北京跑。包子哥胡子拉碴的，看起来很憔悴。

原来，包子嫂总是感觉没力气，她说自己犯懒病了。起初两人都没当回事，后来，症状越来越明显，包子哥这才意识到情况不好，赶紧带着媳妇去大医院检查。最后结果出来了，重症肌无力。

拿到结果，包子哥一个人躲在厕所里号啕大哭。哭完了，擦干眼泪，笑着跟媳妇说："没事，有点营养不良，多吃点我蒸的肉包子就好啦。"

偷偷藏起来的诊断书，被包子嫂翻了出来。包子嫂买了安眠药，准备一了百了。

包子哥一把夺过药瓶来，狠狠地摔在地上，瞪着眼，冲着妻子吼道："只要我有一口气，哪怕是卖房子、卖地，我也得想法给你治病。"

卖房子、卖地，说的容易，做起来难。卖了房，一家老小住哪儿呀？有人提议，让媒体呼吁一下社会捐助，被包子哥婉拒。

包子哥带包子嫂去北京看病，他在医院附近的一家包子铺打工。白天打工，晚上过去陪床。包子哥人实在，干活地道，深得老板赏识。

后来，包子嫂又辗转到天津治病，包子哥又开始在天津蒸包子、卖包子。"我也没啥本事，就是觉得每天多蒸一只包子，媳妇的病就多了一分希望。"他顿了顿说，"有一线希望，我就不放弃。"

再后来，听说他又带着媳妇去其他城市看病。不管去哪儿，每次出门，他都蒸上一锅包子拎着。他说："手里有粮，心中不慌。出门在外，不能饿着媳妇。"

曾经听说过这样一件事。一对小夫妻，男的做生意，女的在家操持家务，日子过得很红火。某天，女人身体不适，被确诊为肝癌。男人起先还带着女人去看病，后来一看高额的手术费，便消失得无影无踪。女人苦笑着感叹，夫妻本是同林鸟，大难临头各自飞。其实，这样的事并不少。

我不知道包子哥和包子嫂的前传，也不知道故事的最终。但是，这件事让我感触颇深：看似平淡稳定的生活，有一天可能被疾病、灾难或意外毁于一旦，绑定夫妻两人的那根线，有的说断就断，有的韧劲十足。它无关贫富，无关地位。

我在家蒸包子的时候，也喜欢拌上一碟小菜。咬一口包子，吃一口小菜，包子的香和小菜的辛、爽，令人回味。吃包子的时候，我会想起包子哥和包子嫂来，希望他们能够永远在一起，永远！

## 一包柿子干

春天，八十岁的父亲去北京做了心脏支架手术，一个要好的朋友听说后，执意要去老家看望父亲。

朋友居住的城市离我们的县城有七十多公里，一个小时的车程。我转告父亲，父亲忙不迭地说，人家那么忙，还得大老远地跑一趟，千万别让人家来了。我说，朋友已经在路上了。父亲有些诚惶诚恐，赶紧让母亲去村里的小卖部买瓜子、糖果，又拿出招待贵客的好烟。

朋友是个乐观豁达的人，一见着父亲，立刻拉着父亲的手，嘘寒问暖。知道父亲最得意的是满院的果树，最骄傲的是三个孩子都学业有成。他不住地夸父亲有远见，把三个孩子都培养成才，有福气；夸父亲有技术，把满院的果树管理得那么好，结的果子都是绿色食品。父亲越聊越高兴，满脸的皱纹都笑成了一朵菊花。

临近中午，朋友要走，父亲盛情挽留朋友在家吃饭，朋友要赶回去陪老人。父亲着急地说："大老远地来了，咋能让你空着肚子回家呢？"朋友解释，确实是因为家里有事，要赶回去。朋友看出父亲的失望，便握着父亲的手说："大伯，等院里的柿子熟了，我再来。"父亲听了，脸上露出笑容，不再坚持，目送朋友的车开出很远，才转身回家。

回家后，父亲说的第一句话是："人家这么大老远来看我，这份情意咱不能忘。今年秋天院里的柿子树结了柿子，一定要给你朋友送过去尝尝。"我随口应了一声，转身就忘了。

秋天，院里的柿子树上挂满了柿子。父亲每天在树下左看看，右看看，脸上露出满意的笑容。收获的季节到了，采摘完所有的柿子，父亲小心翼翼地挑出一箱最好最大的柿子，让我给朋友送去。

我说："一箱柿子值不了几个钱，开车一百多里地，还不够油钱。"父亲数落着："你这孩子，不懂事。礼轻情意重。"我暗笑父亲的迂腐，谎称朋友出差了，不在家，等朋友出差回来，柿子就软了。父亲很失落地问："真出差了？"我点头。父亲知道，朋友确实经常出差。

我回老家，发现父亲非常虔诚地在做一项实验——自制柿子干。父亲把柿子，一个个削皮、晾晒，晒到一定程度便收起、密封，再晾晒，如此反复。父亲说："得反复晾捂，才能出白霜。"

母亲说："柿子干不好弄，遇到阴天，就爱发毛。你爸可费了心思了。"削好的柿子，在窗台下，横成行，竖成列。父亲看着它们，眼神里充满喜悦。

初冬，父亲将亲手制作的柿子干，挑出最好的，用纸包好，递给我，反复叮嘱我，这次一定要给朋友送去，实在没空，寄过去也行。我不敢看父亲的眼睛，双手接过柿子干，沉甸甸的，像是托着父亲的心。

我没有寄，而是直接开车到朋友的城市，亲手把柿子干交给朋友。那天，我们喝多了，朋友捧着柿子干，哽咽着说："谢谢你把柿子干送过来！"

## 亚腰葫芦

正午，阳光倾洒进来，融融泄泄。窗台上一只亚腰葫芦，在阳光的照拂下，光滑油润，像上了一层釉。

亚腰葫芦，被药圣李时珍称为蒲卢、药葫芦。

葫芦是父亲种的，也是他盘熟的。他说，葫芦是福禄。家有一葫芦，年年福禄至。

每年春天，惊蛰节气一过，父亲开始泡种，催芽，准备种葫芦。《诗经·豳风·七月》里有"七月食瓜，八月断壶"。农历八月，葫芦成熟，父亲摘下小葫芦，打皮，晾晒，挑出头脸端正的，一部分送人，一部分自己把玩。看电视或者散步的时候，父亲把小葫芦拿在手上摩挲，这叫盘葫芦，即以人气养之，通过长时间的摩挲把玩，使葫芦由最初的生涩变得温润有余，赏心悦目。

盘好的葫芦，父亲分送给晚辈们，还要嘱咐一句："可别暴晒，得好好养着。"在父亲眼里，葫芦是有生命的东西，像一株草、一盆花、一棵树。

每年，父亲都会送给葫芦哥一个盘好的葫芦。前年冬天，五十五岁的葫芦患脑瘤，走了。走时，带着父亲给他的一只亚腰葫芦。

葫芦家兄妹八人，四男四女，他排行老二。葫芦出生，正是立春。他奶奶正拿着一块破红布，一边剪一边絮絮地说着："葫芦歪，不生灾；

葫芦正，不生病。"这时，葫芦出生了。他奶奶说："就叫葫芦吧。"长大后，葫芦不爱说话，只知道闷着头干活，人们管他叫"闷葫芦"。

家贫，孩子多，缺吃少穿。他爹懒，且古板守旧，脾气暴躁，一天有三分之二的时间在骂天、骂地、骂老婆、骂孩子。天明了，他爹不起，盖着一条破棉被，跳蚤在破棉絮里欢唱，孩子们在一边打闹。大年三十包饺子，他娘多放了几滴香油，被他爹骂上半天。他娘把家里的家伙什借出去，也要被他爹骂上半天。他娘不怎么说话，腋下总夹一个藏蓝色小包袱，低头，弓背，畏畏缩缩跟在他爹身后。村人经常打趣他："出国也带着夫人。"他娘却命短，不到六十岁，得急病死了。

他娘死后，他爹的骂声更加高亢嘹亮。老大患小儿麻痹症，干活少，吃得多，常挨骂。他爹一骂，葫芦帮着辩解几句，立刻被他爹呵斥得噤了声。三晃两晃，小子们都到了找媳妇的年纪，却少有人登门提亲。偶有人说媒，女方一看家徒四壁，也打了退堂鼓。四个闺女严词拒绝了他爹提出的换亲或者转亲的要求，经过旷日持久的争吵与僵持之后，相继出嫁，剩下了老少五条光棍。穷人家里是非多，老三留了张纸条说去关外闯荡，便和家里断了联系。

三个儿子年龄越来越大，一直娶不上媳妇，他爹托人在村里买了一处宅基地。说是宅基地，其实就是个大坑。葫芦一年四季，除了挑水，就是拉土垫大坑。大清早，他就挑着水桶去井台，把大缸小缸都挑满。挑完水，再去村边的大坑拉土。一车土，几百斤，他自己装土、爬坡，一步一步，猫着腰，像鸡啄米。宅基地垫好后，又打土坯，圈院墙……凡是能自己干的活，他都自己干。老四游手好闲，整天东逛西逛，根本见不着人影。

一年四季，葫芦的腰里经常扎个腰围子，下身穿条大肥裤子，老远看，活像一个大葫芦。四间房建起来，葫芦累得又黑又瘦，背都驼了。

有人逗他："葫芦，新房子盖好了，新媳妇就快来了。"他回："不急，先给我哥找个做饭的。"那人一撇嘴说："你个傻葫芦，等着他娶媳妇，就把你耽误了。"

葫芦的哥年龄越大，腿脚越不稳，走路摔跤，他最大的心愿就是能娶上个媳妇。有人逗他，说他的媳妇是坐牛车来的，虽然慢点，但是早晚都能到。他心里着急，想攒点钱娶媳妇，就借钱买了一只羊，寄养在邻居的闲院子里，每天瞒着他爹偷偷去喂羊。后来被发现，他爹大发雷霆，骂了老大一顿，把羊卖了。从那天起，葫芦的哥精神有些失常，没等到坐牛车来的媳妇，就病死了。

新房建好以后，葫芦的爹有了底气，张罗着给老二老四找媳妇。两个媳妇都是从外地领来的。葫芦的媳妇嘴笨、心眼实，老四的媳妇会说会哄、心眼活泛。妯娌俩在一个屋檐下，难免有马勺碰锅沿的时候。葫芦的爹操持分家，他偏向老四，自作主张把新房子给了老四，他跟着老四过，让葫芦搬回破旧的老宅。村人们为葫芦鸣不平，想再劝劝他爹。没想到，第二天，下着雨，葫芦赌气搬了家。阴暗狭小的老房子漏水，屋里放满了盆盆罐罐，葫芦脸上湿漉漉的，分不清是汗水还是雨水。人们叹，这个傻葫芦忒轴，吃亏呀。

搬回老宅，葫芦再没登过新房的门，一年四季，起早贪黑，拼着全部力气过日子。这期间，葫芦有了一儿一女。"回家有口热乎饭吃，衣裳脏了有人洗，儿女双全，比上不足，比下有余，就行啦。"葫芦挺知足。

日子稍微宽敞点，葫芦连攒带借地买了辆三轮车，农忙时拉庄稼，农闲时拉货。他是个热心肠的人，农忙时节，谁家有庄稼拉不了，他都会帮忙。葫芦对待这辆三轮车就像对待自己的孩子一样。他觉得人得吃喝睡觉，三轮车也得吃喝睡觉。不能等没油了或接近没油了再加油，还剩两三成左右就得加油，否则它会饿。冬天不用它，也得发动起来，让它工作一会儿，车闲置久了，跟人一样会倦怠。晚上，得给它盖上轻薄透气的被子，让它好好睡一觉。隔一段时间，得给它洗洗澡，让它干干净净、清清爽爽地工作。

人生在世，风雨雷电和寒霜黑雪，不知何时就会向你的头上倾倒下来。2016年冬天，大雾弥漫，葫芦发生车祸。三轮车被大货车刮翻，人被甩出去好远，所幸没有生命危险，只是腰受了伤。出院后，葫芦的腰就没那么直了。身体受伤，他不觉得有多难受，三轮车报废，他心疼得流下了眼泪。他要攒钱，再买一辆三轮车。春天，他去村里的盖房班子当小工，和泥、搬砖、打杂。

葫芦把辛辛苦苦攒的两千块钱，用塑料袋包好，放到了水缸下面。等拿出来一看，钱已经严重发霉。问他怎么不存到银行，他说，存银行忒麻烦。两千元钱最终只兑换了几百块钱，葫芦心疼得好几天吃不下饭。

葫芦老实，挨欺负是常事。有一次浇地时，他和另一家人吵了嘴。那家人兄弟多，仗势欺人，先动了手，把葫芦的脑袋砸了一下，经人调解，对方给了一千块钱了事。从那时起，葫芦就落下了头疼的毛病。

葫芦的爹去世，老四没通知他。村里去了几波说和的人，老四才答应葫芦可以守灵。葫芦趴在他爹的灵前哭得撕心裂肺，许是委屈、悲伤或者别的什么吧。

一年又一年，葫芦翻建了房子，女儿出嫁了，儿子考上了中专，日子越来越好。前年秋天，葫芦经常头疼，他以为是睡眠不足闹的。后来，越来越厉害，有时走着走着，就摔一跤。去医院检查，结果出来是脑瘤，长在脑干上的，没办法手术，只能保守治疗。

只几个月的工夫，葫芦就浑身疼痛，整夜睡不着，去看他，他瘦得皮包骨头，手里攥着一个小葫芦。他说，平时没时间把玩，这会儿拿在手上，能分散注意力。

到后来，肿瘤扩散压迫神经，葫芦的视力开始模糊，身体越来越虚弱，吃不下东西，靠输营养液维持生命。

没几天，葫芦就走了。父亲让人把一个小葫芦放在他的骨灰盒里。

葫芦的葬礼，很简朴。他的一个外甥女赶来奔丧，一边烧纸一边哭着数落："舅呀，你这辈子忒骨气呀！吃亏呀！到了那边，咱可不生气啦！"

《增广贤文》里说："人生一世，草木一春。来如风雨，去似微尘。"葫芦来过，他也曾如植物蓬勃过，又匆匆地走了。他的一生，都在手握镰刀，收割生活叠加的艰辛和困顿，也收割细碎的欢喜与温暖。他短暂的一生，如同一个装满籽的亚腰葫芦，装进了卑微、贫穷、木讷、狭隘，也装进了勤劳、朴实、善良、感恩和坚韧。

还好，有一只葫芦陪着他。

## 爱上一碗粥需要多久

林维维的父母亲特别爱喝玉米粥。

整个冬天，几乎每顿饭都有玉米粥，有时是玉米红薯粥，有时是蔬菜玉米粥。

父亲一顿饭能连喝三大碗粥，一边喝一边酣畅淋漓地说："痛快！真是痛快！这是世界上最好喝的东西。"

母亲总说："玉米粥是最养人的，大鱼大肉吃上三天就腻了，玉米粥喝一辈子都不会腻。"

小时候，林维维最讨厌的就是玉米粥，觉得没滋没味，粗粗拉拉的，还上顿喝了下顿喝，没完没了，令人生厌。

这让林维维想到母亲给她改的旧裤子。幼时家贫，母亲很少给她买新衣服，她只能穿哥哥的旧衣服。20世纪80年代，男式裤子都是前开口，女式裤子是侧面开口的。穿着哥哥淘汰下来的前开口的旧裤子，她恨不得低到尘埃里去。

有一次，一个女同学很吃惊地问她："你咋穿男式裤子呀？"她又惊又窘。多年以后，她读到了张爱玲的一段话："一件暗红的薄棉袍，碎牛肉的颜色，穿不完地穿，就像浑身都生了陈疮。冬天已经过去了，还留着冻疮的疤——是那样的憎恶与羞耻。"那大约也是她当时的心情吧。

上初中时，她和一个同学结伴上学。她吃完早饭去找同学，同学一家人围在饭桌上，吃油条，喝豆浆。同学的父亲捏过一根油条，一条条撕开，泡到豆浆里，吃得满嘴冒油。油条和豆浆的香，在她的鼻尖缠绕。她想，要是天天能吃油条、喝豆浆多好呀！

表姐从北京回来，递给她一瓶黑乎乎的饮料。"这是可乐，尝尝。"她接过来喝了一口，甜，还有一种说不出的味道。

表姐还给她冲加了糖的咖啡，有点苦，有点甜，回味无穷。她感觉父母太没见过世面了，这世界上好喝的东西有的是，哪一样不比玉米粥好喝呀！

上大学时，在学校组织的舞会上，她认识了帅哥梦辰。梦辰穿打补丁的格子西装，背带裤，尖头皮鞋，头发抹得又黑又亮，舞跳得很棒。几乎每个周末，他们都在舞会上翩翩起舞。

夏天，他们开始约会。学校的小花园里，丝竹飘摇，暗香浮动，他弹着吉他给她唱动听的英文歌曲。炎炎夏日，酷暑难耐，他去肯德基给她买加冰的可乐，那冰爽甜的感觉让她沉醉。他常常用充满爱意的目光看着她喝下一杯又一杯可乐。那些天，她觉得世界上再没有比可乐更好喝的东西了。

分手来得很突然。她哭得撕心裂肺，他头也不回。

她一个人去肯德基买可乐喝。同样的地点，同样的可乐，却再也喝不出甜蜜的味道。从此，她再不喝可乐。

爱上咖啡，是参加工作以后。林维维在公司做文字工作，经常熬夜，需要喝咖啡来提神。渐渐地，她开始喜欢上咖啡，享受那种苦中有甜的味道。

在一座陌生的城市，谋生的同时，林维维还要被父母催着谋爱。大多数周末，她都在相亲。她把公司附近的一间咖啡馆定为基地，没多久，服务员一见她就招呼："一杯卡布奇诺？"她苦笑着点头。

自从应聘到这家广告公司，每到夜晚，焦虑就如皮鞭一样，抽打着林维维脆弱的神经。她总在担心，交上去的文案会不会被大Boss毙掉？公司裁员会不会轮到她头上？下次相亲不会再遇上变态狂了吧？

与其说她喜欢咖啡，更不如说她依赖咖啡。每次，她的大Boss昂首挺胸大踏步走过来，"啪"一下，把文件夹扔到她面前，嘴里吐出两个字——"重做"时，她都感觉眼前发黑。她需要一杯咖啡，来唤回自己受了惊吓的魂魄。

某天，她一边喝着咖啡，一边绞尽脑汁琢磨文案时，一杯水落在她面前。她抬头，坐她对面的军指着杯子说："不要总喝咖啡，对身体不好。尝尝我自制的柠檬蜂蜜水！"

她端过杯子，喝了一口，酸，甜，暖暖的。

军踏实稳重，是个很细心的男孩子。他们恋爱了。他不懂浪漫，但是他会在冬天给她煲牛肉豆腐汤；在夏天给她熬解暑的绿豆汤。把军领回家，她的父亲笑着说："这孩子一看就是个踏实可靠的人！"

一年后，他们结婚了。知道她胃不好，军每天早早起床给她熬好粥，监督她先喝下一碗粥，再吃主食。他说："玉米粥是养胃的。"

她的身体慢慢好了，对玉米粥竟然有了一种别样的感情。每当看到军在厨房里熬粥时，她就会想起乡下的父母，心里便很踏实，很安然。

爱上一碗普普通通的玉米粥，她竟然用了二十多年的时间。

## 转过身，看见爱

她八岁时，父母开始闹离婚。她不懂什么是离婚，只记得母亲反复地问她想跟着谁生活。她说："我想和爸爸、妈妈一起生活。"

北风呼啸的冬日，风吹在脸上，像刀割一样，她的眼泪扑簌扑簌滚落下来，小小的心如掉进了冰窖一样，冷得钻心入肺。多年以后，仍记忆犹新。

五岁的弟弟被父亲带走。弟弟在父亲怀里挣扎着大哭，父亲自顾自地向前走。母亲流着泪紧跑几步，又呆呆地站住，蹲下身，肩头一耸一耸地痛哭。

这个场景，后来经常出现在她的梦里。

她随母亲生活。母亲常常唉声叹气地问她："你说，你弟弟能吃饱饭吗？你弟弟的衣服脏了，有人给他洗吗？"

母亲难以忍受思念弟弟的痛苦，托人把弟弟接了回来。

每月月初，母亲会把她送上公共汽车，去和在邻县上班的父亲要生活费，买口粮。母亲是坚决不想和父亲打交道的，这个任务就落到了八岁的她身上。

母亲反复交代她，坐车不要和陌生人说话，下了车要走几个路口到父亲的单位，然后画好路线图，装进她的兜里。

坐一个小时的公共汽车，到了父亲的单位。父亲笑着伸出胳膊，想抱她。她一扭身，不叫爸爸，只说要生活费买粮食。她很想像以前一样喊一声爸爸，可是，爸爸不要她们了。她小小的心里装满了仇恨。

她带着弟弟，去妈妈上班的工厂玩。一个胖胖的厨子喊她们过去，拿出两个热腾腾的肉包子，喊着弟弟的小名，说："叫爸爸，给你吃肉包子。"弟弟盯着肉包子，脆脆地喊了一声"爸爸"，紧跟着伸手去拿。她一巴掌打在弟弟的手上，包子滚落在地，弟弟哇哇大哭。她狠狠地瞪了胖子一眼，拉起弟弟的手说："走，咱们回家！"

回到家，她趴在床上痛哭。她在心里暗暗埋怨爸爸，这一切都是他造成的。

她一天天长大。父亲经常托人说情，要求来看看孩子，母亲或严词拒绝，或带他们躲出去，让父亲扑个空。邻居说："孩子他爸在门口等了一天。"母亲淡淡地说："活该。"

她大学毕业，参加工作，已出落成一个漂亮的大姑娘。有一天，同事说："有一个老头儿总在门外偷着看你，躲躲闪闪的。那人是不是精神有问题呀？"她知道，准是父亲。她忽然觉得他挺可怜的。

她结婚时，父亲托了很多人说情，要来参加她的婚礼。母亲说："有我没他，有他没我。他参加，我不参加。"婚礼那天，有位来宾叹口气，拿出一个红包说："这是他给闺女的一点儿心意，不要再拒绝了。"打开，里面是两万元钱。母亲第一次没有拒绝。

她刚刚学会了开车，技术还不太熟练。下班时，突然下起了暴雨，老公在外地出差，她只好小心翼翼地低速行驶。在后视镜中，她发现，一个低着头骑自行车的人一直跟在她的车后面，艰难地在暴雨中骑行。直到她的车驶入小区，那人停住，无声无息地目送着她。

停下车，转过身，仔细看了一眼，是他！他浑身湿透了，湿漉漉的衣服紧贴在瘦弱的身体上，像一枚在风中飘零的树叶，瑟瑟发抖。她的心一下子被什么击中了，猛的一抖。"爸！"她喊出了那个在心里憋了二十年的称呼。

原来，父爱从未走远，一直如影随形。转过身，便会看到。

## 哭泣的咸菜

公共汽车在一所中学门前停下，几名中学生叽叽喳喳地准备下车。售票员帮着递行李，只听“啪”的一声，听得出是玻璃和地面亲密接触的声音。循着声音看去，一个玻璃瓶碎了，里面装着的黄瓜条、剥了皮的花生米，还有切成片的蒜瓣洒了一地。我的心忽的一痛。

接下来，是一声惊呼：“呀！完了！我妈腌的咸菜完了！”瓶子的主人是一个短发的女孩子。一抹潮红，像水滴在宣纸上，迅速洇满她青春的脸庞，眼泪在她的眼睛里打转。她噘着嘴，一脸的惋惜。售票员说了一句：“就一瓶咸菜，至于吗？”

几名同学赶紧过来劝她，听不清她们在说什么，那个女孩子还是看着地上的东西发呆。一会儿，几个人小心翼翼地收拾完残局，向学校大门走去。那个女孩走几步，又回头向这边的地上张望。

女孩子的心情，我完全能够理解。那瓶咸菜肯定是母亲亲手为女儿做的，她一边做一边想象着女儿吃得香甜的样子，会突然笑出声来。于是，每一道程序都添加了母爱的味道。待咸菜做好，细心地把玻璃瓶刷洗干净，晾干，把咸菜装进去。女儿出发前，母亲会一遍遍地检查，一遍遍地叮嘱：“咸菜放进包里了，小心别洒了，别摔了。到了学校，尽快吃，不然，会坏掉的。吃完了，不要把瓶子扔掉，下次好再装了带去……”

那样的咸菜，母亲也给我做过。黄瓜要挑上好的，去籽，切条，用盐把水分杀掉，然后，在阳光下暴晒至半干。花生米要用水泡上半天，然后，挨个儿把皮搓掉。生花生皮是很难去掉的，我曾看过母亲为了去掉花生皮，手都泡得起了皱。而母亲却乐此不疲地做着，只因为她的女儿爱吃。

读中专时，母亲常变着花样做各种小咸菜，炸豆瓣酱、腌洋姜、腌黄瓜、腌萝卜条……把对我的惦念和牵挂全部糅进了各种咸菜里面。每次开学，我包里的瓶瓶罐罐就成了宿舍里姐妹们的最爱。小咸菜摆满了桌子，听着舍友高呼："吃大餐喽！"心中的那份骄傲和快乐是无法言说的，美味可口的咸菜让单调的生活变得有滋有味。吃着母亲做的咸菜，就像母亲在身边一样，时时感觉到母亲慈祥的目光关注着我。

时光荏苒，已近中年的我对母亲做的咸菜仍是情有独钟。喜欢听母亲在电话里说："我又学着做了一种咸菜，等你回来吃哦！"想象着母亲微驼着背，洗菜、切菜，把切好的菜一根一根摆在盖帘儿上，在烈日下把菜举到高处暴晒，天气稍有变化，就赶紧把菜端下来……记得母亲和我说过："人老喽，什么都帮不上你们，也就能给你们做点咸菜，还怕你们不爱吃。"我的鼻子一酸，眼泪差点掉下来。

总以为，青山青，绿水绿，我的母亲永远是母亲，永远有着饱满的爱，供我们吮吸。可今天，我听到了咸菜哭泣的声音。一瞬间，我突然醒悟，总有一天，母亲也会像这哭泣的咸菜一样离我而去。

今天，我能做的，就是像您爱我一样去爱您——我的母亲。

## 你一步，我一步

他的母亲患了脑血栓，尽管进行了及时治疗，右侧肢体还是行动困难。医生嘱咐，出院后，要多进行康复训练，尤其要多练习走路，否则肌肉会萎缩。

出院后，他推着母亲来到楼下，扶着母亲慢慢从轮椅上站起来，轻声说："妈，把右腿伸开，试着走走。我扶着您呢，摔不着，别害怕。"母亲试着伸右腿，却不敢触地，只能用右脚尖点地，靠左脚的力量支撑。母亲的表情很痛苦，额头上渗出了细密的汗珠。

他安慰母亲别着急，慢慢会好起来的。母亲摇摇头，说："我不想练了，回去吧。"他劝母亲再练一会儿，母亲突然就发了脾气，大哭着说："不练了，我什么活都干不了，还得给你们添麻烦，干脆死了算了。"他只好扶母亲坐到轮椅上，推着母亲回家。

母亲拒绝康复训练，脾气像个孩子一样，喜怒无常，经常流着泪用拳头捶打自己的右腿，说自己成了废人。他劝母亲，哄母亲，都无济于事。这让他束手无策，烦躁不安。

从轮椅上抱下母亲，他发现母亲那么轻，就像抱着一个孩子一样。生病前，母亲还不这么瘦，这一场病让母亲成了秋风中飘零的树叶。母亲坐在沙发上打起了瞌睡，他坐在旁边静静地注视着母亲。母亲的脸色苍白，略有些浮肿，皱纹密布，头发白而稀少，手背上布满了老年斑。

母亲的牙齿很早就掉光了，戴着一副假牙，吃饭极慢。

母亲什么时候变得这样老了？一瞬间，他的神情有些恍惚。

儿时，他眼中的母亲那样年轻，皮肤白净，乌黑的头发梳成两根长长的大辫子。他患了小儿麻痹症，五六岁了还迟迟不会走路。看着同龄的孩子到处跑，他羡慕极了，从母亲怀里挣扎着下地，刚迈出一步，就"咕咚"一下摔在地上。他坐在地上放声大哭："我想和他们一样到处跑。"母亲安慰他说："别着急，等咱治好了病，比他们跑得还快呢。"

母亲带着他辗转各地去看病。医生都说，目前还没有好的治疗方法，孩子长大了，可能会落下残疾。母亲不甘心，到处打听民间偏方。听说按摩能防止肌肉萎缩，便每天给他按摩；听说用花椒水热敷能消炎，便每天给他煮花椒水热敷；听说把酒点燃了用火涂抹，能起到活血化瘀、消肿止痛的作用，她就把酒点着了，用手蘸着涂抹，结果被火烧伤了手，留下了一道疤；又听说爬行能促进四肢协调，母亲教他学爬。母亲在前面爬，让他跟在后面爬。不知是偏方起了作用，还是爬行练习起了作用，他的腿渐渐有了些力气。母亲扶着他走路，每走一步，都疼痛难忍，他大发脾气，冲母亲吼："我不走了。"可是，母亲依然笑着说："儿子，慢点，你一步，我一步……"

后来，他能走几步了，母亲站在离他三四米远的地方，张开双臂，笑着说："儿子，走过来，让我抱抱。"他歪歪扭扭地走过去，咯咯笑着，一下子扑到母亲怀里。再后来，他能走十几步了，母亲远远地站在那里，他跟跟跄跄地跑过去，扑到母亲怀里。母亲的怀抱总是那么温暖。

母亲的坚持创造了医学奇迹，他居然没有落下任何后遗症，只比别人晚上几年学。后来，他考上了大学，有了一份稳定的工作，结了婚，有了儿子。

他记得，小时候经常对母亲说："等我长大了，我要好好报答你。"

母亲笑着问他："怎么报答呀？"他说："等你老了，我扶着你走路。"母亲笑着说："你真是个可爱的傻孩子。"

如今，该是他回报母亲的时候了。

他买来许多医学书籍，学习康复训练知识。在翻阅一本医学杂志时，他看到一篇文章，上面说，从现代医学的角度来讲，爬行动作具有全身协调性，能使一些平时使用较少的肌肉得到锻炼，同时也能强化全身的肌肉、韧带、骨骼。他像哥伦布发现新大陆一样兴奋，跑到到母亲床前，激动地说："我们从练习爬行开始，我陪着你一起练，好吗？"母亲没说话，也没有表示反对的意思。他高兴地在地上铺上泡沫板，把母亲抱到上面，笑着说："我在前边爬，您在我后边跟着学。"他用余光看了看母亲，母亲居然真的跟在后面慢慢爬行了。他的眼泪一下子流下来，模糊了他的视线，却冲不淡儿时的记忆。

他陪着母亲爬，一天，两天……不论母亲如何发脾气，他都会笑着说："我一步，你一步。"慢慢地，母亲的腿开始有了力气，他扶着母亲练走路，一天，两天……终于，有一天，母亲自己迈出了第一步。他流着眼泪，在前边张着双臂轻轻地说："慢点，你一步，我一步……"

## 绕个大弯来爱你

那是一个深冬，一场雪过后，寒气逼人。我感冒多日，在朋友开的诊所输液。

晚上八点多钟，两位老人一前一后走进诊所。他们应该是一对老夫妻，六十多岁的样子，佝偻的身躯，破旧的衣服，满脸的皱纹，浑身弥漫着一股孤苦颓败的气息。

老大爷直接走向坐诊的朋友说："大夫，帮我看下手。"医生问："手怎么啦？"大爷伸出右手说："清理垃圾时手指上扎了个刺，也没当回事，后来就肿得特别厉害。去了好几个诊所看，钱没少花，就是不见好，有个大夫还让我截掉手指。"

他的手粗糙皲裂，手指黑乎乎的，一层油腻。朋友轻轻解开缠在老人右手食指上的纱布，手指红肿溃烂，指甲都快脱落了。消毒，清创，上药，最后包扎好。朋友说："大爷，伤口溃疡很深，得输几天液，消消炎。"大爷说："不用了！抹上药就好了，不用输液了。""老头子，听医生的话吧。"站在一旁的老太太说话了。

大爷轻声地问："得输几天呀？"朋友说："得输一周。"老大爷迟疑了下，说："好吧。"过了一会儿，他似乎鼓足了勇气，嗫嚅着说："大夫，输完液，过段时间再给钱，行吗？"那些话像是从他脸上的皱纹里生生挤出来的，每个字似乎都饱经风霜，苍老浑浊。

朋友笑着说："没问题。"

老大爷坐在椅子上输液，老太太坐在一边等。因为年纪大了，药液输得很慢。输完液，就晚上十点多了。两人起身要走，朋友随口说了一句："大爷，天这么晚了，外面又冷，给孩子打个电话，让他们来接吧。"

两个老人突然像被什么击中，一下子愣在那里。老太太的眼里蓄满泪水，老大爷无力地摆了摆手，拉着老太太，声音有些异样地说："家不太远，我们走回去就行。"

他们走出诊所。屋外，风吹在脸上像刀割一样。两个老人佝偻着身子，缩着脖子，相互搀扶着，深一脚浅一脚地走进浓浓的夜色中。

第二天晚上八点多，两位老人又来到诊所。我想，一对老人白天也没啥事，为啥总是这么晚才来输液？因为年纪大，还不敢给他输太快，一输就得两个多小时。朋友累了一天了，还想早点休息呢。

朋友依旧很热情地和他们拉着家常，说："大爷，晚上天太冷了，输完液就不早了，明天早点来吧。"

大爷搓着手，有些不好意思地说："白天，我们得工作，实在是没时间。"

这么大年纪了，还要工作？我很纳闷。

老人解释道："我们两人都是清洁工，白天得在街道上值班。收了工，我们回家吃点饭，换了干净衣服才能来。"

看到有人在诊所做针灸，大爷就问那人："针灸治啥病呀？"那人说："老寒腿，做做针灸，挺管事的。"大爷眼前一亮，说："大夫，我老伴也是老寒腿，一走路就疼。能给她做做针灸吗？"停了一下，他又小声说："费用也得过一段时间再给。"

朋友说："没问题，做吧。"大爷讨好地冲着朋友笑，表情极其卑微。

就这样，他们老两口一个输液，一个做针灸。

输完液，给老太太起了针，依旧是晚上十点多钟。朋友拿了些医用的胶皮手套，送给老大爷，并告诉他，清理垃圾时一定要戴上手套，不要用手直接弄。

朋友热情地说："大爷，我的诊所马上关门。您家住哪儿？我顺便带你们回家。"

大爷急忙摆摆手，语速极快地说："哎呀，不用，不用！我们走回去就行，不麻烦您了！"

朋友说："不麻烦的。我自己开车回家，还有点害怕呢，正好咱们做个伴。"

我正要插嘴，朋友冲我一使眼色。朋友的家在乡下，他平时就住在诊所楼上，不知道他要发哪根神经。

一周后，大爷的手已经完全消肿，溃疡的地方长出了嫩肉。老太太的腿也见好转，走路也不一瘸一拐了。

朋友在诊所里搞了一个抽奖活动。他宣布，两位老人成为本诊所的贵宾会员，不仅治疗费用全部免除，而且还有一千五百元的奖金。诊所里响起了热烈的掌声，大家纷纷向大爷大妈表示祝贺。

大爷大妈有些受宠若惊，大爷涨红着脸，颤抖着双手接过奖金，激动地说："哎呀，真是没想到！谢谢！谢谢！"

两位老人走后，我不解地问朋友："你这到底玩的什么鬼把戏？从来没听说过，诊所里设贵宾会员的。"

朋友说："我给你讲个故事吧。"

2012年，小城的一位出租车司机在外地被人杀害。他二十六岁，是家里的独生子。在现场，他的父母哭得死去活来。他们声嘶力竭地哭喊着，一定要严惩凶手。

案件侦破后，他们得知犯罪嫌疑人的父母都是残疾人，哭着向法官请求，不要判他死罪了。如果他死了，他的残疾父母无人照顾。

后来，出租车司机的妻子留下三岁的孩子，改嫁他乡。这对失独夫妇带着小孙子无依无靠，艰难度日。社会上的好心人向他们伸出援助之手，他们谢绝了，说自己还能劳动。街道办事处安排他们两人做清洁工，维持生活。

"莫非这对老夫妇就是前几年失独的父母？"我半信半疑。

"对。"朋友点头，说，"那晚我让他们给孩子打电话，他们表情怪异。我突然联想起那场抢劫杀人案，因为看过报道，能分辨出他们的模样。只是，两位老人比几年前更加苍老了。"

"那为什么不直接免去他们的医疗费呢？"

朋友笑着说："那样会伤了他们的自尊心，不如绕个大弯更好。"

## 永不凋零的蓝莲花

在西藏的旅行中注意到她，是因为她饱满的精神——年过半百，头发花白，但精神矍铄，目光炯炯。彼时，我正被高原反应折磨得痛苦不堪，坐在大巴车上昏昏欲睡。而她坐在车上，身体笔直，眼睛始终望着窗外。

我们这个旅游团是在拉萨临时拼成的，游客来自全国各地、各行各业，年龄有老有少。本来彼此间就不熟悉，加上高原反应——头疼、恶心、昏昏欲睡，车上更是少有人言语。

西藏地广路遥，从一个景点到另一个景点，往往相距几百公里，翻山越岭。为了赶路，我们凌晨四点半就摸黑上路，所有人都睡眼惺忪，胡乱披上几件御寒的衣服，倒在车座上。导游给每人发一个馒头、一袋榨菜、一瓶矿泉水，算作早餐。有人开始抱怨，早餐不好，路况不好，高原反应让人痛苦不堪。甚至有人小声嘟囔，早知道这样就不来了，花钱找罪受。只有那位阿姨依旧精神饱满着，花白的头发梳得一丝不乱，衣服穿得整整齐齐，没有一丝睡意。几位年轻人终于忍不住了，小心翼翼地问："阿姨，您老精气神儿真好，我们比您年纪小都疲惫不堪了。"阿姨笑笑说："我年纪大了，身体一天不如一天，来一次西藏不容易，恐怕以后再也没机会来了。我要把西藏的美丽风光都看在眼里，装进心里。你们不一样，你们以后还有机会来的。"

下一站是米拉山口，即西藏米拉山的山口，地处拉萨市到墨竹工卡县与林芝市工布江达县的分界线上。到了以后，导游对大家说，米拉山口的海拔是5013米，氧气稀薄，身体好的朋友们可以下去拍拍照片，身体不好的可以在车上休息。

我们几个年轻人扛着长枪短炮下了车。站在海拔5013米的山口，耳边的风呼呼作响，空气骤然间变得寒冷而稀薄起来。短暂的停留便感到头晕，身体打晃，寒气逼人。正当我们裹紧身上的衣服往回跑的时候，猛然间发现那位阿姨泪流满面地站在米拉山口……

在美丽的羊卓雍措湖边，老人平静地向我们讲述了一个善良小伙子的故事：小伙子是个"海归"，有一份高薪又稳定的工作。与同事偶然来过一次西藏后，他便一发不可收拾地爱上了这片神圣的土地。他说，这里有连绵不绝的雪山，有激情澎湃的大江大河，有白雪皑皑的雪域高原，还有内地绝无仅有的牦牛群、藏羚羊。他喜欢大自然，喜欢旅游和探险，向往着高原荒漠、土著文化和淳朴民风。他曾利用假期七次进藏，探望中国西南边疆的贫困小学生、孤寡老人，他爱这里的每一寸土地，每一位藏族同胞。后来，他放弃了令人羡慕的工作，来西藏支教。谁也没想到，就在最后一次进藏时，他不幸遇难。

"他就是我唯一的儿子。"老人再次泪流满面，停顿了一会儿，慢慢地说，"我老年丧子，精神一度崩溃。后来，我想通了，他热爱西藏这片圣地，把自己交给了这片土地。作为母亲，我应该感到骄傲和自豪，而不是悲伤。我很想走一走，看一看儿子走过的每一寸土地。今天，我的愿望终于实现了。"老人笑中带泪。

车上，响起了许巍的歌声，"没有什么能够阻挡/你对自由的向往/天马行空的生涯/你的心了无牵挂……心中那自由的世界/如此的清澈高远/盛开着永不凋零/蓝莲花。"老人目光深邃，遥望远方，那里盛开着一朵永不凋零的蓝莲花。

## 踏起脚尖来爱你

她九岁时，母亲因病去世。

那时的父亲风华正茂，是一名车间主任。处理完母亲的后事，提亲的人络绎不绝。听着他们和父亲在客厅里小声说话，喁喁的，像虫鸣。她躺在被窝里偷偷掉眼泪。她知道，父亲要给她找后妈了。她听过《白雪公主和七个小矮人》的故事，在她小小的心灵里，世上所有的后妈都是恶毒的。

早晨，父亲早早起床，磨了豆浆，煮了鸡蛋，烙好她爱吃的馅饼，叫她起床。她听见了，却不想答应，闭着眼睛装睡。等父亲来到床前喊她时，她不耐烦地说："知道了，知道了！你烦不烦呀？"父亲不作声，默默地把衣服递到她手上，转身离去。她的眼泪不争气地落下来。

她想起了从前母亲在的情景。那时候的家是温馨的、热闹的。早晨，厨房里，锅碗瓢盆的碰撞声，油烟机的轰鸣声，洗菜池叮叮咚咚的水声，菜刀滑过案板的铿锵声，加上母亲动听的歌声，一切听起来是那么和谐、自然而美好。

父亲在努力延续着母亲的爱，母亲做过的，父亲都做到了。父亲给她做饭，给她洗衣，给她织毛衣，给她织帽子、手套，给她做被子，送她上学，接她放学。有一天，姑姑来家里做客，吃完饭，她去卧室写作业，姑姑在客厅里和父亲聊天。她听到姑姑小声说："哥，该找个伴儿了。"父亲说："不找了，我怕委屈了丫头。我们爷俩儿过也习惯了。"

那一刻，她心中的一块大石头一下子落了地。她在心里暗暗发誓，要努力学习，考一个好大学，找一份好工作。长大后，好好孝敬父亲。

她一天天长大，父亲一天天变老，父亲一直没有领回后妈来。

她考上了大学，接到了录取通知书。父亲高兴得掉眼泪，给她买了手机，买了电脑，买了里里外外大包小包的衣服。父亲送她上大学，扛着大包小包在前面走，她跟在后面。她突然发现父亲的背有些驼了，父亲居然有了白头发。

帮她安排好食宿，父亲只留了几十元零钱，厚厚的一摞钱全交到她手里，豪气冲天地说："丫头，千万别舍不得花钱，爸有的是钱！"

毕业后，她恋爱一年，准备结婚。未婚夫儒雅帅气，家庭条件优越，婚房装修豪华，将要举行的婚礼也会非常隆重。周围的同事、姐妹都非常羡慕她有一个好归宿，她成了穿上水晶鞋的灰姑娘。

婚礼那天，父亲染了发，穿了一身崭新的西装，但是他大肚腩、驼背，新衣服穿在身上，怎么也扯不平。父亲紧紧握着她的手，像握着一件将要失去的宝贝。记不清有多少年，她和父亲没有这样握过手了。父亲的手格外粗糙，骨节突出，像一截干枯的树枝。这双手给她做过饭，梳过头，缝过被子，织过毛衣，今天，这双手要亲自把她托付给另一个男人。

有人提醒他，快给女儿剥块糖，希望女儿以后的生活甜甜蜜蜜。他老泪纵横，双手颤抖着给她剥糖，好半天才剥开，哆哆嗦嗦地递到她嘴边。她再也控制不住，抱住父亲大哭。

婚礼上，父亲送上一份沉甸甸的礼物，是一把汽车钥匙。父亲说："这是我给女儿的嫁妆。"台下掌声雷动。

她不知道，父亲攒了多少个月的工资才够买一辆汽车的。她的父亲，只是普通的工薪阶层。父亲小声说："丫头，拿不出一份像样的嫁妆，你在婆家和亲戚面前就没有面子。爸不能让你受委屈，要让你风风光光地出嫁。"看着父亲苍老的容颜，她的眼泪像断了线的珠子，扑簌扑簌落下来。

她生了孩子以后，父亲的老朋友秦伯伯来看她和孩子。秦伯伯说："丫头，你考上大学的那一年，你爸就下岗了。为了供你上大学，他省吃俭用，打了两份工。白天去车间，晚上去看大门。"

她一下子愣住。那一刻，她终于知道，所谓父亲，就是那个永远踮起脚尖来疼她爱她的人。

# 寒冷的冬天温暖着过

## 一

傍晚下班，寒气逼人，我步行回家。

前面一位男士，一边走一边打电话："老婆，晚上做什么吃？"

"红烧鱼、炒鸡蛋哟！好吃，我最爱吃了！炒鸡蛋多放点葱！还有几分钟，我马上到家啦！世上只有老婆好，下班回家的老公是个宝……"

男人说着说着唱了起来，语气里是难掩的兴奋，脚步也跟着轻快起来了。此刻的我已是饥肠辘辘，听到"红烧鱼、炒鸡蛋"时，条件反射般地咽了下口水，仿佛已闻到了饭菜的香味。

男人滑稽的歌声，还有走路的样子，让人忍俊不禁。我猜他一定是个黏老婆、会哄老婆开心的男人。想想，外面天寒地冻，家里温暖如春，男人推开家门，温柔贤惠的女人已端上可口的饭菜。即使外面风大雨大，那又有什么关系。

拐过一个弯儿，男人走进小区大门。我不由地停住脚步，抬头看楼上的灯光，还有在灯光里走动的人影，那样的画面很温暖。

路边新辟的一个小公园，不知从哪天起，成了老人们的天下。早晨，十几位老人身着或白或红的练功服，打太极拳，一招一式刚柔相济，如行云流水。微风吹拂，树影婆娑，衬得老人们的身影优雅飘逸。我忍不住看一眼，再看一眼，眼睛蒙上一层水雾。我喜欢看他们自信、优雅的样子，那是最好的生活态度。等我老了，也要像他们一样，让生命像花儿一样芬芳绽放，五十岁、六十岁、七十岁照样活得精彩。

我上班必经过一家书店，书店的主人是位长得五大三粗的男人。他的书店，与别家不同。有孩子在他店里只看不买，他不烦，只笑着说："小孩子就得多看书。喜欢看，我给你留着，明天还可以来看。"他看书时，必用左手托着，右手翻页，来了顾客，便把一枚书签夹在书里，招呼顾客。问他："是因为卖书，怕出现折痕吗？"他答："几十年的习惯了！爱书的人，你懂的！"这话从一个大男人嘴里说出来，总让人心里生出柔软来。我路过，经常会走进去，转一圈，看是否进了新书。有时，只为和他聊上几句，他说话不肤浅，不抱怨，随性自然。

喜欢这样的相逢，让人心里暖暖的。

## 二

从小区门卫值班室经过，我看到门口的空地上，晒着金黄的玉米粒，窗台上晒着切好的红薯干，墙根下堆着一捆大葱和几棵白菜。我心里一动，肯定是门卫老头儿的老伴从农村来了。每到农闲时节，老太太就提着大包小包进城陪老头儿过冬。

那天傍晚，我去门卫值班室拿报纸，推开门，一股玉米粥的香味扑鼻而来。门卫老头儿正和老伴每人端一碗粥，撮着嘴，呼噜呼噜喝得正香。一见我进去，老太太笑着说："吃了吗？锅里还有不少红薯粥呢，可香了！我给你盛碗去。"我赶紧说："阿姨，不用了，我吃过了！""那就坐下待会儿吧。"老太太声音脆得很，很热情。

坐下，和他们聊天。房间很窄小，一张木板搭起来的大床，地上还有锅灶，角落里堆着废纸箱。但是，窗台、桌面却擦得一尘不染。小小的饭桌上摆着一碟油炸花生米、一小碟咸菜，还有新蒸出来的大馒头、红薯块，袅袅的热气在上面缠着绕着。老头儿的右手边，还有半瓶二锅头和一个掉了漆的搪瓷缸子。

老头儿吃一颗花生米，轻抿一口酒，一副很享受的样子。我说："阿姨，你来了，大伯多享福呀！""农忙的时候我来不了，他一个人吃饭光凑合，我就怕他吃坏了胃。这不，冬天家里没事，我赶紧来了。"老太太絮絮叨叨地说着，又把脸转向老头儿，"老头子，少喝点！别喝多了！""放心吧，老婆子，喝不多！这点酒算啥呀！"老头儿满面红光，话明显多了起来，声音也洪亮了。

老太太收拾完碗筷，端出一笸箩蒜来，开始剥蒜。我问："阿姨，剥蒜做什么呢？"老太太笑着说："放在盘子里用水泡着，长蒜苗呀！又好看，又好吃。"我的眼前，就有了一抹青绿。

想起老太太来之前，老头儿形单影只地坐在大门口，望着进进出出的人发呆。有人问："老爷子，吃了吗？"老头儿回："一个人吃饭不着急。啥时饿了啥时吃。"晚上，从门卫值班室经过，昏黄的灯光下，只有老头儿一个人晃动着孤零零的身影，让人看着心酸。

此时，看着两位老人一问一答，不落空，心里突然涌上一种说不清的情绪。那种情绪叫什么呢？我想，应该叫温暖吧。即使外面寒风凛冽，屋里却涌动着寻常日子的暖。

# 三

前些年冬天，我曾在一个老式小区租住，房子隔音不太好，还没有暖气。大多是租住户，平时没什么往来。

一天深夜，我被楼上剧烈的争吵声和乒乒乓乓摔东西的声音吵醒，再也睡不着，索性披衣起床。听着声音越来越大，没有停止的意思，我打算上楼去看看。

我敲门的声音，淹没在女人的哭声与男人的骂声中。足足敲了几分钟，门才打开，映入眼帘的是一张因愤怒而扭曲的男人的脸。地上一片狼藉，东倒西歪的桌椅，还有摔碎的暖水瓶。沙发上的年轻女人抱着小孩，一边数落一边哭。见我走进去，她哭诉道："这日子没法过了！我这心比外面的冰还冷啊！"劝了好久，一家三口才算平静下来。

这么多年过去了，如冰窖一样的屋子，三张悲伤的脸，一直在我心里，挥之不去。

曾在露天菜市场，看到两名卖菜的妇女为了一个摊位争吵，凛冽的寒风裹挟着她们嘴里的脏话，像尖刀一样刺向对方，让周围的人感觉到刺骨的寒意在空中挥洒。旁边有人劝："别吵了，这么冷的天儿，都挺不容易的。一吵架，更觉得冷了。"

在冬天里吵嘴，天冷，心更冷。

一个朋友从法国留学归来，在国内经营着一家公司。他从来不在冬天斥责、辞退员工。即使员工犯了不可饶恕的过错，也要等到春暖花开的时候再辞退。他说，冬天落木萧萧，北风飕飕，天寒地冻，是个容易让人心灰意冷的季节，再失去饭碗，他害怕被辞退的员工会一蹶不振。

前几天，接到快递小哥送来的包裹，由于他的粗心，包裹里面的新衬衣蹭了一块污渍。小伙子红着脸嗫嚅着说："大姐，对不起啊！"我冲小伙子笑笑说："没事，反正穿新衣服之前，我都要洗一遍。"小伙子很感激地笑了，露出一口洁白的牙齿。

寒冷，让人的心变得柔软和仁慈。

一个外地的文友，开朗乐观。冬天和她QQ聊天结束时，她总会发来一个笑脸的表情，外加一行字："冬天要温暖地过哟。"

天冷的时候，我们要先暖一暖自己的心灵，让最美的笑容在寒冬绽放，然后，去温暖别人。

## 种爱

一

他是一个贫困山区的孩子。

父亲早亡，母亲独自一人拉扯着四个孩子。他的理想就是让自己快快长大，替母亲赢弱的肩膀分担生活的重担。

读到初三，他对母亲说，自己不想读高中了，路太远。再说初中毕业，在村里已经是个有文化的人了。村里最有学问的三胖子他爹，不才读到初二吗？

母亲叹了一口气，没说话。路远不过是一个借口，缺钱才是辍学的真正原因。

知了叫得最响的时候，学校里来了支教老师，是城里的女大学生。同学们很好奇，纷纷跑出去看。女孩子们兴奋地说着老师的穿着、长相，班里的气氛一下子活跃起来。

踏着上课的钟声，校长领着一位长头发的女孩儿走进教室，说："这是从城里来的支教老师，大家欢迎。""我姓李，大家叫我小李老师吧。"她微笑着自我介绍，说一口好听的普通话，笑起来很好看。

她教他们学英语、唱歌，给他们讲一些新鲜的事。他们知道了山外面的世界是多么精彩。她说，每一个人心里都要有一个梦想，并且要为实现这个梦想去努力奋斗。同学们问她："老师，你有什么梦想呀？"老师说："我是一名志愿者，我的梦想是把爱播种在世界的每一个角落。"

什么梦想不梦想的，他在心里暗暗苦笑。反正上完这个学期，他就要退学了。他已经告诉班主任了，班主任替他惋惜，极力劝他不要退学，说再想想办法。能有什么办法呢？他不抱希望。

快开学的时候，校长找到他说，有好心人愿意资助他上学。他很诧异，想知道是谁。校长拍拍他的肩膀说："你只管好好学习吧。"他本是个聪明的孩子，又肯用功，高考结束，他成了村里第一个大学生。大学毕业后，他第一件事就是找到以前的校长，他想知道一直资助他上学的人是谁。

校长捧出一个日记本，说："资助你的不是一个人，而是一群人。"

"你还记得那年来我们学校支教的小李老师吗？她是第一个资助你的人。可是，她在支教途中出了车祸，当场遇难。她的同学们从她的日记本里得知了你的情况，开始资助你。后来，她的学校专门成立了以她的名字命名的基金会，无数人在做这项工作。他们说，小李老师种下了一颗爱的种子，他们一定要把这份爱传递下去，让这粒种子最终长成一棵参天大树。"

"孩子，你现在就是这树上的一片叶子呀，汲取养分来丰满自己的生命，然后落叶归根，去滋养更多的新生者。"校长的声音哽咽了。

他流着泪接过爱心接力棒——做了一名支教志愿者，在他脚下的土地上，种下了一颗爱的种子。

# 二

认识她，很偶然。

一日，我在报社邮箱里发现一封呼吁救助贫困骨癌女孩的信。

信中说，她是女孩的英语老师。女孩的父母离异后，母亲远嫁他乡，她跟着父亲生活。后来，父亲患了重病，失去劳动能力，父女俩靠低保维持生计。十四岁的七年级女生独立撑起一个家，照顾生病的父亲。

女孩学习成绩优异，在班里担任学习委员，是一个开朗乐观的阳光女孩。或许是命运想给这个孩子更大的考验，女孩在一次体育课上突然晕倒，送到医院后，被确诊为右腿股骨部位骨肉瘤，属原发性骨癌。她不得不离开学校住院治疗，巨额的医药费彻底摧垮了这个风雨飘摇的家。

信的最后留了联系方式和姓名，我拨通电话。电话里，女孩的英语老师情绪激动，难以自持。她给我形容女孩的家有多么贫穷，女孩有多么坚强乐观。她希望我们尽快采访报道这件事，让更多的人伸出援手来帮助女孩。

翌日，我们去学校采访，女孩的英语老师在学校门口等我们。她很年轻，像一个中学生。她带我们去采访女孩的同学、邻居，还有女孩病重的父亲。

去女孩家的路上，她感叹，这么好的孩子生在这样一个贫困家庭中，又患了这样的病，多可怜呀！她说，以前根本不知道这个女孩家这么贫困，因为女孩非常阳光、乐观，学习好，爱帮助同学。在一次家访中，她才得知女孩家的情况。

她不是班主任，也不是学校的正式老师。她向我们抱怨，得知她向媒体呼吁的事，有人说她想出风头。她苦笑，现在的人为什么那么复杂，想做点好事居然这么难。她很委屈。

我们劝她，帮助孩子是好事。走自己的路，让别人去说吧。

女孩的事情在报纸上刊登出来后，引起了很大反响。不少爱心人士伸出了援助之手，救助款源源不断地打到女孩的受捐账户，女孩顺利地做了手术。经过一段时间的恢复，重返校园。

我们最后一次采访女孩时，却没有见到她的英语老师。问起来，老师们淡淡地说，她走了。

后来，我收到了一封来自外地的信，是她写的。她说，因为救助女孩这件事，她找到了予人玫瑰手留余香的感觉。这样的好事，她还会一直做下去。

一年后，我收到了她的婚纱照，照片上的她笑靥如花，身旁站着一位帅气阳光的大男孩。她说，她与他同为爱心团体里的志愿者。他们因爱相识，缘定终身。不管走到哪儿，他们都会把爱的种子一路播撒下去。

我相信，爱的种子，一定能生根发芽，直至长成参天大树。

## 大蒜花

离婚时，她二十七岁，女儿三岁。四年婚姻留给她的，只有无尽的伤痛和酸涩。

男人好赌成性，她攒的私房钱被他输没了，孩子的满月礼被他输没了，家里交取暖费的钱被他输没了。最后，一个家都被他掏空了。

她是个要强的女子，开着一家理发店，起早贪黑，总想着把日子过好。没想到，辛辛苦苦挣了一年的钱，没几天，就被男人输光了。每逢过年过节，别人家喜气盈门，她家债主登门。最难的时候，连给孩子买奶粉的钱都没有。大年初二回娘家，她抱着孩子两手空空回去拜年。看着村里别人家的闺女、女婿拎着大包小包的礼物，她心里一阵酸楚。娘知道她有难处，走的时候偷偷塞给她三百块钱，嘱咐她："这钱你藏好了，给孩子买点吃的。"第二天醒来，她一摸衣兜，钱早没影了。

别人家的男人，把老婆孩子捧在手心里，踏踏实实过日子。她的男人和牌局过日子，家不过是个免费的旅馆，想来就来，想走就走。苦口婆心地劝，撕心裂肺地吵，都挡不住他赌博的脚步。他也不是完全没有悔改的意思，说到动情处，也是一把鼻涕一把泪地对天发誓："一定改，一定改！再不改，就把手剁了。"可那誓言不过是一阵风，来得快，去得也快。

即便这样，她也没有下定决心跟他离婚。不是她多么软弱，只是她实在不想让女儿失去父亲。她恨他，但是，她的心里是抱着一线希望的，想着他有一天改过自新，和她一起过踏实日子。

没想到，男人不仅没改，反而变本加厉，到处借钱，拆了东墙补西墙。他一心想翻本，怎奈钱越输越多。

她永远都忘不了，那个寒冷肃杀的冬夜。男人输光了钱，又借了高利贷。债主带着一帮壮汉找上门来，把家翻了个底朝天，稍微值点钱的东西都被搬走了，一帮人还骂骂咧咧地不肯罢休。女儿吓坏了，扑进她怀里哇哇大哭。看着满地狼藉的房间，她发了疯一样，狠狠打了男人一个耳光，抱着女儿，离开了这个是非之地。

半年的离婚拉锯战，让她身心俱疲。离婚后，她带着女儿远走他乡，租了一间小小的门市，开起了理发店。一个人洗头、剪发、烫发，忙得不可开交。女儿很懂事，不用妈妈操心。生活虽然辛苦，但让人安心、踏实。

几年的打拼，加上省吃俭用，她有了些积蓄。偶然听同学说起造纸行业利润很高，希望和她一起投资建设造纸厂，她动了心。并非她多么爱财，而是离婚后，她和女儿一直住在理发店里。店里太嘈杂，她担心理发店的环境会影响女儿学习，想攒点钱买处房子。

考虑了许久，她关了理发店，把全部精力和积蓄投到造纸厂。半年后，造纸厂正式运营。她预测，如果一切正常，不出四五年，就能收回成本。她想，挣了钱，先买套小房子，再给女儿买架钢琴，女儿喜欢钢琴已经很久了。

没想到，事与愿违，仅仅半年，造纸厂就被关停。一起投资的同学，一夜之间消失得无影无踪。不仅投进去的本金打了水漂，她还稀里糊涂地背上十几万元银行贷款的债务。

她欲哭无泪，只得重新操起了老本行，从早到晚，每天一站就是十几个小时，努力积攒着每一分钱，想早点还清债务。有人劝她："别还了，反正不是你一个人欠下的钱。"她摇头说："做人得讲信用，孩子看着呢。"

意外是在她上街办事的时候发生的，一辆疾驰的轿车，当场把她撞倒。醒来时，她已在医院。医生告诉她，车祸导致她左腿粉碎性骨折。一阵悲凉瞬间涌上心头。生活，似乎只有眼前的苟且和无边的黑暗。这一夜，她胡思乱想，辗转反侧，情绪坏到了极点。天快蒙蒙亮时，才睡着了。

清晨，她迷迷糊糊地醒来，睁开眼，发现女儿不知道何时已站在床前。见她醒了，女儿笑着说："妈妈，你猜，我给你带什么礼物来了？"说话间，女儿把背在身后的东西举到她面前。

她疑惑不解地问："这是什么？"

"大蒜花。"女儿脆脆地答。

"什么叫大蒜花？"她仔细端详，女儿手里举着的原来是几头独头蒜。大蒜外面的紫红色薄皮，被女儿剪成均匀的六个花瓣，就像紫红的花瓣包含着白色的花蕊。大蒜的根部插在铁丝上，铁丝外面裹着一层漂亮的彩纸——多么独特的礼物呀！

她先是呆呆地看着那束大蒜花，接着一把搂过女儿，泪如泉涌。

她知道，女儿想给她买束花，可是没有钱，只能用家里仅有的几头大蒜来动手制作。

从此，那束独特的大蒜花，永远盛开在她的心里面。

后来，她遇到过很多很多困难，都被她的积极乐观打败。她说："生活待我凉薄，我报之以梨涡。这世上，不是每个人都这么幸运，有机会承受苦难。那些软化苦难的坚韧和执着，都将沉淀成生命的质感与力量。"

在一束大蒜花面前，所有的艰难困苦，都是可以忽略不计的。

## 别把最爱的歌设为手机铃声

### 一

偶然听到一首歌，心中的弦"砰"的一声被弹响，贴心贴肺，仿佛前世约定。

赶紧上网搜这首歌，下载到手机上，反复听，还听不够，于是设为手机铃声。心里想着，这下好了，不仅随时想听就听，而且，只要有人打来电话，就能听到自己心仪的歌曲，真是一举两得。

从那天开始，这首歌一直陪着我。不管阴天晴天，不管心情好坏，朋友电话、骚扰电话、外卖电话、推销电话……一律是这个铃声。

有一天，铃声响，我接起，只听对方说："您在法院有一张传票，请速去办理！逾期，后果自负。"

还诈骗到我头上了！气得我血直往上涌，真想狠狠摔了手机。幸亏我头脑保持清醒，涌上来的血又原路返回。

渐渐地，我感觉这首歌不再像初遇时那么好听了。甚至，在遇到不想接听的电话时，还觉得它有些刺耳。

这是怎么了？我问自己，是不是因为太爱了，而没有把握好爱的距离？

# 二

如同好友芳青春时期一场无果而终的恋爱。

芳长相一般，属于扔到大街上便消失在人海里的女孩。

在学校的舞会上，她认识了一位玉树临风的帅哥。他不仅舞跳得很棒，而且唱歌、弹吉他，样样拿手。只要一见他，她便心如鹿撞。

晚上，躺在被窝里，芳打着手电筒，偷偷给他写情书，一封又一封。为了能把情书写得更动人，还让我帮她润色。

帅哥收到芳的情书后，居然答应和她处朋友了。

芳有些受宠若惊，涕泪交流地发誓，她要低到尘埃里，把全部的爱都给他。

她去排长长的队伍，只为给他打回一份他最爱吃的红烧排骨，然后，美滋滋地看着他吃。

她穿着十厘米高的高跟鞋，一溜小跑儿，只为去图书馆给他占一个靠窗的座位。

她看见某位男老师穿的衬衫很好看，便给爸妈写信，撒谎说要报一个函授班需要钱。钱寄到后，她风风火火跑去商场给他买衬衫。

他说，她有点小胖。回到宿舍，芳高呼："我要瘦成一道闪电！"她开始减肥，每顿饭只象征性地吃几片菜叶子，恨不得一天就变成像照片一样瘦的女子。

周六，帅哥有事，我约芳去公园赏花。小路两侧花团锦簇，芳高兴得像个孩子。那些花，在她眼里都是天上的好颜色。走了一会儿，她就如同霜打的茄子，啥花在她眼里都成了地上的烟火色，这个花像煎饼，那个花像玫瑰蛋卷……我问她，前面那种花叫啥？她脱口而出，红烧排骨。我当场笑晕。

有同学预言，他们的爱情长不了。芳不信，对同学恨之入骨。

没想到，同学一语成谶。

帅哥提出分手。芳哭着问为什么，他说："你让我感觉到累，喘不过气来。"

"那是因为我爱你！"芳委屈得无以复加。

帅哥头也不回。

三

我亦想起同学的哥哥斌。

斌偶遇一女子，惊为天人，一见钟情，于是展开疯狂地追求。

经过一年的追求，终于抱得美人归，他恨不得把心掏给她。

斌说："老婆是最美的花，我要做世上最有营养的牛粪。"

于是，女子更加任性，更加飞扬跋扈。

的确，一个人的飞扬跋扈，需要有人无怨无悔地滋养、配合、纵容，才能成就。

花，真的是越来越美，牛粪快成了干巴巴的一坨。

当牛粪最终被风干后，鲜花便去寻找另一坨更有营养的牛粪了——她跟一个有钱人远走高飞。

他哭得肝肠寸断，满世界寻她，而她捎话回来："你爱得太卑微。"

记得小时候，大人给小孩分糖时，总会说："太甜，一天不可以吃太多。"糖吃多了，牙齿会龋坏，会疼痛。

爱，有时就像糖一样，太甜。吃糖的人不可吃太多，给糖的人亦不可给太多。

道理很简单，无论是爱物，还是爱人，都要有节制。所以，别把最爱的歌设为手机铃声。

## 只给你六分爱

他推门进来，歪歪斜斜地，一股刺鼻的酒气随之扑面而来。

她接过他扔过来的西装外套，小心整理好，挂上衣架。然后像往常一样，倒了一杯白开水，递给他。他没接，示意她放在茶几上。

他将整个身体陷进沙发里，眯着醉醺醺的眼睛说："我跟你说，今天大学同学聚会，见到我的初恋情人丽了，她比原来还漂亮！"她心里一惊，面上仍然不动声色。

他端起杯子，喝了一口水，接着说："她离婚了。丽说，她十分爱我。这么多年了，她从来都没有忘记过我。当初，她离开我也是迫于就业的压力。你知道她爱我到什么程度吗？她说，她甚至可以为我去死。"他完全沉醉其中，眼睛里竟蒙上了一层水雾。

她吃惊地看着他，不，是震惊！如果不是努力控制，她感觉自己就要晕倒了。她目不转睛地看着眼前这个熟悉而又陌生的男人。他斜睨了她一眼，接着说："你对我有这样深的感情吗？你十分爱我吗？你可以为我去死吗？"他有些扬扬自得，以挑衅的口吻说道。

她深呼吸，再深呼吸，努力让自己保持镇静，尽管她的内心已经在翻江倒海。

他们结婚十年了，过着平淡而幸福的日子。她知道，他在大学期间曾经有一个爱得死去活来的初恋女友。毕业前夕，那个初恋女友却义无反顾地投入一个有钱人的怀抱。丢下寂寞心碎的他，独自一人在角落里舔舐伤口。他说过，她甩掉他，就像扔掉一块破抹布一样轻松。

十年了，这个女人竟然猝不及防地来袭击她的幸福生活，而眼前这个男人的心竟然再一次被轻易俘获。

"是的，我爱你，否则我不会嫁给你。但我不会把全部的爱都给你，更不会爱到可以为你去死，那只是电影、电视剧里面的台词。因为，我的生命不仅仅属于我自己。"她直视着他的眼睛，一字一句地答道。

"我不只是你的爱人，也是公公婆婆的儿媳妇。我要分出一分爱，来爱生你养你的爹娘。婆婆患脑血栓三年了，小到洗衣做饭，大到生病住院，哪一件事不是我亲力亲为。卧床的老人多有褥疮，可是三年过去了，婆婆身上的皮肤完好如初。怕婆婆大便干燥，我买来榨汁机，将芹菜、胡萝卜切碎榨成汁，核桃仁捣碎，加奶粉、玉米面，自制营养餐喂老人吃。这些，你做过吗？那时候，你在哪里呢？你在歌厅陪客户唱歌，你在餐厅陪上司吃饭，你在单位加永远都加不完的班……"她努力让自己的语调保持平缓。

"我不只是你的爱人，也是儿子的母亲。我要分出一分爱，来爱我们的儿子。儿子今年九岁了，从他出生那天开始，我就给他记成长日记，现在已经是第三本了。这里面有他成长的点点滴滴，他第一次学会爬，第一次学会坐，第一次学会叫妈妈，第一次学会走路，第一次学会写字，第一次上幼儿园，第一次上小学……我真的不知道，你参与过他的几个第一次？"她拿出几本厚厚的日记本放在他面前。

"我是你的爱人，也是我父母的女儿。我要分出一分爱，来爱他们。他们辛辛苦苦把我拉扯大，现在，他们老了，到了我回报他们的时候了。我要好好爱他们，抽出时间陪他们聊聊天，陪他们吃顿饭，陪他们逛逛街，听他们讲讲过去的事情……"她有些哽咽。

"我的生命是父母给的,除非是意外灾难,我无法避免,否则,我不会轻易为某个人去死。我爱这个世界,也会留一分爱给我自己。我要努力让自己活得更精彩。"她停顿了一下,继续说道,"在没有走进婚姻时,我把全部的爱给了你。可是,当我们走进了婚姻后,我给你的爱只有六分。现在,你有选择幸福的权利。"

　　他的神情有些不自然,晃晃悠悠地站起来,去了卧室。第二天起床后,她发现床头柜上有一张字条:"亲爱的老婆,我错了!相对于十分的爱来说,六分的爱,才是真正的爱。"

　　此刻,厨房里的抽油烟机在轰鸣,夹杂着叮叮当当炒菜的声音,她拉开窗帘,一道阳光斜射进来,在地板上跳跃,像小鱼一样。

## 赴一场隆重的约会

王玲的母亲得了癌症——肝癌晚期。医生说，只能保守治疗，最多还能活一年。听完医生的话，王玲眼前一黑，晕了过去。

王玲八岁时，父亲因病去世。怕王玲委屈，母亲一直没有再婚，一个人含辛茹苦把王玲拉扯大。母亲在单位做会计，为了补贴家用，业余时间还给几个企业做兼职会计。娘俩住里外两间房，怕打算盘吵着王玲，母亲就在外间屋算账、记账。外间屋没有桌子，她就搬一个方凳和一个小板凳，在那趴着写写算算。坐的时间长了，她得了腰椎间盘突出。四十五岁不到，母亲的头发就白了许多，眼也花了，一着急还心慌气短。

虽然是单亲家庭，但母亲从来没有亏待过王玲，别人有的她都有。幼时，看到别人学钢琴，她也想学。母亲二话没说，托人给她从上海买了一架钢琴。那架钢琴足足花了母亲两年的工资。钢琴课的费用也很昂贵，再加上学乐理，又是一笔不小的开支，可母亲从来不含糊。她说："养孩子就像种花，好好栽培，然后耐心地等待花开。"

王玲知道母亲不容易，她学习很努力，钢琴也弹得不错，高考时被一所重点大学录取。大学毕业后，顺风顺水地考取了硕士研究生，又找到一份稳定的工作。拿到第一个月工资后，王玲全部上交母亲，并且豪气冲天地说："妈，从今往后，我负责养家，你负责貌美如花。"母亲高兴得不得了，笑眯眯地说："看我家这朵花，总算开好啦！往后，我也要潇洒一把了。"

退休后的母亲染了头发，买了晚礼服，精神抖擞地加入了老年合唱团。每天早晨不是去公园跳广场舞，就是去练太极拳，有时候还和几个老姐妹相约着外出旅游。母亲的退休生活充实又精彩，日子就像一条欢快流淌的小溪，听得见叮叮咚咚的流水声。

然而，谁也没想到，天有不测风云。王玲的母亲感觉身体有些乏力，体重下降很快，去医院体检时，居然被查出患了肝癌。这诊断如晴天霹雳，王玲实在接受不了。她反复问医生，会不会出现误诊？医生连连摇头，说不会。王玲还是不相信，带着母亲去别的医院检查，最终，母亲还是被确诊为肝癌晚期。母女俩抱头痛哭。

办公室的同事们都很同情王玲，尽量替她分担工作，让她抽出时间多陪陪母亲。王玲开始在家、医院、公司之间来回奔波。几天不见，感觉她憔悴了许多。有一天，同事在卫生间里，听到一阵阵压抑的抽泣声。不一会儿，王玲从里面走出来，眼睛红肿着。大家都劝王玲也别太难过了，保重身体要紧。王玲说："没办法，我得找个能哭的地方。当着我妈的面，我不能哭。我一哭，我妈身体受不了。"

一晃半年过去了。不知从哪天开始，王玲开始化起妆来，画了眼影、腮红，涂了很艳的口红，衣服也开始换得频繁起来。今天穿一身玫瑰红的套裙，明天就换一条鹅黄色的连衣裙。大家私下议论，真是久病床前无孝子呀！这才多长时间呀，她连伤心的表情都没有了。老母亲躺在病床上，她还有心思打扮得花枝招展的。当初，她母亲拉扯她多不容易呀，真是没良心！人们再看王玲时，眼神里多了几分轻视。

三个月后，王玲的母亲离世。葬礼上，王玲穿一身白色套裙，脸上化着精致的淡妆，表情淡然。

事后，同事实在忍无可忍地问王玲："你知道大家背后怎么说你吗？"

王玲轻轻点头。同事很惊讶。王玲说："自从我妈生病以后，我和我妈彼此心照不宣，知道我们在一起的日子已经不多了。我痛苦过，甚至难以自持，我妈也是。我们每天悲悲戚戚，直到我妈同屋的病友突然离世，让我和我妈都有了醍醐灌顶的感觉。随时准备告别，成为我们的生活常态。我们恨不得把一天当作十天来过，我们要把自己最好的状态呈现给对方，珍惜在一起的每一分、每一秒。所以，每天，我都精心打扮，就像去赴一场隆重的约会。"

# 辑四
## 给平凡的日子嫁接诗和远方

感谢父亲，在我们年少时，不仅嫁接了花朵，嫁接了果树，也给贫瘠的生活嫁接上了美好、希望，还有诗和远方。

## 往后余生，都是你

父亲八十一岁，母亲八十岁。

深秋，经过多次激烈的思想斗争，父母终于"痛"下决心，准备搬到县城来过冬。

父亲有结肠炎，怕冷，天一冷，腹部下坠疼痛。老家虽然是天然气取暖，但是，老房子跑风漏气，温度上不去。多少次劝他们搬到县城，都被婉拒。这回之所以下决心搬来，是因为父亲的结肠炎又犯了，各种药物吃下去，不见好转，遂去医院检查。医生说没大碍，一定要注意保暖。

过了霜降节气，气温下降，父母迟迟不来，说再等等，这天还不算冷，院里的白菜还能再长长。

院里二十几棵白菜，满打满算，不过几十元钱。这理由，让我们哭笑不得。好吧，再等等。

父母收了白菜，收了雪里蕻，挖了菜窖，把菜入了窖，盖上玉米秸。院子打扫干净，东西归置好。父亲提了一个条件，每周回去一两次，喂狗。那条承欢左右的中华田园犬，父亲既舍不得送人，也不能带到楼上来。于是，父亲找到了常回家看看的理由。

父母终于恋恋不舍地离开老家。

哥嫂装修了一楼的房子，买了家具家电，我提前给父母买了全自动洗衣机。我们都想让操劳了一辈子的父母，过上体面安逸的生活。

在老家的父母，忙忙碌碌，在院子里种菜种树。最好的菜，留给我们吃，他们吃带虫眼的、长得不周正的。院里的苹果树结了果子，最好的苹果留给我们，坏的他们舍不得扔，把坏的地方削去，煮粥喝。他们常穿的衣服，是旧得不能再旧的，新衣服放在衣柜里，除了走亲戚时偶尔穿一下，平时根本不穿。

这些年，邻居们都翻建了房子，只有我家的老房子低矮陈旧。然而，父母却快乐着，欢愉着，为儿女做着力所能及的事。

父亲说得最多的一句话是，不到万不得已，不离开老家。这个万不得已，我从来不敢多想。

不管怎样，父母能搬来，我们都很高兴。看着簇新的房子以及家具家电，母亲感叹："太幸福啦。"

没想到，看似简单方便的家用电器，在母亲眼里成了难以征服的拦路虎。

母亲在老家，养鸡喂狗，烧火做饭，种菜种花，像个气定神闲的将军。我们爱吃韭菜肉馅大包子，母亲三下五除二，割一捆韭菜，和一盆面，蒸上一大锅包子。走时，给这个捎几个，给那个带几个，母亲一脸的自豪。我一个电话，说回老家吃饭，母亲早早包好了饺子，等着我们。可如今，母亲在电饭煲、电饼铛面前，像个无所适从的孩子。我一遍一遍教她，她总是手忙脚乱之后，一脸无辜地说："咋就不如家里的柴火锅好使呀？"

我回母亲，那柴火锅，又得烧柴火、拉风箱，还得顾着锅里的东西，一点都不方便。这家用电器，一按按钮，省时省力，多好呀！母亲小声嘀咕，金窝银窝，不如自己的老窝好。

教母亲用全自动洗衣机洗衣服，她像吓着一样，连洗衣机门都打不开，说怕掰坏了。教母亲用浴霸，反反复复。我打消了教母亲的念头，每周帮父母洗澡洗衣服。

帮母亲洗澡。她不适应，我也有点不适应。母亲一米五多的个子，后背驼着，鼓起了好大一块。我搂着母亲，她那么矮，那么小，像一枚褶皱的核桃。

朋友送我一台迷你烤箱。我烤了两块红薯，用锡纸包好，开车给父母送去。父亲出去遛弯，家里只有母亲一人。怕红薯凉了，我打开锡纸，让母亲先吃一块。母亲说："不急，等你爸回来一块吃。"过了一会儿，父亲没回来，我再次打开锡纸，让母亲先吃，母亲再次婉拒。半小时后，父亲回家。母亲拿出一块红薯，和父亲掰开，一人一半。两个老人，满头白发，牙齿稀落，坐在沙发上，吃着烤红薯，屋里弥漫着烤红薯的香气。电视柜上一盆蟹爪莲，花开饱满，岁月静好。

在美国工作的侄女回家过年。看到父亲，第一句话就问："爷爷，谁给你理的发呀？"父亲说："你奶奶给我理发，我给你奶奶剪头发。"我突然为自己的粗心汗颜。这么多年，我都没注意过这些细节。

我知道，父亲会理发，附近的邻居经常找父亲理。最早，父亲用的是一把普通的推子，后来，二姑送给父亲一把电推子。这把电推子，父亲用了很多年。

周末，去看父母。父亲一见我就说："你娘早晨起来直掉泪，说在这儿闷得慌，想家。你有空，就多过来趟。啥都不用买，过来看看就行。我们都岁数大了，见一回，少一回啦！"我的眼泪，就那么猝不及防地涌出来。

春寒料峭，父亲找来两个泡沫箱子，装土，松土，浇水，种上辣椒、茄子、西红柿种子，开始育苗。父母每天起床第一件事，就是去看秧苗长势。他们眼里有欢喜，有知足，还有一种叫希望的东西。春风一吹，他们又可以回老家，种菜种花了。

偶听《往后余生》那首歌，便深陷其中。"往后余生，风雪是你，平淡是你，清贫也是你，荣华是你，心底温柔是你，目光所至，也是你……"

往后余生，都是你——那个叫家的地方。

## 老家的院里有诗和远方

进入小雪节气，父亲收割了院里的雪里蕻，母亲忙着找出坛坛罐罐，准备腌咸菜。这是今年老家院子里的最后一拨收成。干完活，父亲拍拍身上的土，喜不自禁地发出了第N次感慨："咱这院子就是块宝地呀！你算算，从开春到现在，咱这院子里长了多少东西？"

院子里的几棵苹果树、杏树有三十多年了，枝干遒劲，布满了岁月的皱纹，它们是院子里的长者。年轻些的香椿树、柿子树，也光荣地完成了今年的使命，休养生息。树下，秋分时节种下的小葱、菠菜、大蒜星罗棋布，父亲给它们盖上了塑料薄膜，保证开春儿就可以吃鲜儿。那片看上去像枯草的韭菜，最没脾气，割了一茬又一茬，炒鸡蛋、蒸包子、包饺子、烙合子，换着花样地吃。窗台上晾着的是父亲自制的柿子饼，横成行，竖成列，像等待检阅的士兵……

老家院子里一年收获了多少水果和蔬菜，真是数不清。苹果、杏、柿子、葡萄、无花果、小葱、韭菜、菠菜、豆角、莴笋、茄子、大葱、辣椒、西红柿等，甚至还收过不少蒲公英、菊苣菜。这些蔬菜水果，不仅出现在我们兄妹三家的餐桌上，而且还随着亲戚朋友圈的不断扩大，到处开枝散叶。

这个院子，原是村里的队部所在。三间"砖包皮"的旧房，两间敞棚，优点是院子大、临街，出入方便。三十多年前，村里卖房子，父亲东拼西凑，以两千七百五十元的高价买下。

春天，我们从老宅搬过来。父母在院子里开荒种地，种了韭菜、茄子、辣椒等蔬菜，除了自己吃，一部分被母亲拿到集市上卖，补贴家用。院里还有一棵杏树，两棵桃树。父亲是县城果品公司的一名普通工人，母亲是农民，要供三个孩子读书，还要维持生计，日子过得很紧巴。如何筹措生活费和学费，经常让父母绞尽脑汁。

父亲偶然听说，苹果树苗很紧俏，就想在院子里育树苗。但是，买不到苹果籽，怎么办呢？父亲一拍大腿，想起公司院子里有一大堆扔掉的烂苹果。"可以从烂苹果里把籽抠出来。"父亲很兴奋。当时，我和两个哥哥正放假。第二天一大早，父亲带着我们，骑自行车直奔县城。

到了公司，父亲把我们领到一个角落，那里堆着小山一样的烂苹果，旁边是公共厕所。成群结队的苍蝇，在空中盘旋着。我们抓起烂苹果，轻轻一攮，再一点点把籽抠出来，用手指小心翼翼地抹到盆子的边缘。半天下来，两只手都是黑褐色的烂苹果泥。

第二年春天，父亲将经过特殊处理的苹果籽种在院子里。每天早晨，父亲早早起床，盯着树苗左看右看，眼里蓄着欢喜的波。父亲说，嫁接好的树苗，价格要比没有经过嫁接的贵上一倍。放了暑假，我们钻到树苗丛里，忍受着酷暑和蚊虫叮咬，跟着父亲学嫁接。之后，母亲开始到附近村子赶集卖树苗。不会骑自行车，她就搭别人的顺风车，或者自己推着小推车去。回来后，母亲都会把卖树苗的钱数记在一张纸上。歪歪扭扭的数字越来越多，我知道，我们的学费有着落了。

父亲留下几棵树苗，分别移栽在院子里，在小树苗下面又种了各种蔬菜。每逢集日，母亲都要起早摸黑采摘新鲜的蔬菜，拉到集市上卖。

盛夏，一个星期天的早晨，天还黑着，母亲吆喝着我和二哥起床割芹菜，赶集去卖。等我们择完菜，把菜码放到小推车里，天却阴沉下来。

一会儿的工夫，倾盆大雨说来就来了。母亲坐立不安，进进出出，密切观察着雨势。大雨下了两个多小时，终于稍小了些。母亲抬头看了看天，一把抓起草帽说："走吧，还能赶得上。"我和二哥戴上草帽，不情愿地跟着母亲。

田间小路泥泞不堪，路两旁的边沟蓄满了水，根本分不清哪里是路，哪里是沟。母亲目不转睛地推着车，我和二哥在两侧用力扶着，身上的衣服淋湿了，鞋里灌满了水，每走一步都发出"扑哧扑哧"的声音。一边走，我和二哥一边嘟囔着埋怨母亲，这样的天，集市上会有人吗？母亲不说话，全神贯注地推着车。

进村的路，有十几米特别低洼，积了齐膝的水。母亲望着浑浊的水面，停下车，擦了一把汗，说："你俩别扶了。"然后，她低头，弯腰，握住车把，深吸一口气，推着车子，快速而又稳健地冲刺过去。我们不知道，母亲那瘦小的身躯里，怎么积蓄了那么大的能量。

老天似乎特别眷顾我们，到了集市上，雨停了，卖菜的摊贩很稀少，芹菜被一抢而空。母亲称菜，二哥收钱，我负责捆菜。等卖完菜，我才发现腿上一层厚厚的泥巴已经干透，用手一抠，就掉下来一块。

一年又一年，父亲亲手种下的小树苗，开花结果，长成了大树。父亲退而不休，除了洼里的农活，把院里的活计也排得满满当当。春天剪枝、松土、疏花、治理病虫害，夏天疏果、套袋、人工授粉，秋天施肥、浇地、给树打吊针，冬天挖坑沤粪、搞土壤改良。父亲培育出的苹果个大、色泽鲜艳、口感好、含糖量高。收获下来的苹果，一部分送给了左邻右舍、亲戚朋友，大部分换成了我们兄妹三人的学费和生活费。母亲常说："卖盐的人喝淡汤，编凉席的睡光炕。你爸受累巴活地管理苹果树，好苹果自己从来舍不得吃。"

大哥最有出息，成为医学博士，博士生导师。我和二哥也算学业有成，有了不错的工作。父母依然乐此不疲地去洼里种地，在院里种菜。收获的水果、蔬菜和粮食，再没有了交学费和生活费的沉重使命，却成为父母满满的爱与牵挂。

院子里，那些给我们提供过美味的果实、给我们换过学费、有着父母掌心温度的苹果树，日渐衰老。尽管父亲做了很大的努力，给它们输液杀菌、改良土壤，苹果树仍然叶稀果少、病虫害多，似乎什么都不能阻挡它们衰老的脚步，就像年迈的父母。父亲患心脏病十多年了，每天都离不开药；母亲因为常年劳作，背已经驼成了一张弓，背影小得像一枚皱褶的核桃。

秋天，我把父亲种的萝卜给朋友送去，随口说了一句："这是我老爸亲手种的绿色食品。"朋友突然沉默了，少顷，她哽咽着说："这萝卜让我想起了去世的父亲。替我谢谢老伯。"我唾手可得的幸福，成为别人眼中遥不可及的风景。

父母一次次拒绝离开老家，因为这些蔬菜水果，是爱，是牵挂，是父母平凡生活里的诗歌。它们被赋予了特殊的意义后，跟随远在他乡的儿女们，到达了父母所到不了的远方。

## 一切安好如常

周末，回老家看父母已成惯例。

从老家低矮的门洞走出来，我的手里是满满几大袋择好的青菜。父亲在后面嘱咐："咱的菜不打药，给邻居、朋友们分着吃吧。"临上车，母亲依旧递给我几双她做的鞋垫。

在老家，我喜欢一边和父母聊天，一边在院子里看风景。

屋檐下，台阶旁，是一排高大的月季"树"。之所以称之为树，是因为它们长得太肆无忌惮了，都和屋顶一般高了，还在疯长。每一棵月季，都开四五种颜色的花，红色、粉色、鹅黄色、紫色、白色，边开边谢，边谢边开，似乎永远的豆蔻年华。

这些花，是多年前父亲亲手种下的。父亲爱花、爱树。最初，一棵月季只开一种颜色的花。父亲看到哪里有好看的月季花，就剪下一两片芽片，进行嫁接。几年后，月季花的颜色可以用五彩缤纷来形容了。用母亲的话说，那些月季花，开得又大又双，跟牡丹花似的。

过年的时候，大哥给父亲买了一部智能手机。八十多岁的父亲学会了拍照和使用微信。只要月季花开了，父亲就拍照，通过微信，传给我们。父亲镜头下的月季花娇艳无比。我能想到，一个老人在院子里，笑眯眯对着花拍照的情景。

月季花旁，有两棵无花果树，硕大的手掌形的叶子下面，可以看到青青的果子。无花果成熟的时候，父母舍不得摘，给我们留着，让我们自己摘。在树上自然成熟的无花果，咬上一口，香甜软糯，回味无穷。

甬路右侧，一架黄瓜，一架豆角，挨着无花果树，整齐地排列着。顶花带刺的黄瓜，吃起来脆甜脆甜的。豆角的枝蔓正努力地向上爬，长长的豆角扭着"小蛮腰"，垂下来，甚是可爱。院里的菜，不打农药，发现虫子了，父亲就用手捉。

甬路左侧，西红柿已经长出了一嘟噜一嘟噜的果子。西红柿一开始总坐不住果，听人说得买专门的点花药涂抹才行。父亲没有买，自己动手用复合肥配制成了点花药，果子都坐住了。说起这事时，父亲得意得像个孩子，急于想得到我们的夸奖。

辣椒、茄子在一旁，也不甘示弱。这些秧苗，都是父亲亲手培育的。三九天，外面北风呼啸，屋内温暖如春。父亲从床下拿出几个装满土的花盆。浇过水，晾得半干，用小铲子细细翻过，用手捏过，不允许有一个土坷垃。在潮润的土上，撒下种子，再盖上一层细土，铺上薄膜。过几天，小苗就拱出土了，细细的，茸茸的。父亲每天起床，第一件事就是看看小苗的长势，给它们喷水、晒太阳。父亲盼望着，春天快点来，好让它们和温暖的大地来场隆重的约会。到时候，他的儿女们，就能吃上他亲手种的瓜果蔬菜了。

父亲盼春天的时候，母亲一边唠叨父亲，一边"哒哒哒"地踩着缝纫机。母亲说："那几个破花盆子成了你的命根子了。天天看，还能长出花来呀？"父亲"嘿嘿"地笑。母亲在用缝纫机做鞋垫，一圈一圈，转来转去。我们淘汰的旧衣服，母亲先拣出她和父亲能穿的，其余的都做成鞋垫。从春到夏，从秋到冬，只要我回家，总能看到她在踩缝纫机。每次返城时，她总要递上几双鞋垫。我曾经不耐烦过，因为家里的鞋橱里已经塞满了大大小小的鞋垫，而我小巧的高跟鞋里根本塞不下那土里土气的鞋垫。

和在北京工作的大哥聊天。大哥说，他有两大喜好，最喜欢吃的是父亲种的菜，安全、放心；最喜欢垫着母亲做的鞋垫走路，温暖、踏实。大哥是博士研究生导师，医学专家。嫂子说："你大哥去美国、韩国做访问学者，都会把一摞鞋垫放在背包里。从美国返回时，行李超重了，他都舍不得把剩余的鞋垫扔掉。"

大哥说，走了这么些年，走了这么多路，一直是踏着母亲做的鞋垫一步步过来的。不论是平坦还是坎坷，都走得健稳、从容，有底气。这样，可以时时提醒自己，人生的方向永远不会有偏差。

去年，大哥的一位患者，坐火车，倒汽车，千里迢迢地来到我们老家。见到我的父母，一把抓住他们的手，泪流满面。他说："感谢你们培育出这么优秀的医学专家，挽救了我的生命。"

送这位患者返程时，父母装了满满两大兜子自己种的蔬菜、水果。患者给父亲的一千元钱，被父亲悄悄塞在兜子最下面。父母很自豪，常说哪怕吃糠咽菜，也感觉到幸福。

母亲再递给我鞋垫时，我不再嫌弃，而是高高兴兴接过来。随着年龄的增长，我也不再青睐小巧精致的高跟鞋，而是穿上舒适的运动鞋，再垫上母亲亲手做的鞋垫，走起路来才感觉踏实、稳健。只是，母亲做的鞋垫远不如前两年针脚细密，她的老花眼越来越厉害了。

父亲给我择完菜，便忙着采集蔬菜种子。红褐色的、扁扁的，是白菜种子；黑黑的、三棱子的，是大葱种子；黄褐色的、细长的，是莴笋种子。父亲把晒干的种子，小心翼翼地用报纸包起来，明年接着种。一粒种子，就是一蓬的花，一蓬的果，一蓬的幸福和美好。父亲的姿势，是那么谦卑和虔诚，让人感到不同寻常的庄严。

就像此刻的母亲，戴着老花镜，用她那双饱经风霜、骨节突出的手，打上半锅"浆子"，把碎布块一层一层拼贴在一起，做成褙子。等褙子完全晒干后，依照尺寸大小裁剪下来，再做成鞋垫，给她的儿女们。

那天，我回家，母亲在做一件黑色的棉袄，又大又肥。我问给谁做的，母亲笑笑，说："早点做好了，省得有那一天，你们抓瞎。"

父母一天天老去。我心里明白，只是不说，假装天还长，地还久，岁月未曾老。我进门，还能叫一声"爸"，再叫一声"娘"，有人应着，我就是天底下最幸福的人。

我们彼此心照不宣，只是希望一切安好如常。

## 给平凡的日子嫁接诗和远方

立冬日。

阳光像鱼儿一样，先是调皮地跳到窗台下一排排的柿饼上，接着跳到台阶下的月季花和无花果上，跳到院里的苹果树上，跳到白菜、萝卜、菠菜、大蒜上，最后，跳到父亲嫁接的一株菊花上。

菊花，一米多高，是父亲用臭蒿子嫁接的，开两种颜色的花，金黄色和玫红色，碗口大，丰腴又绚丽。八十一岁的父亲得意扬扬，说："菊花嫁接在臭蒿子上，开出花来，相当于路边的臭小子和小菊妹子的爱情结晶。"

我笑，父亲也笑。

向来不喜欢拍照的父亲，主动换了新衣服，与他的"菊丫头"合影。

"菊丫头"比没有嫁接的菊花大了好几圈，好像知道自己生命短暂，拼尽全力，开得汪洋恣肆、激情飞扬。来赏花的人听说这花只能活一年，都不无遗憾地说："好看是好看，费那个劲嫁接，干吗？"父亲笑笑说："就是开一天，也值啦！"

父亲不仅嫁接菊花，也嫁接月季、蟹爪莲和雪桃、苹果树、杏树等所有能够嫁接的植物。那些蓬勃的花、硕壮的树，陪着父亲，走过一年又一年。父亲老了，但越发鹤发童颜，精神矍铄。

台阶下，一排月季是几年前父亲嫁接的，现在长成了月季"树"。不管去哪儿，只要看到好看的月季花，父亲就剪下一两片芽片，带回来嫁接。经过嫁接后的月季，每一棵都能开四五种颜色的花，鹅黄、乳白、浅粉、深粉、粉红、大红、紫色、藕荷，花硕大，花瓣重重叠叠，从春开到初冬。甚至，在冬季凛冽的寒风里，还有那么几朵桀骜不驯的月季花，不屈不挠地开着。

父亲还用仙人掌嫁接蟹爪莲。我顶不喜欢仙人掌，嫌它满身是刺。可父亲在它上面嫁接上蟹爪莲，当花苞满头时，感觉一切都不一样了。就像一个披针带刺、眼神凌厉的村妇，突然间有了万种风情，令人刮目相看。仙人掌上面，那些形如螃蟹脚爪的茎叶顶端里，开出一朵朵粉红的花，像一个个娇俏的小女孩，粉衣粉裙，在微风中仪态万千，翩翩起舞。看一眼，感觉整个世界都是欢天喜地、眉飞色舞的。

即便是种菜，父亲也跟别人不一样，自己采集种子，自己在花盆育苗，像绣花一样，在院里播种。这一块种萝卜，那一块种白菜；这一块种菠菜，那一块种大蒜。院墙上，爬着苦瓜、丝瓜、扁豆、冬瓜藤蔓。什么季节种什么菜，一年四季都有新鲜蔬菜吃。初冬，厚厚的草毡子下面，长着嫩嫩的菠菜、小葱、雪里蕻和大蒜。掀开来，掐几根嫩得出水的菠菜，做碗菠菜鸡蛋汤，那叫一个鲜呀。青翠欲滴的雪里蕻割下来，切碎了，蒸大包子或者包饺子吃，美味无比。父亲还别出心裁从地里收集野菜的种子，种在院子里。野菜嫩的时候，吃叶子，老了就摘下花来，吃花。父亲还给我摘过北瓜花、丝瓜花，用来凉拌或炒鸡蛋吃，颇有些《离骚》里"朝饮木兰之坠露兮，夕餐秋菊之落英"的感觉。

父亲给了植物虔诚和敬畏，它们给了父亲欢乐和美好。它们的生命因了父亲，有了不一样的厚度和质地。父亲因了它们，平凡庸常的生活焕发出动人的光彩。

四十多年前，父亲在离家七十多公里的工厂当铸工。调回县城果品公司工作时，除了一套破旧的被褥、一个坑坑洼洼的铝饭盒和做铸工时留下的永久的纪念——脚面上一道长长的伤疤，他几乎身无长物。等待他的是三个少不更事的孩子、一处四壁皆空的破房子和一个连围墙也垒不起的院子。那时，村里很多孩子辍学打工，或帮家里干农活。邻居家的长子跟大哥同龄，初中未毕业就辍学，去各村串着收酒瓶子，据说一个月挣一百多块钱。邻居劝父亲："三个孩子，让他们下来一个，给家里减轻点负担。"父亲回："多难，也得让孩子们上学。耽误了孩子们，将来后悔也没用。"

除了上班、吃饭、睡觉，剩下的时间，父亲都用来做一件事，那就是像小鸟衔食一样，建我们的院子。房子原是大队部所在，三间破房子，院子里有一个偌大的废弃猪圈。只要有时间，父亲就拉土垫院子。他一个人去村边的坑塘，装土，爬坡，再走上二里地，平时一天一趟，休息日一天数趟。院子垫好，再打土坯，圈院墙，盖门洞，盖配房，种菜，种花，栽果树。

为了补贴家用，父亲另辟蹊径。单位公厕旁，有一堆烂苹果。父亲带着我们，从烂苹果里，一点点抠出苹果籽来。第二年春天，父亲将经过特殊处理的苹果籽，种在院子里，苹果籽生根发芽，渐渐长成了小树苗。这种树苗叫实生苗，结的果实小，像海棠果、小沙果一样，酸、涩，口感不好，得经过嫁接，才能结出好吃的苹果来。

暑假，父亲教我们给小树苗嫁接。嫁接是通过把优良的接穗和原来的植株切割面靠近，扎紧，因细胞增生，彼此愈合，最后合为一体的过程。接穗嫁接成活后，再把原来的植株剪掉。经过嫁接后的树苗，不仅改良了品种，还提高了经济价值。"其实，人跟树是一样的，不吃苦中苦，哪来甜中甜。"父亲语重心长地说。

院里的大部分树苗，完成了交学费、生活费的使命。剩下的十几棵树苗，在父亲的精心培育下，长成了粗壮的苹果树。就像我们兄妹三人，也在拼着全部的力气，生长、开花、结果。父亲常说："院里的苹果树是家里的功臣。"

父亲还嫁接过雪桃。他去外地出差时，跟人家要了一枝雪桃树枝，坐火车，倒汽车，抱着回家，嫁接在院里的桃树上。第二年，树上结了雪桃。直到初冬，院里的桃树上，还长着又大又红的桃子，引得很多人慕名参观。

寒冬腊月，百花凋零的时候，父亲也会制造惊喜。他用我的红色皱纹纸，剪成花瓣或花苞的样子，用糨糊固定在盆栽石榴的干树枝上。一朵梅花，瞬间灿烂绽放。两朵，三朵，四朵……一枝干树枝，很快梅花点点，春色满园。多年以后，我才明白，世间有这样的花在，万般都是好的，再贫瘠的日子，也有香气弥漫。

年少时，我对父亲的"嫁接"不以为然。人到中年，当我见到了更多的人和更绚丽的风景之后，回过头来一想，觉得父亲的"嫁接"真的很伟大。社会上的很多职业，如医生、教师、编辑等，无不在做着"嫁接"的工作。就像"实生苗"一样，每个人出生时都是一样的。但是，后来在成长的过程中，有的人被嫁接上了美好、善良、天真、淳朴，有的人被嫁接上了圆滑、世故、狭隘，甚至邪恶。感谢父亲，在我们年少时，不仅嫁接了花朵，嫁接了果树，也给我们贫瘠的生活嫁接上了美好、希望，还有诗和远方。

## 且来花里听笙歌

老家的院里，热闹得不像话。

春、夏、秋，先是花们，再是果们，扎成堆儿，憋着劲儿，持续着一场又一场狂欢。

父亲八十二岁，母亲八十一岁。他们跟着花们、果们的脚步，忙碌着，欢喜着，收获着。

父亲的花分为四种。第一种是观赏花；第二种是蔬菜花；第三种是承担着坐果使命的果树花；第四种是父亲驯养的野菜开的花。

一

先说院里的花们。

郁金香，是我在城郊一户人家门前捡的。彼时，那家房子即将拆迁，两棵郁金香，被主人连根拔起，弃在路边。它头顶上的花蔫头蔫脑的，已失了生机。我捡起，带回老家，父亲把它们栽在甬路边。如今，它在院子里安家落户快十年了，已经分蘖成一大丛。每年四月，它率先捧出火红的颜色，唤醒院子里的春天。

窗前一排一人多高的月季，是我年少时父亲栽的。经过父亲一次次嫁接，每一棵都能开五六种颜色的花。花开起来，还像从前一样，硕大，饱满，艳丽。五月，红的，粉的，白的，紫的，黄的月季花争先恐后地开，像一群叽叽喳喳的小女孩，争着说啊，唱啊，你方唱罢我登场，根本停不下来。母亲说，这花开得又大又双，真好看。我撺掇父母说，跟花合个影吧。母亲梳了头，换了衣服，父亲站在左边，母亲站在右边。他们头发花白，牙齿稀疏，然，他们的笑容，就像身后的月季花一样灿烂。月季与人，俱美好。我工作忙，有一段时间没回老家。母亲打电话来，嗔怪道："月季花都开好了，你老不回来。"你看，月季花让一个八十多岁的老太太有了诗意。

三十多年前，春天，北京的大表姐带着相机回来，给全家拍照。老房子破旧不堪，木格窗，木板门，但窗前月季花开得丰腴富丽、灿烂无比。那时的我，十四五岁，穿一个棉布做的花衬衣，扎两个麻花辫儿，青涩，害羞。心里极渴望拍照，但又是自卑的。几个堂姐撺掇了半天，我才半推半就、扭扭捏捏地站在月季花前。"咔嚓"一声，大表姐将我与月季花，还有身后的老房子一起定格。这些月季花，见证了我的少年时光。看着这些花，那时的人，那时的事，都鲜活起来。

荷花有一锅，一盆，一缸。最初是一锅荷花，十几年了。多年前做饭的一口大铁锅，裂了缝，被父亲捡来，修修补补，埋在土里，种上荷花。每年六七月份，屋檐下，荷叶田田，荷香袅袅，淡粉色的荷花，如仙女下凡。

今年春天，父亲在屋后大坑里发现一个废弃的水缸。坑有一房多深，父亲一个人弄不上来，喊来母亲，两个人合力，把水缸拖上来。父亲还捡过一个旧陶瓷洗手盆，用水泥把下面的洞堵上，种荷花。听说我有一个育荷的朋友，父亲让我讨几种其他颜色的荷花。朋友把荷花的照片，发过来，让父亲挑。父亲挑了两棵红的，一棵黄的。两种花，都是碗口大，花瓣重重叠叠。我把三根种藕带回家，父亲高兴得像得了宝贝的孩子。两根种在水缸里，一根种在陶瓷盆里。七月，三种颜色的荷花，红粉乱溅，朵朵摇香，在院子里争奇斗艳。父母在院子里干活，隔一会儿就看它们一眼，嘴角的笑意一点点漫开来。

九月，秋至，菊花成了院里的主角。菊花是父亲的得意之作，用臭蒿子嫁接的。一米多高，开玫红色、金黄色两种颜色的花，光灿灿，华丽丽。邻居们慕名来看，都啧啧称赞，真没见过开得这么好看的菊花呀！

一到春天，父亲到处趸摸臭蒿子。臭蒿子一般长在野地里，沟垄边，废墟上。父亲找到了，像宝贝一样挖出来，小心翼翼捧回家，移栽在院子里。等它长到一拃多高的时候，把菊花的芽，一个个嫁接到臭蒿子的茎上面。想嫁接什么颜色，就嫁接什么颜色。菊花一开，臭蒿子就脱胎换骨，人生开挂，一脚迈入了花的行列。

父亲是养花的高手。我们兄妹谁家有养得半死不活的花，交给父亲打理，没多久，那花就会重新焕发生机。花在他的照拂下，活得充盈而满足。

二

再说蔬菜花。

西红柿的花，黄色的，小小的，有些弱不禁风的样子。茄子花，居然可以那么美，藕荷色的花瓣，黄色的花蕊，很雅致，像穿着藕荷色百褶裙的少女，踮起脚尖，跳起轻盈的芭蕾舞。辣椒花，白色的小花托，浅灰色的花蕊，低调，素净。别看人家小，能量大着呢，像魔术师一样，稍不留神，一个可爱的辣椒，摇身一变就冒出来了。

这三种蔬菜，都是从育苗开始。三九天，室外冰天雪地，父亲开始育苗。找几个泡沫箱子，在潮润的细土上，撒下西红柿、茄子、辣椒种子，再盖上一层土，铺上塑料薄膜。把它们放到室内阳光最好的地方，等待小苗破土而出。

没几天，小芽们羞答答地探出头来。这些小芽长相一样，分不出彼此，很像婴儿室里的婴儿，都粉粉嫩嫩的，小嘴巴、小胳膊、小腿儿，欣欣然，充溢着新生命的美好。

它们开始抽茎长叶，从一寸高，长到两寸高，渐渐能看出模样了。

清明，父亲把它们栽到院子里，铺肥松土，把小苗一棵棵移栽到地里，铺上地膜。此时，气温还起伏不定，担心寒潮来袭，父母用木棍和塑料布给它们搭了一个简易的暖棚。这个暖棚，就像小苗的被子，冷了要盖上，热了要掀起来。等它们长高了，天气暖起来，暖棚就可以撤掉了。

这些秧苗，像追风的少年，比着赛地长。父亲找来木棍，母亲搓好绳子，给它们搭架子，好让它们心无旁骛地生长。两根棍子为一组，搭成人字架，竹竿顶端用绳子绑好，中间用一根长棍子固定。父亲搭，母亲在一边配合。看着茂盛的西红柿秧和稳固的架子相依相偎，他们心里想着，用不了多久，一串串粉红的西红柿就会挂满了架，给儿子、给女儿、给亲朋好友吃。父母的眼睛里，闪着喜悦的波。

院里还有黄瓜、丝瓜、苦瓜、北瓜。我一直以为，黄瓜花、丝瓜花，还有苦瓜花，它们上辈子一定是失散多年的姐妹。因为它们长得太像了，简直难以分辨。淡黄色的花，薄薄的花瓣，细细的纹路，摸上去，手感非常舒适。北瓜花，也是淡黄色的，但个头大，像个憨态可掬的胖妞。它们简直像一群活泼好动的孩子，顺着墙头爬，顺着树攀，沿着棍子绕，兴趣盎然，笑逐颜开。

我摘下一朵黄瓜花和一朵苦瓜花，让父亲猜是什么花。父亲不看，接过去闻了一下，便说有香味的是苦瓜花。苦瓜花居然是带香味的，我不信。凑近一闻，果真有一股淡淡的香味。它结的果子明明是苦的、丑的，为什么花却是香的？或许，它只是想用这样的方式，来证明自己的特立独行吧。大自然中还有多少小秘密，等着我们去发现、去探索，谁能说得清呢？这世上有很多东西，我们自认为熟稔于心，其实，未必真正了解。

长豆角的花是淡紫色的，像小小的蝴蝶，翩跹于绿波之上。韭菜和大葱也开花，只不过它们的花不像花，更像一把爆开的小伞。

院里最美的蔬菜，我认为是紫苏。多秀气的名字！像极一个大户人家的女子，知书达礼，温柔贤惠。我没见过它开花，但我觉得它本身就是一朵花。椭圆形的叶子，中间是紫色，边缘为绿色，团团簇簇，像一朵朵与众不同的花，娴静高雅。

父母的蔬菜，一日一日，营养着我的身体、我的眼睛、我的思想。

## 三

第三种花，是果树的花。

几棵苹果树和杏树都三十多年了，是院里当之无愧的老大，家里的功臣。

院子南侧有一棵杏树，每年春天，花开成粉白色的瀑布。杏树先开花，后长叶，花褪残红青杏小，花落之后才见一颗颗青杏。父亲真的很心疼树。当年盖南房时，这棵树碍事。工人劝父亲把它挪走，父亲舍不得挪。他让工人把配房盖小一点，给它让了地方。

这棵树也没有辜负父亲，每年都捧出满满一树香甜的大杏。真可谓"压架藤花重，团枝杏子稠"啊！

院里的苹果树，以前有十几棵，是父亲带着我们从烂苹果里抠出籽来，先育苗，再嫁接的。每年，粉白色的杏花开过之后，就是苹果花。淡粉色的花瓣，鹅黄的花蕊，极其秀美。苹果花好看，却让人喜忧参半。花太多，结的果子就小，需要疏花，去劣保优，去弱留壮。疏花是个很累人的活儿，尤其是高处的花，需要爬到树上，仰着脖子，脚蹬手拽，一天下来，累得浑身酸疼。疏完花，还要疏果、套袋，等等。这些活儿，大都是父母做的。

苹果树完成了贫瘠日子里给我们交学费、生活费的使命后，日渐衰老。尽管父亲付出了很大努力，但收效甚微，只好砍掉了几棵生命垂危的树。剩余的几棵树，也是岌岌可危，不光结的果子越来越少，而且每年都有枯枝。

即使身上只有一丝力量，它们也会努力开出一朵花来。这样的花，大可不必再承担坐果的使命，就让它自由自在地开吧。

衰老有时势不可挡，但是，我想留住它们，也留住一份念想。

# 四

院里，有花，有树，野菜也跑来凑热闹。父亲便采集它们的种子，进行播种、培育。

蒲公英开很精致的小黄花，好像巧妇用黄色的丝线扎成的。小黄花落了，花托上就长出洁白的绒球。蒲公英嫩的时候吃叶子，老了就吃花。父亲给我们摘下小黄花，炒鸡蛋吃。鸡蛋的软嫩与花的鲜香混合在一起，鲜嫩可口。

还有马齿苋，它是天然的抗生素，花开在头顶，像米粒一样，有黄的、红的、粉的。马齿苋用开水焯了凉拌，或者晒干后，蒸大包子吃，也是美味无比。

车前子，在《诗经》里叫芣苢，父母管它叫蛤蟆菜，它的花是一条灰绿色的长穗子。车前子焯水后，蒸团子，有营养又好吃。

这些野菜，在院里享受着阳光，听着鸟儿的啁啾，喝着清冽的自来水，与花儿为伴，与蜂蝶为伍，生活无忧无虑。

它们比真正的野菜，要饱满丰盈许多。它们懂得感恩，用肥厚的叶子、鲜艳的花朵，回报父母的宠爱。

院里的花儿，年年那么艳丽。在父母的照拂下，院里的蔬菜、果树、野菜都活成了最好的模样。想起苏轼那句"且来花里听笙歌"，站在花前，鸟儿鸣叫，花香氤氲，蜂飞蝶绕。我以为，一朵花就是一首诗歌。

读过这样一句话："你每种一样花，就是多活了一次。"爱花之人的内心，一定是柔软的、善良的。我要给父母买多多的花种子，让他们去播种。花爱了这个世界，我的父母也爱了花。这就足够了。

## 役使跑过的村庄

"八百里加急！八百里加急！"一卷黄尘滚滚，骏马飞驰而至。但见人影一晃，跳将下马，大喝："八百里加急！御赐金牌，阻者死，逆者亡！"车马者、负荷者，遥避路旁，随即便见烟尘滚滚，骑者已然离去。这样的场景多次出现在我的梦中，因为我的家乡曾是繁华一时的古驿站，我家祖上是经营银号的商户。

街道两侧，房屋鳞次栉比，商铺林立，高高飘荡的招牌旗号，昼夜不息的车马，来来往往的客商，时而打马扬鞭飞驰而过的驿使，无不展示着这个村庄的繁华与生机。

街中心一间商铺，高高的柜台内，一位着长袍马褂、头戴瓜皮帽的老先生，噼里啪啦打着算盘。沉甸甸的红木算盘，每个珠子都闪着温润的光泽。一个高二十厘米左右、有着厚厚包浆的木质印章，静静地立在老先生的右手边，底部刻着四个大字"万亿号印"。柜台旁边，一盘土炉子把屋子烘得暖洋洋的，炉子上，一壶开水正"呼呼"地冒着热气。这是我家祖上经营的银号——"万亿号"，设南北两个分号。

我家祖上，不止经营银号，还经营着大车店、草料铺、当铺等。大概相当于现在的某某集团，下设几个子公司吧。到我爷爷的父亲那一代，家道中落。我爷爷自幼失恃，两岁时，独自在院子里玩耍，碰倒铡刀，除大拇指外，右手四根手指被拦腰斩断。爷爷的堂叔中年丧子，收爷爷为养子。爷爷手有残疾，家中又穷，差点娶不上媳妇，最后几经周折，娶了我奶奶。我奶奶算是二婚，第一次结婚时，新婚之夜，新郎被土匪绑票。因拿不出赎金，土匪在一个月黑风高之夜撕票。后来，我奶奶嫁给我爷爷。爷爷比奶奶大十六岁。

我爷爷为人善良，但是好赌，输多赢少。没有钱，他就祟粮食。父亲上小学，需要买课本，回家跟爷爷要钱。爷爷说："饭都吃不饱，哪来的钱买课本？"父亲哭着回学校，央求同桌，同桌答应和父亲看一本书。期末考试，父亲考了前几名，同桌考了四十名。同桌一生气，再也不让父亲看课本。父亲只上到小学三年级，就一步一回头，哭着辍学回家。

我奶奶敦厚善良，对爷爷赌博无能为力，她攥着沾了水的麻绳，让父亲和叔叔跪下，立家法：从今往后，子孙后代，如若赌博，家法伺候。

父亲是长孙，便多得了几分宠爱。爷爷的养父带他赶集，曾经给他买过一只黄澄澄的磨盘柿子。"那柿子，真好吃呀！后来再没吃过那么好吃的柿子！"父亲由衷地感叹。那神情，就像他刚刚吃过那个好吃的柿子一样。

父亲兴致勃勃地讲完了，习惯用一句话来作结束语。"还记得你小时候家里缠线的那个线板子吗？那是咱家祖上开银号时用的印章。"我记得那个线板子，不知传了几辈人，磨得溜光锃亮，中间细，两头粗，其中一头还刻着字。那时，我还不认得那几个字，到我能认识那几个字时，线板子早已不知去向。但它真真切切地存在过，成为祖先与我、从前与现在相互连接的一条纽带。

栉风沐雨的驿站，络绎不绝的车马，来来去去的客商，开在街中心的银号，香火缭绕的庙宇，知了和蝈蝈此起彼伏的鸣叫声，比亲眼见过、亲耳听过还令我熟悉。梦里，我一次次沿着蜿蜒的小路，乘着皎洁的月光，穿越时空的隧道，回到从前的家乡。推开吱吱扭扭的木门，我看见一个穿长袍马褂、头戴瓜皮帽的老先生，噼里啪啦打着算盘，他的右手边放着那个我无比熟悉的木质印章；再推开一道木门，我看见一个被铡刀齐刷刷削去四根手指的孩子，埋着头拼命干活，以讨养父母欢心；再推开一道木门，我看见一个痴迷赌钱的男子大声呵斥着讨要书费的孩子，一个善良隐忍的小脚妇人坐在纺车旁"嗡嗡"地纺线……

年少时不喜欢父亲的唠叨，人到中年，听父亲讲故事却怎么也听不够。夜深人静时，我常常想起我的家乡、我的亲人，活着的、逝去的。不管他们曾经是富裕的、贫穷的、高贵的，还是卑微的，甚至是有着缺点和不良嗜好的，都在我的心头萦绕。因为我的生命里流淌着他们的血液，没有他们就不会有我的存在。

感恩生我养我的家乡，感恩我的祖先，接纳他们给我的不怎么完美的基因。这份感恩与接纳，像一束光，从未消失。

## 会唱歌的土灶

土灶走了，我，却常常想起。

天还黑着，母亲起床，土灶就醒了。伴着风箱欢快的歌唱，它大口大口吞吃着柴火，葱花在锅里"刺啦刺啦"地响着，热气在房梁上缠着绕着，合奏一曲温暖动听的乡村小调。

小时候，家里祖孙三代，十几口人的吃喝，加上鸡鸭猪狗，全仰仗一个土灶。一个土灶守着风箱，站成了永恒。

我家的土灶很贪吃，柴火总是不够烧，幸好还有树叶子接济。奶奶大概不知道"观一叶落而知秋"，但是，叶子一黄，她就扭着小脚，背上竹耙子，搂树叶去了。我像小尾巴一样，跟在奶奶身后。我个子小，不用竹耙子，用一根铁签子穿树叶。铁签子是自制的，找一根长长的粗铁丝，一边弯成把手，一边是尖尖的头。用尖头一扎树叶，再往上一撸，时间不长，就穿满长长的一串，用手举着，跟一串大大的糖葫芦似的。那时，家家都缺柴火。附近的树叶不是早早被人搂得干干净净，就是被有心人提前搂成了一个大圈，那意思是：这块地盘的树叶，有主儿了。我不服气，偏要走到圈里去穿树叶，奶奶不让，拉着我的手去更远的树林。

深秋的夜晚，风雨交加。半夜，我被母亲叫醒，说去搂树叶。母亲推着小推车，哥哥打着手电筒，我迷迷瞪瞪地缩着脖子，跟在后面。尽管穿着棉袄棉裤，还是冻得直打哆嗦。以至于学到《刘胡兰》那篇课文时，我一读到"寒风吹到脸上像刀割一样"那句话，就立刻联想到那天。树林里一片漆黑，顺着手电筒的光看过去，湿漉漉的地上，铺着厚厚的一层树叶。母亲用竹耙子搂，我和哥哥往小推车里装。天刚蒙蒙亮，我们推着满车的"战利品"回家了。走到土灶前，我忍不住拍了它一把，说："嘿！你小子，又有吃的啦。"

土灶是个馋嘴挑食的家伙，它喜欢吞吃劈柴。吃到劈柴，它就兴奋了，火苗伸出长长的舌头，欢快而有力地舔着锅底。此刻，它唱的一定是欢乐的圆舞曲。烧麦秸或者玉米秸时，它乐呵呵的，火苗噼噼剥剥，像哼着一曲抒情的乡间小调。到了烧树叶的时候，它就不高兴了，哼哼唧唧，嘴里吐出一股股浓烟，呛得人流眼泪，得使劲拉风箱，它才不情愿地吐出火苗来。烧劈柴，一般是在春节前炖肉或者蒸馒头的时候；烧麦秸，大概是来客人了，要煎鱼烙饼，给客人吃；烧树叶，准是在熬粥或者做一些简单的饭菜。当然，我最喜欢的事，就是看土灶吞吃劈柴。我讨厌它吞树叶时那股委屈劲儿，恨不得揍它两巴掌。

母亲做饭，我们喜欢围在土灶前打下手。这个切菜，那个淘米，一家人隔着烟火大声说笑，粗茶淡饭万年香。灶膛里熊熊烈火，灶台上热气腾腾，屋里的火炕温暖舒适，屋顶上炊烟袅袅升起，美好生活的希望也随着灶膛的火苗燃烧起来。

日子过得幸福不幸福，红火不红火，土灶比谁都清楚。土灶，无形中充当了生活的参与者和见证者。

按村里的老规矩，新媳妇娶进门，第二天要起早生火做饭。做婆婆的在暗中观察，一看新媳妇手脚麻利，灶上灶下，打理得井然有序，婆婆不说话，心里早乐开了花。有的新媳妇初来乍到，摸不清土灶的脾气和秉性，手忙脚乱，自然心虚气短。婆婆赶紧上前帮忙，手把手地教导一番。"人心实，火心虚。"一半说人，一半说灶。新媳妇红着脸点头称是。从一个家庭到另一个家庭，新媳妇不仅要适应这个家庭的生活习惯，还要尽快和土灶融为一体，成为土灶的新主人。

会过日子的女人，和土灶的关系就像左手牵右手一样熟稔。晚上，炒两个小菜，烫一壶老酒，给累了一天的男人解乏。冬天，女人把面盆放在土灶上，利用做饭的余温，把面快速发起来。女人发豆芽时，把装了豆子的瓦盆，放在土灶后头暖着，给它盖上小被子，像伺候月子一样，等待豆子发芽。发，古语为舒也，扬也。你说，这日子能不红火吗?

村里的老人们聚在一起，最爱说的是："看人家老王家那儿媳真能干，炒菜做饭，干净利索，是过日子的一把好手。""可不，人家那媳妇算是娶着了。""村口老刘家那媳妇又闹气了，摔盆子摔碗儿，家里天天凉锅冷灶的，不像个过日子的样。"

我的小伙伴招弟家的灶台经常是冷冰冰的，冬天，家里像个冰窖。"明了，汉子不起来，一条棉被捂着他的懒;婆娘也不起来，一罐鲜尿在屋角黄着。娃娃们在被窝里做着游戏，骚子们在席缝里歌唱，惟狗子在门墩上欣赏雪景。"这是孙见喜《土炕档案》中的一段描述，也是招弟家生活的写照。

招弟的娘，太能生，密匝匝四个丫头。他爹不甘心，给丫头们起的名字都带个"弟"字。生第五个娃时，他爹只看了一眼，就捶胸顿足骂了起来。从此，这个男人天天泡在牌局里，无奈输得多，赢得少，很快把家败光了，还欠了一屁股债。有一天，债主怒气冲冲找到家里，搬起一块大石头，把他家的土灶砸烂了。招弟的娘哭天喊地："这日子没法过啦!"

三天一小吵，五天一大吵，摔盆子摔碗，成了招弟爹娘的家常便饭。土灶裂了长长的口子，像一张呜咽的嘴。

一天中午，招弟的哭声响彻了半个村子。招弟的娘喝了农药，口吐白沫，躺倒在土灶旁，痛苦地抽搐。招弟爹听到消息，扔了麻将牌，急吼吼地往家跑。村里几个汉子手忙脚乱地帮着把招弟娘送到了乡卫生院，洗胃，抢救，总算保住了一条命。

招弟娘出院那天，村里德高望重的春旺爷，带着几位老人，来到招弟家。他们围坐在土灶前，给招弟爹约法三章。最后，春旺爷指着破旧不堪的土灶说："过日子，得有个过日子的样，赶紧把土灶重新盘盘。"招弟爹鸡啄米一样点头哈腰，保证以后再也不赌了，好好过日子。

后来，招弟的爹改邪归正了，拆了家里的破土灶，盘了新土灶。招弟娘烧火，他掌勺，孩子们打下手，家里有了烟火气，房顶的炊烟按时按响地升起，大家都放心了。

现在的农村很少能见到土灶了。偶尔在废弃的空房子里看到破败不堪的土灶，蛛网密布，灰尘堆积，颇有点"九里山前古战场，牧童拾得旧刀枪"的凄凉。土灶就像一个德高望重的老人，熟悉村里的每一缕气息。如今，它走了。每当看到地上的落叶时，我就想起那个风雨交加的夜晚，想起会唱歌的土灶，以及所有与土灶有关的记忆。

时代在发展，社会在进步，失去的不一定是坏事。只是那些已经逝去的和正在逝去的旧物里承载了我们过去的岁月、记忆与情感，而土灶顺理成章地成为我们回忆的落脚点、情感的寄托处。我知道，土灶也如我一样，仍然怀念过去的日子和逝去的歌声。

## 将岁月腌制成诗

偶读清代顾仲的《养小录》，书里说："腊雪贮缸，一层雪，一层盐，盖好。入夏，取水一杓煮鲜肉，不用生水及盐酱，肉味如暴腌，肉色红可爱，数日不败。此水用制他馔，及合酱，俱大妙。"

古人腌雪，浪漫文雅，而我的母亲不腌雪，只腌咸菜，且与浪漫无关。

从春到秋，老家的院子里是深深浅浅的绿。各种蔬菜，除了供我们平时吃，母亲还会腌制咸菜。春天的洋姜干，夏天的腌黄瓜，秋天的韭菜花，冬天的雪里蕻……数不胜数。

洋姜是种在院里东边墙角下的，母亲管它叫"鬼子姜"，说它命贱。因为"鬼子姜"种一次就再不用管，年年挖，年年长。

秋天，洋姜棵子的顶部，开出一朵朵小黄花。一场霜过后，洋姜的叶子打了蔫。母亲把洋姜棵子削掉，挖出地下的洋姜块，择洗干净，直接放入咸菜缸里腌渍，一层洋姜，一层盐。二月二龙抬头的日子一过，母亲捞出洋姜块晾干，放入锅中，放盐、花椒、大料，用老咸菜汤焖上几个小时，最后收汁。焖熟的洋姜干，还要继续放在笸箩里晾晒。春风一吹，满院都是焖咸菜的香味。馒头夹洋姜干，咬上一口，堪称人间美味。

夏天的黄瓜，多得吃不完。母亲将黄瓜洗净，切成六七厘米的三棱子长条，用盐腌出水分，再进行晾晒。待半干后，加入去了皮的花生豆、蒜瓣、辣椒以及白糖、酒、酱油、盐等各种调料，装坛，腌成咸菜。吃起来，清爽可口，是晨起绝佳的开味小菜。

母亲管韭菜叫"没脾气"。从春到秋，割了长，长了割，人家只管不声不响地长。秋天，韭菜开出白色的小花。母亲摘下韭菜花，择洗干净，剁碎，放盐，搅拌均匀，装瓶，放入冰箱冷藏。吃时，淋上香油，辣、咸、香、鲜，瞬间攻占味蕾。冬天，吃涮羊肉时，用它做调料，可谓绝配。母亲有时还把嫩扁豆角、嫩辣椒、嫩丝瓜和韭菜花一起腌，也是别有一番滋味的。

院里还有一种蔬菜，雪里蕻。深秋，将绿油油的雪里蕻用清水洗过，太阳晒过，用粗盐揉搓过，置于坛中。过段时间，打开坛子，雪里蕻在雪白粗盐的映衬下，颜色碧绿，晶莹剔透。雪里蕻炒肉末或雪里蕻馅的包子、团子，都是极好吃的。将它切碎，淋上香油，也是极清口的。从冬到春，餐桌上都少不了它。

母亲还腌萝卜，一个萝卜破几刀，一层盐，一层萝卜块，腌上几个月，捞出来，切成萝卜条，嚼起来嘎嘣脆。

年少时，漫长的冬天和青黄不接的春天，饭桌上几乎没有蔬菜，有咸菜就算不错了。为了让我们果腹，母亲也是绞尽脑汁。白菜根、芹菜根、小茄子、白菜帮儿……但凡能腌制的食材，都腌制成咸菜，聊以果腹。咸菜，就像乡间唱戏的角儿，在饭桌这个舞台上唱得酣畅淋漓、活色生香。各种各样的咸菜，给艰涩拮据的日子，增添了多少乐趣和回味。我们放学回家，书包都顾不上放，先去扒屋顶上挂着的饽饽篮子，飞快地抄起一块饼子或者窝头，再来块咸菜。一口饼子，一口咸菜，那应该是世界上最美味的加餐。

是母亲腌的咸菜陪伴着我们，走过艰难的岁月。如今，咸菜早已不再承担着解决温饱问题的重任，可是，八十多岁的母亲依然乐此不疲地腌咸菜。母亲洗菜、切菜、晾菜、腌菜，神情庄重且带着收获的欢愉。她用粗糙皲裂的双手，把咸菜调理出人间至味。

母亲腌制咸菜，时光腌制母亲。时光在母亲的脸上、头上行走，她满脸皱纹，白发如霜；时光在母亲的口腔里行走，她的牙齿几乎全部脱落；时光在母亲的手中行走，她的手成了干枯皲裂的树枝；时光在母亲的身体里行走，母亲的背驼得像扣上了一个小锅。

母亲八岁丧母，只上过两年小学，便辍学务农。一米五多的个子，日日劳作，肩扛手提，像个"小铁人"。幼时，父亲在外地上班，母亲独自承担起家庭的重担。伺候老人，养育孩子，挑水做饭，缝补浆洗，种菜卖菜，家里地里忙个不停。她不说苦，不说累，只是循着季节的脚步辛苦劳作、腌制咸菜。

母亲身上似乎有着浓重的咸菜品格——厚道、坚韧、隐忍。就像那些咸菜，把所有风霜雨雪，所有的挫折磨难，统统吞咽进去，再转化成丰富的营养，滋养着我们。我曾经排斥过母亲隐忍内敛的性格，也排斥过土里土气的咸菜，很长一段时间，努力把自己塑造成为一个超越者和变异者。人到中年，我才顿悟了母亲的人生之道。她不懂浪漫，也没有诗意，但是，因了一颗虔诚的心和乐观的姿态，艰苦的岁月被她腌制成了一首平平仄仄的诗。

新鲜蔬菜被腌制成咸菜，需要经历风霜雨雪，需要隐忍修炼，需要克制坚守，人生亦如此。

## 站在不远处爱你

### 一

那年冬天，儿子转到另一所小学读书。

有一天，儿子放学回家时，脸上带着一条抓痕。我问他怎么了，他说，不小心碰到桌子上面了。

又过了几天，儿子的上衣破了一个小洞。我问他，他先是说摔了一跤，后又改口说是被学校的铁丝挂的。

我再追问，他突然大哭起来，抽泣着说："妈，放学以后，有个高年级的学生老是欺负我。"我说："为什么不早告诉我？"他说："那孩子说，要是敢告诉你，他就狠狠地揍我一顿。"

我紧紧地搂着儿子，一阵揪心的疼。"抬起头来，看着我！"我扳过儿子的脸，一字一句地说，"孩子，咱们不惹事，也绝不怕事。他如果再敢打你，你就还手。"儿子点头。

从那天起，我都会提前赶到学校门口，找一个角落躲起来。远远地，看到儿子瘦小的身影走出来，我在他身后，大约十米的地方，慢慢地跟着走。

一连几天，相安无事。

正当我要放松警惕的时候，"目标"出现了。一个有些流里流气的高个子男孩跟在儿子身后，刚走出校园十几米，他紧跑几步追上儿子，拦住了儿子的去路，狠狠地推了儿子一把。

矮他半头的儿子看上去那么瘦弱，我真想冲上去揪住那个孩子的衣领，问一问他，为什么要欺负人。可是，我没有动。

他又推了一把，儿子眼睛不甘示弱地盯着他，然后，狠狠地还了他一拳，吼了一声："老虎不发威，你以为我是病猫呀！"那个高个子嘴里哼唧了几声，居然灰溜溜地走了。

那一刻，我的眼睛湿了。我想冲上去，抱住儿子，可是，我没有。

我知道，我不可能永远陪在儿子身边。有很多事，他得自己面对，自己扛。我只能站在不远处看着他。

爱，有时就是站在不远处，看你落泪，却无能为力。

## 二

送儿子坐上开往北京的汽车，看儿子的小脸洋溢着兴奋激动的笑容，我的心情却五味杂陈。

这是十三岁的儿子第一次独自远行。一个月的时间，他将在一个陌生的地方独自面对一些陌生的人。他行吗？

看车渐行渐远，我的心就像悬在半空中，忐忑不安。一通通电话，一条条短信，千叮咛，万嘱咐，生怕儿子出什么意外。我开始埋怨老公心太狠，非得坚持让孩子自己去北京学习英语。老公劝我说："你一边想让儿子成长为顶天立地的男子汉，一边又想伸手保护他，你不可能跟他一辈子，他总要学着自己慢慢长大。"

傍晚，儿子发来一天当中的最后一条短信："妈，我已在学校，一切都好，不要惦记。"

从这一天起，儿子开始了为期一个月的独立生活。短信、电话成了我和儿子联系的主要方式。

第三天，手机短信提示音响了，儿子发来信息："妈，我好像患脚气了，怎么办？"

我回："去药店买脚气膏和棉签。"

儿子发过来："学校里没有药店，老师不让出去。"

我回："去诊所，找医生看。"

儿子没回短信，我的心一直提着。埋怨自己还是想得不够周到，给他带了防暑的、治感冒的、止泻的、退烧的药，就是没想到带脚气膏。

到了傍晚，儿子总算回了短信，他去学校医务室买了药膏，已经涂好。我松了一口气。

第十天，儿子发来短信："妈，我的白帆布鞋被雨水淋湿了，鞋面上弄了好多泥，我洗了。晾干之后，发现鞋面变黄了，怎么办？"

我回："刷完鞋，把水挤干净后，包上一层卫生纸，那样，鞋面就不会变黄了。"

儿子回："照你说的做了，效果很好。"

第二十三天，儿子哭着打来电话说："妈，我们宿舍一个同学的钱丢了。那个人很不讲理，他要求翻所有人的钱包，谁不让翻，就说钱是谁偷的。我们宿舍的同学都让他翻了。他看了我钱包里的钱数和他丢的钱数差不多，就说是我偷的。同学们都敢怒不敢言。"

我听完，气就不打一处来，对着电话吼道："他有证据吗？哪能随便诬蔑一个人呀？和他讲道理，或者去找老师。"

放下电话，我又气又急，正要给老师打电话，一旁的老公制止了我。老公说："你冷静点，着急也没用，先让孩子自己处理一下，看情况再说。他成长过程中必然要经历一些困难和挫折，这正好是锻炼他的一次机会。"

我心急火燎地守在电话旁。半小时后，儿子发来信息："妈，我先是跟同学讲道理，同学不听。然后，我去找老师，老师来处理这件事了。没事了，放心吧。"

眼睛湿湿的，我给儿子回了信息："没有挫折就没有成长，在与人交往的过程中，首先要学会保护自己。"

一个月的时间，马上就要到了。我相信儿子收获的不仅仅是知识，更是一段难忘的经历。

是的，每个孩子在成长的过程中，必然会遇到各种各样的挫折和烦恼，这种挫折和烦恼在给孩子带来心理压力与情绪困扰的同时，也给孩子带来了成长的契机。如一首歌中唱道："走吧，走吧，人总要学着自己长大。走吧，走吧，人生难免经历苦痛挣扎……"

## 三

儿子十六岁，在外地的一所重点高中读高二。

寒假过去，马上就要开学了，他噘着嘴伏在我肩膀上说："妈，我还记得放假那天你接我回家的情景，那天，我们都兴高采烈。你在车上说，回家做我最爱吃的香辣虾。我说，回家帮你做家务。可是，二十多天的时间这么快就过去了。"

送儿子去上学，我们俩坐在汽车后座上，他始终握着我的手，不说话。过了好半天，他才说："妈，你会想我吗？"我反问他："你说呢？"他笑了。儿子开始靠在我的肩上犯困。我让他躺下，他的头枕在我的腿上，怕他硌，我用右手垫在他的头下面，左手轻轻抚摸他的头、脸。

儿子睡得很香，像小时候我抱着他一样。我仔细端详着熟睡的儿子，青春期的孩子，脸上长了青春痘，唇边长了细细疏疏的茸毛，个子已经超过了我和他的爸爸，还有势不可挡的架势。远远看，有些玉树临风的样子了。走近一看，还是一脸的稚嫩。

他在我的怀里发出匀称的呼吸。看着他，我的脑子像过电影一样，想起他小时候，一扭一扭学走路的样子；第一次会叫妈妈的样子；他不认识字常常倒拿着书本喃喃自语的样子。他第一天上幼儿园时，哭得一塌糊涂，有小朋友很懂事地劝他说："阿姨还要上班，跟阿姨再见吧。"儿子哭着对我说："阿姨，再见！"让我哭笑不得。时光荏苒，一晃，他上小学、初中，成为一名高中生了。

儿子所在的重点高中竞争激烈，压力大，他经常来电话说："妈，我们周测了，我们月考了……"进步了，我鼓励他再接再厉；退步了，儿子情绪低落，我安慰他，帮他分析原因。我多次对儿子说："只要你尽全力就可以了，只要你身心健康，妈妈就开心。没有必要去拼那个第一。"儿子很感动，他说："妈，你真好！"

冬天，儿子打电话来，说前几天，他感冒了，发高烧。班主任带他去医院看病，拿了药，打了针，现在已经好了。让他非常感动的是，在他生病的那几天，班主任晚上去查宿舍，总会先摸摸他的额头，然后给他掖掖被角。"就像妈妈在身边一样，老师对我真好！我要努力学习，不能辜负老师对我的期望。"儿子感慨。我没想到，粗粗拉拉的大小伙子内心也很细腻。我很欣慰，他懂得感恩了。

车快到学校了，我把儿子唤醒。他睡眼蒙眬地说："怎么这么快就到了？"我和他下车，拿行李，每人手里两三个包。走到校门口，值班老师说家长不能进。儿子接过所有的行李，肩背手提，说："妈，你回去吧，路上慢点。"我像所有的家长一样，恋恋不舍地站在校门口，看着儿子渐行渐远的背影，心中五味杂陈，有欢喜，有失落，有牵挂，有不舍……

儿子，尽管走吧。人生路上，愿我们且行且珍惜，因为父母只不过是你生命中的过客，不可能永远陪在你身边，你要懂得感恩，学会善待他人。每想至此，我的心像有刀尖划过，是幸福的疼痛。

# 四

儿子读大四，临床医学专业，正在实习阶段。

深夜，儿子发微信来，说有些焦虑。面临毕业，从事哪个学科，能否拿到推免资格，一切均无定数。

有的同学已经找到导师并达成意向了；有的同学准备放弃医学专业改行；大部分同学都在焦急地等待着。

此时，你已走到人生的十字路口，且处于迷茫和煎熬之中。

高考结束时，你的高考成绩，很优异。你坚持填报临床医学专业。我们太了解这个专业需要付出多少心血和汗水了。战线拉得长，学习任务繁重到令人崩溃。我们替你担忧，真的不想让你做出这个选择。可是，既然你坚持，我们只有无条件支持。

四年时间，这么快就过来了。你自己也承认，这四年对自己的要求有些松懈了。

此时，一点点风吹草动，都让你的心情起起伏伏。

三个人的微信群，一会儿一个好消息发过来，一会儿一个坏消息发过来，如潮起潮落，心跳也如过山车一样。

我们只能劝你，安慰你。

你一遍遍忐忑不安地给导师发邮件，硬着头皮联系这个学姐那个学长。我们做不了什么，只能不断鼓励你，真想长出一双翅膀，立刻飞到你的身边，陪着你。

你的焦虑、你的疼痛、你的烦恼，在我们的心里会放大十倍、百倍，甚至千倍。

好消息传来，你获得了推免资格，拿到了入场券。短暂的兴奋之后，你继续征战。

我们在千里之外，时刻关注着你的一举一动。

有的同学已经有了结果。你奔波着，时而失望，时而兴奋。我们的心时时刻刻处在煎熬中，吃不好，睡不着。凌晨醒来，只一瞬间我们做出了决定，请假去看你。哪怕我们什么都做不了，陪着你也好。

彼时，我的脚崴伤，脚踝处还肿胀着，行走困难。我们坐了四个半小时高铁，再坐一个小时地铁，到了你的宿舍附近。

你在医院值夜班。夜里十点多，你说有空了，我们去医院和你见面。到了地铁站，我的脚不利索，走路慢。车到了，我比你爸慢了一步，你爸刚跨上列车，地铁门"咣"的一下关上了。工作人员告知，这是最后一班地铁。我失望地一步一步走出地铁站，去打出租车。小雨淅沥沥地下着，我的心好像也在下着雨。

我到医院门口时，你和你爸在医院门卫处站着，你的脸上愁容不展。

第二天中午，你下了班，带我们去吃饭。饭吃得很少，我们一直在和你谈，让你放下包袱，全力征战。即使失败了，也没什么大不了，可以继续考研。我们做你的坚强后盾。

回来时，大雨倾盆。我们没有带伞，你的包里只有一把伞。你打着伞，先护送我到最近的地铁口，再回去接你爸爸。出地铁站，我们回宾馆，你回宿舍。你把伞递给我们，自己冲进风雨中，衣服很快淋湿一片。想想你一个人要承受那么多，看着你的背影，我的眼泪又不争气地流下来。

返程前，我和你爸每个人给你一个大大的拥抱，这是我们唯一能做的。

坐在返程的高铁列车上，我的脚肿胀难忍，可我觉得跑这一趟真的很值。结果已经不重要，重要的是在你最需要我们的时候，我们的爱没有缺席。

几经周折，终于确定了导师，你马上就要参加面试了。你一边打磨英文自我介绍，一边在短时间内阅读大量专业文献。

第二天就要面试了。你说还有好多知识点没有复习到位，你紧张着，我们的心忐忑不安着。晚上，我们微信视频，帮你进行面试演练，一直到夜里十二点多。你说："妈，我再看会儿书，早上五点，我们再演练一遍。"

早晨五点，你醒了，睡眼惺忪地开始演练。

七点半抽号，你抽到了六号。你说，是个吉利数字。

上午九点，面试结束。

接着，是漫长的等待。晚上八点零七分，接到预录取通知书。你发来两个字："上岸。"

此时，我已泪流满面。你爸默默地坐在沙发上，不说话，眼里已浸满了泪水。

我知道，你经历了焦虑、迷茫、失落，悲喜交集，然，万水千山，我们陪你一起走过。

我的孩子，你只是万千人中最寻常的那一个，可对于我们来说，你是永远的唯一。

生活还在继续，孩子，我希望你健康、快乐！我希望你平凡，但绝不是平庸！

## 低到尘埃的浪漫

### 一

公交车上，男人开车，女人售票。男人矮胖且黑，说话大嗓门。女人瘦高，白净，说话嘤嘤细语。

我每周回老家一次，十几公里，坐公交车。时间长了，慢慢地和这夫妻俩熟了起来。女人一见我，就笑着问我："又回老家看老人啊？"我答："是啊。"她说："有你这么一个孝顺闺女，老人真幸福呀！每次回家都是大包小包的。"我说："一周才回去一次，平时又没有时间陪老人，也就多买些吃的用的。"她说："可不是吗？你们都不在家，光两个老人在家，就得常回家看看。"我笑着点头。女人说："把手机号告诉你，你要坐车，提前打电话，省得你在路边等。"我记下了女人的电话。

男人脾气不太好。路上，有人招手拦车，等车停下，拦车的人却不肯上车，站在路边讨价还价，本来买票需要十块钱，搭车的人非得说："一个人七块钱，行不行？行，我们就上；不行，我们就等下一趟。"女人跑下车，和讨价的人慢声细语地说："真不行啊！大哥，现在汽油这么贵，连本钱都不够呀！"他们就这样僵持着，女人仍旧温和地讲着自己的困难。车子发动着，男人大着嗓门吼女人："别啰唆了！赶紧上来！"

女人还想再坚持一下，让乘客上来。男人急了，吼道："赶紧上车！你要不上来，我可就开车走了啊！"女人只好转身上车。"人家不愿坐就拉倒！你哪来那么多废话呀？"男人当着乘客的面，脸红脖子粗地和女人嚷。女人白他两眼，说："我不就是想多拉几个乘客吗？"

车上有人打圆场说："看你这媳妇多好呀！长得漂亮，脾气又好，不哄着人家，还和人家发脾气。"女人笑笑说："我家男人不会好好说话，光会拔着脖子大声嚷，可是他人不坏。"一瞬间，我心里的怜悯如滔滔江水，挺好的一个女人怎么找了这样一个粗粗拉拉的男人呢？长得不好，脾气还不好。

又一个周日，我回家，给女人打了电话，知道公交车马上就到，便在路边等。等我坐上车，一抬头，才发现汽车操作台上放水杯的地方，摆着一个矿泉水瓶，上面插着一枝红玫瑰。红玫瑰开得正好，花瓣儿红丝绒似的。乱糟糟的车厢因那一枝红玫瑰而变得绚丽起来。我问女人，这瓶里的玫瑰是谁买的，这么有情调。女人不好意思地笑笑说："是他买的，今天我过生日，他非得花这个冤枉钱。"男人大着嗓门说："什么叫冤枉钱呀？不就买枝花吗？少说两句吧，你自己慢性咽炎，你不知道呀？都这么大人了，一点也不知道注意！"女人一伸舌头，满脸笑意地回到副驾驶座上。

在他们两人中间，一枝红玫瑰在瓶里静静地开着，阳光照在上面，像镀了一层金粉，明艳、高贵。

# 二

工作疲倦时，我喜欢趴在二楼的窗台上，往下看。

去年初冬建成的办公楼，未来得及绿化，偌大的花坛一直空着。几场春雨过后，花坛里热闹起来，大片大片的狗尾巴草、星星草，还有一些不知名的小野花，都像捉迷藏似的抢地盘。

在微风的温柔抚摸下，可爱的狗尾巴草摇曳着婀娜的身姿，星星草眨着眼睛向我暗送秋波。每天从它们身边走过时，都能听到喁喁的虫鸣。

那天清晨，我向窗外看时，却见七八个人正在花坛里干活。他们身后，堆着刚割下来的草。我的心，有些怅然若失。

是单位请来做绿化的临时工，两个男人，五个女人。看不出年龄，有的头上戴一顶半旧的太阳帽，有的用花花绿绿的毛巾包在头上，既能擦汗又能遮阳。

他们每人一把刀子，左手抓草，右手拿刀，"唰"一下，一把草就扔在了身后。累了，席地而坐，男的抽烟，女的聊天。有时候，他们会瞅着办公楼里进出的人凝神。

下班时，看到两个闲置的车库成了他们的临时厨房和宿舍。里面堆放着杂七杂八的生活用品，地上铺着些拆开的包装箱。有时，能看见他们在吃饭，一人捧着一个搪瓷缸子，嗫着嘴，呼噜呼噜，吃得投入。抬起头，一脸的享受、满足。

原本，我觉得这些"屠戮"花草的人，并不懂什么浪漫。事实却并非如此。一天下班推车时，我向敞门的车库随意一瞥，却意外地发现纸箱上放着一束野花。花插在一个空的二锅头酒瓶里，几枝星星草，几朵粉红的牵牛花，几朵淡粉的、淡紫的不知名的小花。一屋的灰暗，一屋的杂乱，一屋的破败，却因了那束野花而变得格外绚烂。

那一瞬间，我的心里生出柔软来。再向外看时，两个篮球架上拴了根细绳，上面搭了花花绿绿的衣服，像一只只蝴蝶，迎风飞舞……

原来，浪漫无处不在，可以低到尘埃，并在尘埃中开出花来。

## 这世上最好的，不过是"牡丹花水"

## 一

她与他，人到中年，双双下岗。

没文凭，再就业难。再创业，更是难上加难。

他去蹬电三轮，她去做保洁。每天，天不亮，就出门。

她经常很晚才能回家。他不放心她一个人走夜路，收了工，就去雇主家小区门口等她。远远地，看她推着自行车走过来，他迎上去，接过车子，一把举过头顶，放到三轮车车厢里。

他打开车门，很绅士地伸出手，说："夫人，请！"她坐上车，笑得灿若春花。

他的身边，坐着他眉开眼笑的妻。他就像开着豪车的"高富帅"，她就像坐着豪车的"白富美"。

一路上，他们说说笑笑。他说着一天的见闻，她听得兴致勃勃。她讲着同事的糗事，他听得喜上眉梢。

到家了，他开车门请夫人下车。进了家，一个择菜，一个做饭，他们隔着烟火，大声说笑。

来我家做保洁时，她的手机响，来电显示两个字——皇上。她喜眉笑眼地"接旨"。接完"旨"，她笑着说："我的手机号，他存的是'杨贵妃'。"听她说完，笑得我喘不上气来。

她生日那天，他给她买了一条红丝巾。

她围着红丝巾的脸，红扑扑的，像一朵牡丹花。他看着她嘿嘿地笑，看得人的眼睛蒙上一层雾。

她姓杨，是一家家政公司的保洁员，四十多岁，爱笑，笑起来如金属相扣，叮叮当当，口头禅是"穷乐呵呗"。

## 二

年底，去贫困家庭慰问。

破旧的房屋，颓废的状态，紧锁的眉头。因为贫穷，几乎每个贫困家庭都是一副苦大仇深的样子。

去了四五家后，村主任说，还有最后一家。

我们七拐八拐走到一个栅栏门前。"喏，就是这家了。两口子都有病，家里就一个小女孩支撑着。女孩学习好，回回考第一。"村主任介绍着这家的情况。

顺着栅栏门望去，旧房子，红砖红瓦，院子不大，但整洁。

一个十二三岁的小女孩从屋里迎了出来，一双水灵灵的大眼睛，一笑两个酒窝。

屋内，一张床上躺着两个人——她的父母。

一个车祸导致残疾，一个刚刚做了手术。看见我们进去，两个人都探起身，脸上带着微笑。

窗台上，一盘蒜苗长得正欢，叶子肥厚着，绿得似乎能滴下水来。

窗玻璃上，一张大红的窗花，红得耀眼。

一红一绿，屋里没有贫困家庭的破败与颓废，一切都生机盎然着。

跟小女孩聊天。她每天早晨六点起床，给爸妈做好早饭，端给爸妈吃，收拾房间，准备午饭，然后上学。她说："蒸馒头、包饺子、烙饼，我啥都会。"

问她："别的孩子放了学都在玩，你每天要照顾爸妈，累不？苦不？烦不？"小女孩笑笑说："也有烦的时候，编成歌唱出来，就好了。"

我不解地看着她。她笑着说："我喜欢唱歌，不管心情多不好，只要把烦事儿编成歌，对着天，对着地，对着我种的蒜苗，对着我养的哈巴儿狗，唱一会儿，就没事了。"

女孩有种光风霁月的大气。我搂着她，她肩膀后侧，不似别的孩子那般平，而是拱起来的。很显然，这是长期超负荷劳动造成的。

她像贫瘠土地里长出的一朵牡丹花，拼尽全力，也要一路盛开；像不散的彩云，不碎的琉璃，是世间好物，明亮而美好。

## 三

我想起了作家张丽钧写的一篇名为《牡丹花水》的文章。文中写她从兰州去敦煌，导游说："你随便到一户人家做客，人家就会把你奉为上宾，用'牡丹花水'沏了八宝茶来款待你。"

一路上，作家都在猜测，"牡丹花水"到底是什么呢？

到了嘉峪关市的餐厅，服务员拎着大铝壶来上茶了。导游笑着说："虽说不是八宝茶，却是'牡丹花水'。大家一路辛苦，请用茶吧！"

作家忍无可忍，只好问导游："这真的就是你所说的'牡丹花水'吗？"导游笑着说："'牡丹花水'是咱西北的老百姓对开水的一种形象叫法。你仔细观察过沸腾的水吗？在中心的位置，那翻滚着的部分，特别像一朵盛开的牡丹花。"

牡丹花水，多么诗意而浪漫的名字啊！

作家感慨，西北人民把所有对生活的祈愿，都凝进这一声轻唤当中，让苦难凋零，让穷困走远。

就像那对中年夫妻，生活也许如白开水一样平淡，却不乏浪漫，不乏真情；就像那个贫困家庭的小女孩，贫困击不垮，重担压不倒，即使是赤足，也要拍手作歌。他们那灿烂的笑容，就像沸腾的水中间翻滚着的，世间最美丽、最独特的牡丹花。

# 四

这几天，雾霾又卷土重来。

深夜，咳嗽、胸闷，我被感冒折磨得辗转反侧。睡不着，划手机，看公益短片《道歉》。看完泪崩，转发至微信朋友圈。

我写道："人类确实该向大自然道歉了。可是，道歉，能换回曾经的碧水蓝天吗？"

朋友回："至少，我们已经知道错了。"

我在肿瘤医院门口见过一个老人，他涕泪交流，捶胸顿足，突然跪下来，"咣咣咣"地磕头，边哭边喊："老天爷，我给你磕头，换回我儿子的命吧！"

他的儿子，三十六岁，做废旧塑料加工生意，肺癌晚期。虽然他手里握着大把大把的钱，却换不回自己的命。

我想，此刻，他们一定会由衷地羡慕那对穷乐呵的夫妻，那个坚强的小女孩，还有那如"牡丹花水"一样平凡但诗意的生活吧。

尼采说，尽管万象流动不居，生活本身到底是牢不可破，而且可喜可爱。

我坚信，雾霾终将被我们打败。

## 团圆

1990年秋天，家里的菊花开得真好，金黄色，碗口大。

父亲接到一封电报，对我说："你姑奶奶没了。"

我对姑奶奶的印象是模糊的，又是清晰的。

表大伯小成带着姑奶奶的骨灰盒和照片，坐火车，乘汽车，辗转从上海返乡。

在姑奶奶的葬礼上，伴着沉闷的鞭炮声，表大伯将一张发黄的照片，轻轻地放进姑奶奶的骨灰盒里。照片上的男子，一身戎装，意气风发。

管事的一声令下，黄土纷纷落落。随着骨灰盒一起埋葬的，除了姑奶奶凉薄寡淡的一生，还有那历时半个多世纪的传奇故事。

一

姑奶奶十八岁，凭媒妁之言，嫁到邻村。

姑奶奶的爹，经营着一家不大的银号。姑奶奶出嫁，坐的八抬大轿，穿的凤冠霞帔，娘家置办了丰厚的嫁妆，躺柜、描金箱子、桌子、圈椅"四大件"。

姑爷爷比她大五岁，是一名赤脚医生，家境中等。

婚后，姑奶奶生了三个儿子，日子波澜不惊。

小儿子出生后，抗战爆发。姑爷爷参了军，成了一名国民党军官。

别时容易见时难。

姑奶奶带着婆婆和三个儿子生活，日子里满是清冷干枯的味道。

世事莫测，旦夕祸福。

1943年春天，村里有一家人办丧事。姑奶奶的三个孩子被鞭炮声吸引，去看热闹，不幸染上霍乱。姑奶奶心急如焚，辗转四处求医问药。抗战期间，药品短缺，姑奶奶跑了一天，水米未进，"扑通"一声，给一家药铺老板跪下，才求来一包药。她揣着药跑回家，还没把药煎上，二儿子断了气。姑奶奶强忍悲痛，煎好药，一咬牙，给大儿子喝下去。晚上，小儿子死在姑奶奶的怀里。

时光清冷，无处话凄凉。

战事吃紧，姑爷爷没有家信来。白天，忙忙碌碌；夜晚，更深漏长。姑奶奶盼望着，战争结束了，他的男人能囫囵个儿地回来，和她一起过太平日子。

村附近鬼子修了炮楼。只要听见"鬼子进村了"，姑奶奶就往脸上抹几把锅灰，携老扶幼，跟着乡亲们四处奔逃。

姑奶奶认准了一个死理儿，男人不在家，她一个妇道人家要行得正，坐得端，不能让人家说三道四。

老婆婆瘫痪在床，姑奶奶在床前擦屎接尿，一照顾，就是五年。

五年后，老婆婆病危，临终前，哆哆嗦嗦地指指炕席下一角。姑奶奶顺着婆婆手指的方向，从炕席底下摸到一个拆开的信封。老婆婆艰难地发出微弱的声音："成她娘，对不住啦！"说完，咽了气。

# 二

姑奶奶虽然不识字，但她心里有一种不祥的预感。

她赶紧找村里的文化人念信。信中写道：部队准备转移，接信后，让小成娘安顿好老母亲，带着孩子，速来徐州会合。等来日，再将母亲大人接于军中。错过，恐怕再难相见。

距信里的落款时间，已经过去整整五年。此时，抗战胜利，国内解放战争正在激烈进行，炮火阻隔，交通中断。

姑奶奶眼前一黑，一头倒在地上。从此，姑奶奶就添了怪病，偏头疼。中药、西药、偏方，都不管事。疼起来，天旋地转，根本站不住，只能闭着眼，躺在床上。

姑奶奶想，要是婆婆当时把这封信给她，她带着孩子去徐州找她的男人。她现在过的是什么样的生活呢？她笑着笑着，眼泪流出来，接着是一声长长的叹息。

生活，似乎只有眼前的苟且和无边的绝望。然而，姑奶奶又像是跟一个看不见的对手博弈，她在心里赌着一口气。

姑奶奶常对表大伯小成说："成啊！人活着，不蒸馒头争口气！"兵荒马乱的年代，姑奶奶的爹开的银号早就倒闭了。为供儿子读书，她把陪嫁的躺柜、描金箱子、桌子、圈椅全部卖掉，还给人洗过衣服，借过高利贷。

1949年10月1日，中华人民共和国成立。姑奶奶没有盼到姑爷爷。村里当兵的人，有回来的，立了功，敲锣打鼓，带着大红花；也有回不来的，回不来的人家，收到了阵亡通知。

姑爷爷下落不明。

有人说，姑爷爷去了台湾。

也有人说，姑爷爷死于战乱。

村人看姑奶奶的眼神就多了些异样。

姑奶奶想，没人送这张纸来，说明人还活着。只要人活着，就有个盼头。过年过节，姑奶奶总在饭桌上，多摆出一副碗筷。

很多人劝姑奶奶，趁着年轻，朝前迈一步。亲戚朋友说："这么守着，什么时候是个头儿？"奶奶也劝："他姑，往前迈一步吧。你这个情况，迈一步，不丢人。"

姑奶奶摇头，说："不管到什么时候，我都是他明媒正娶的妻。"

## 三

表大伯也真争气，考上了一所军校。后来，转业到上海工作，并在上海安家。伯母是地道的上海人，个子不高，白白净净。

1980年秋后，表大伯和伯母来接姑奶奶去上海。

姑奶奶和表大伯一家住在我家，商量卖掉老宅的事。

那时候，鸡蛋是稀缺的东西。母亲每天早晨都要煮几个鸡蛋，给姑奶奶吃。父亲从北京给奶奶买回的稻香村点心，吊在里屋的篮子里，奶奶舍不得吃，都留给姑奶奶吃。晌午，奶奶和母亲忙着做饭，姑奶奶领着我们出去玩，她袖口里常掖着一块点心，趁我们不注意偷偷吃掉。

晚上，表大伯和父亲聊天。聊起从前的苦日子，聊起下落不明的姑爷爷，我隐约听到了"台湾"两个字。他说："要是有一天，他找我，我也不认，他对不起我娘。"表大伯感慨："这些年还真仗着姥姥门上的亲戚们照应着。等我走的时候，量量孩子们的身高，到上海给他们一人买一身新衣服。"

那个晚上，我兴奋得睡不着觉。一是为那个遥远而神秘的台湾，二是为表大伯说的新衣服。姑爷爷真的在台湾吗？那样，我就有一个在台湾的亲戚了。而且，我快有新衣服穿了。

姑奶奶面沉，不喜欢孩子，不喜欢猫狗，看见就皱眉头。但是，她喜欢菊花，家里养着两盆黄球菊，花硕大，像黄澄澄的大彩球。姑奶奶常细细端详，眉眼含笑。早晨，她起床用水瓢舀了水，含上一口，"扑"的一声，将清水喷射到菊花上，看着它们仿佛沐浴着朝露的模样。

奶奶说，姑奶奶喜欢圆的东西。因为圆的东西象征着圆满、团圆。姑奶奶包饺子也要从盖帘外缘一圈一圈地放，到中间要放一个捏了花边的馅合子，放得圆圆满满。谁把饺子摆得不圆满了，姑奶奶立刻就腻歪了，脸耷拉老长。

# 四

表大伯回村处理卖老宅的事，姑奶奶去供销社买了一个非常漂亮的钱包。淡蓝色的底子，上面镶嵌着几颗红珠子，有两个铁扣别着，一打开，发出"啪"的一声，很清脆。姑奶奶爱不释手。

老宅卖了八百元钱。姑奶奶说："把卖房的钱给我吧。"伯母淡淡地说："到了上海，啥都不用你买，你拿着钱也没用，给你点零花钱就行啦。"姑奶奶一愣，表情有些尴尬，嘴唇动了动，没说话。

母亲把攒下来的鸡蛋都煮了，给姑奶奶他们路上吃。临走，姑奶奶拉着奶奶的手，抹着眼泪说："嫂子，我这一走，不知道以后还能不能见面。"

表大伯走后，我天天盼着放学回家能看到新衣服。盼来盼去，盼了空，表大伯偶有信来，但从未提过新衣服的事。我觉得很失望，表大伯说话不算数。

后来，表大伯来信说，姑奶奶经常想家，掉眼泪，脾气越发古怪，经常和儿媳妇闹脾气。有一次，还跑到儿媳妇单位里又哭又闹，直到领导答应把儿媳妇调到离家很远的分厂去。

再后来，表大伯又来信说，姑奶奶身体不好，想家。

信上，表大伯还说了一件事。姑爷爷还活着，就在另一个城市当医生，并没有去台湾。他有家有老婆有孩子，而且，表大伯已经"认"了这个爹。

失望，像一团浓雾，瞬间把我笼罩。我特别希望，姑爷爷真的在台湾，有一天，他从台湾回来，和姑奶奶团圆，像电视剧里演的那样，皆大欢喜。而表大伯凭啥背着姑奶奶"认"了那个爹？

姑爷爷先去了那个世界，表大伯去奔了丧。

姑奶奶的葬礼上，我看着那个缀满了一圈一圈白花的花圈发愣，我想起了姑奶奶摆得圆圆满满的一盖帘饺子，想起她含着一口水，"扑"的一声喷到菊花上的情景。

所谓的一世深情，不过是一个人的念念不忘。

姑奶奶走了，独守空房五十四载，孤身至死，再未嫁人，更没有等到哪怕只言片语的解释。

是这风雨飘摇的时势之错，让她的爱情成为一场徒劳。

假如没有战争，姑奶奶和姑爷爷能白头偕老吗？假如姑奶奶及时拿到了那封信，去了徐州，又会怎样？假如姑爷爷早已另娶他人，寄出的那封信只是抛弃姑奶奶的一个借口……这个世界上，终究没有假如。

看着表大伯把姑爷爷年轻时的照片，放进了姑奶奶的骨灰盒里。我感觉，那张照片真的很轻，很轻……

## 地气

回老家，看父亲在院子里育了好多西红柿的秧苗，水灵灵的，招人爱。左邻右舍都来移栽，父亲问我，有没有空地，我怅怅地答，没有。后灵机一动，问父亲，可否栽种在花盆里。

父亲笑了，说："我给你挖几棵，你种在花盆里，当花养吧。"

父亲以秧苗为中心，用刀子在地上画了一个圈，沿着圈连根带泥土一起挖下来，小心翼翼地装入塑料袋。于是，秧苗便随着我来到了城里。我找了两个废弃不用的、较大的花盆，到楼下费了好大劲才装满了两盆土，将秧苗栽下，浇水，盼着能吃上自己亲手种的西红柿。

一晃，一个多月过去了，西红柿秧在城市的花盆里扎了根，安了家。但却不见长，一副豆芽菜一样弱不禁风的样子。

周日，再回老家，一进门，满院蓬蓬勃勃的绿色植物迎接我，空气中布满了沁人心脾的清香。西红柿秧已有半人多高，父亲搭了架子，大大小小的西红柿挂满了西红柿秧，花在开，叶在长，毛茸茸的茎蔓布满了新生命的奶香。我走过去，像抚摸婴儿的小脸一样，抚摸着核桃大小的果实。

我向父亲抱怨，栽在花盆里的西红柿根本不长。父亲说："花盆里的那点土提供的营养，哪能跟大地提供的营养比？庄稼长在地里才踏实。"

是啊，这话没错。植物与大地的关系，就如婴儿与母亲的关系，有甘甜的乳汁才能把婴儿养得白白胖胖，植物有了大地提供的营养才能茁壮茂盛、开花结果。

就像父亲常说的，孩子总得沾点地气才长得结实，长得壮。儿子出生满月后，父母接我们娘俩回老家居住。因为长时间用尿不湿，孩子的屁股被淹得通红，最后发展成了湿疹。我坚持带孩子去医院看病，母亲二话没说，把尿不湿扔到一边，去自留地里收了一编织袋沙土，用锅焙热了，垫在孩子身下。没几天，孩子身上的湿疹就好了。

母亲说："地气是养人的。不要嫌地里的土脏。"

做了一辈子农民的父母，时时刻刻不忘念叨土地的好。

在北京工作的大哥执意要接父母去北京享清福。父母拗不过，去了。大哥给父母买了席梦思软床，请了保姆专门伺候，没想到睡了多半辈子土炕的父母吃不香，睡不着，血压升到一百八。大哥说："我这里不好吗？"母亲说："金窝银窝不如自己的土窝。我和你爸享不了清福，庄稼人离不了地气。"

是啊，一个人从土里来到土里去，土地才是我们的根啊。

# 辑五

# 有花开，就有美好在

　　有花开，就有美好在呢。透过那金黄色的喇叭形的花朵，
我仿佛看到了幸福和胜利，在冲着他招手。

## 此生只向花低头

老丁和别人不一样，他从小就知道。

他一岁时，得了小儿麻痹症，两条细腿，拧成了麻花。

母亲不忍心他成为"睁眼瞎"，背着他去上学。上课时，他跟别人一样，坐得端端正正。下了课，小朋友们像箭一样，把自己射出去。他只能坐在教室里，用眼神追随着他们，看着他们跑，看着他们跳，他的双腿在心里跑了一千次、一万次。甚至看他们不小心跌个跤，摔得鼻青脸肿，腿青一块紫一块，他都羡慕得不行。

别人站着走，他爬着走，经常有很多双眼睛盯着他看。

无数次，他在奔跑、跳跃，醒来，却是一场梦。

他哭过，用拳头狠狠地捶打自己变形的双腿。他哭，娘也哭。娘劝他："孩子，你跟别人不一样！要是能换的话，娘早把自个儿的腿给你啦！"

只上了三年小学，他实在不忍心拖累父母，便辍学回家。

娘爱笑，也爱花。娘在院子里种了许多花，有月季、蜀葵、晚饭花，一到春夏，院里的花开得五彩斑斓。娘说："人这一辈子，说快也快，说慢也慢。有时一眨眼，就是一辈子；有时慢得像蜗牛一样，不见动弹。有啥愁事，看看花就好啦。你看，没有一朵花，是愁眉苦脸的。"

守着花，娘教他包饺子。娘包的饺子个个顶着一圈花边，像一只只洁白的鸽子，从娘的手上飞出，落在圆圆的盖帘上。娘包饺子，一定要从盖帘外缘一圈一圈挨着往里放，到中间，再用两片剂子包一个圆圆的馅合子，才算结束。满满的一盖帘饺子，就像一朵饱满的向日葵，那么灿烂，那么明媚。

娘教他纺线，教他蒸包子，教他做针线活儿。娘说："你没有腿，但是你有一双手。娘陪不了你一辈子，娘要是走了，你不能指望着别人养你，你得自己养活自己。人这一辈子，最不能丢的，就是骨气。"

娘给他做了一个厚厚的棉蒲团，他天天坐在花旁纺线。纺了线，换成钱，补贴家用。闻着花香，他不觉得累，一坐就是一天。看着他纺的线穗子越来越多，娘笑，他也笑。娘笑着说："我儿子手巧哩。"

后来，他跟着亲戚学会了打铁。他让人定制了一套打铁的家伙什，打不了大物件，就打小物件，比如：菜刀、锅铲、刨刀、剪刀、铲子等。

娘用他打的菜刀切菜，一边切一边高兴地说："这刀真快呀！我儿子手真巧哩。"

有一天，娘真的走了。他哭着爬到娘的坟前，看着娘的棺材被黄土一点点掩埋，他知道，这个世界上再没有人像娘一样疼他了。

还好，有娘种的花陪着他。

他拒绝了兄弟姐妹的好意，坚持自己一个人生活。娘说过，虽然他和别人不一样，可是，他也有一双手。他要让干瘪的日子，像成熟的稻谷一样饱满起来。

他守在花旁，自己包饺子，像娘在的时候一样，每个饺子都顶着一圈花边，一圈一圈地放在盖帘上，最后用两片剂子包一个圆圆的馅合子放进去。看着这一帘饺子，就像带了花边的太阳，更像是一朵饱满的向日葵，他觉得娘又回来了。

他种花，种菜，种粮食，用废弃的铁料、木板、电瓶，改装了一辆像板凳一样低矮的电动三轮平板车，做代步工具。每天起床，他就爬上这辆小小的三轮车，在三轮车上做饭、刷碗、洗衣服、收拾屋子、浇花。娘在的时候，不管多忙，每天都把窗台、家具擦得一尘不染。娘说过，日子就是一面镜子，你糊弄它，它就糊弄你。你对它笑，它也对你笑。有时他想，娘要是能看见自己改装了电动三轮车，再也不用爬了，得多高兴呀！娘肯定骄傲地说："我儿子手巧哩。"清明节，他开着电动三轮车，去看娘。他说："娘，放心吧，儿子活得可滋润呢。有一院子的花，陪着我。这些年，没给兄弟姐妹和乡亲们添麻烦。"

他的屋里养着猫，窗台上养着花，院子里种了花，墙角种了丝瓜。他把一个镰刀头固定在一根竹竿上，镰刀头下面再缝上一个网兜，就做成了一个摘丝瓜的工具。镰刀头一切，丝瓜就稳稳地掉进网兜里。每摘下一个丝瓜来，他都笑得像个孩子一样。他养了五年的芦荟，有一天开了花，一根长长的茎上面，顶着一串串金黄色的花，他左看右看，高兴得要跳起来。

村里有些懒汉四肢健全，比老丁还年轻，靠吃低保过日子。村主任觉得应该照顾老丁，给他也申报个低保户。跟他商量时，他说："我有一双手，能自己养活自己，不给国家添麻烦。"

他家墙上贴着一张他的大照片，国字脸，浓眉大眼，西装革履，气宇轩昂，看脸是他，看那双腿又不是他。见人们疑惑，他哈哈大笑，说："摄影师给我'P'上了两条腿。"

他笑得那么开心，那么纯净，那么灿烂，像一朵开得极好的花，更像是一条河流走到中下游，宽阔，平静，淡泊。

偶翻老树的画，民国一男子，立在花丛前，低头嗅花。画旁有诗："人世一间过云楼，漫天风雨不言愁。名利得失算什么，此生只向花低头。"温暖，又骄傲。

此生只向花低头。我感觉很像老丁，因为他真的和别人不一样。

## 以后，我听你的

他们是夫妻，也是仇人。

她闲着没事的时候，就拿一根针扎他的照片，一边扎一边骂："这个挨千刀的！"恨写在脸上，疼藏在心里。

十八岁，她嫁到他家来。婚后，她恪守着一个妻子的本分，生儿育女，操持家务，侍奉公婆，他却不给她好脸色。她羡慕别人夫妻俩床头吵架床尾和，她想吵架却找不到对手，只能一个人偷偷掉眼泪。

在她之前，他早已有了意中人，只是他的父母嫌女孩家门不当户不对，死活不同意那门婚事。他曾以死相逼，终归没有挣脱父母之命，被父母硬逼着和她拜了天地。

他的心早被相好的勾了去，外出做工，拿回家的工钱只有一半；他去给棉花买农药，买回的农药只有半瓶；他在家的时间，赶不上在那个女人家的一半。父母劝不住，媳妇哄不住，孩子拴不住。她哭过，闹过，公婆骂过，朋友劝过，却收不回他那颗流浪的心。

有一次，他喝多了酒，被人架着送回来。她忍不住数落了几句，他酒劲正酣，用手推了她一把。她没防备，身体失去重心，一下子向后仰去，头磕在桌子上，顿时，鼓起了一个大包。她扶着桌子慢慢站起来，哭着回了娘家。年轻气盛的弟弟一看姐姐受了气，抄起一根棍子就要去找姐夫算账。她一把拦住弟弟，说："咱犯不着和他拼命。我想好了，不跟他过了！离婚！"

消息传到他家去，他的七大姑八大姨全来了，年迈的公婆哭着向她求情，说："不看僧面看佛面吧，看在我们老两口的面子上，别离婚了！"儿女们一把鼻涕一把泪地跪着求她："妈，千万别离婚呀！离了婚，我们不是没爸，就是没妈呀！"

她狠狠心，叫着他去法院。到了法院，女法官问了情况，就开始训斥他："看看你，儿女双全，有这么好的媳妇，还不知足。回家赶紧改了毛病，好好和媳妇过日子。"他鸡啄米一样地点头。女法官又说："你们先回去，都冷静冷静。等想好了，下了决心，再来。"

他和她一前一后往回走。回家要走十几里路，经过几个村庄。路上，她看见人家地里丢弃的玉米秸，想着拾回家能熬一顿粥，赶紧一根一根拾起来，抱在怀里。他斜睨了她一眼。

她终归是个传统的女人，看着一家老小，到底是狠不下心来，磕磕绊绊把日子过了下来。这一过，就是几十年。

孩子都大了，有成家的，有离家上学的，家成了空巢。他把被褥搬到儿子原来住的屋里。她赌气不管他，只做自己的饭。两个人在同一屋檐下，却形同陌路。她养了几只鸡，下了鸡蛋，每天早晨煮一个鸡蛋吃。有天中午，她做饭清炉灰时，发现里面有些碎了的鸡蛋壳。等他回来，她装作漫不经心地说："这鸡蛋壳可是烧不烂呢。"他有些尴尬，扭头赶紧去忙别的。

日子就这样过着，波澜不惊。一天深夜，她突然听到隔壁房间传来"咕咚"一声，便没了动静。她侧耳听，觉得有些不对劲，喊他的名字，没有回应。她心里"咯噔"一下，迅速披衣起床，一把推开门，他竟然直挺挺地躺在地上，嘴里吐着白沫。她喊他，推他，他一动不动。她吓蒙了，好半天才回过神来，像离弦的箭一样冲出去，招呼左邻右舍，连夜把他送到医院。

幸亏抢救及时，他慢慢睁开了眼睛。正当人们庆幸时，医生对她说，他现在的情况要尽快手术，否则有生命危险。她慢慢走到床边，坐下来，握着他的手说："医生说，你的病需要手术，但是手术也有危险。"他看着她，艰难地说了一句："我听你的。"她流着泪在手术单上签了字。

手术进行了两个多小时，她的心像被掏空了一样，六神无主。终于，他被医生从手术室里推出来，手术很成功。

她日夜守在他床前，给他喂水喂饭、接屎端尿、洗脸擦身，他竟像个小孩子一样不好意思。

半个月后，他出院了。他坐在小院里晒太阳，她给他包饺子，三鲜馅的，是他最爱吃的。他眯着眼睛，看她忙忙碌碌，进进出出，有时也过去给她打个下手。她嗔怪他："你赶紧歇着去吧，刀口还没长好呢。"他笑着搓手，喃喃地说："听你的，以后，我都听你的。"

她扭过脸去，突然号啕大哭。原来，打了一辈子，骂了一辈子，恨了一辈子，心心念念的，还是想和他一起好好过寻常日子。

## 陪她做一只"蘑菇"

　　她患了脑血栓，是突然间的事。

　　某天早晨，她起床，发现右侧身体不能动了，他手忙脚乱地把她送到医院。经过半个多月的治疗，命是保住了，却落下了嘴斜眼歪流口水、半边身子不利落的后遗症。

　　怎么会这样呢？她是一个多么要求完美的女人呀！每天化精致的妆，穿漂亮的裙子，穿时尚的高跟鞋。她喜欢跳交谊舞，每天晚上都要盘好头，穿着红色长裙，去公园跳舞。跳起舞来，她脚步轻盈，优雅大方，红色的长裙，犹如一朵盛开的喇叭花。

　　如今，她接受不了这个现实，烦躁不安，自卑消沉，甚至在枕头下偷偷藏了安眠药。她整天窝在家里，不梳头，不洗脸，不好好吃饭。他想带她去楼下散心，她死活不去，一边流泪一边含糊不清地说："人家看见会笑话。"

　　他哄她，劝她，她却对准他的脸挥去一拳；他端着碗喂她吃饭，被她一巴掌打翻在地，汤汤水水溅了他一脸。他急了，冲她吼了一嗓子："以后我再也不管你了，你爱咋咋地吧。"然后，摔门而去。

　　出了门，他窝着一肚子火，烦躁不安地在楼下溜达。想她是个多么坚强的女人啊！年轻时，他在部队，大事小事、里里外外都是她操持。别的女人怀孕生孩子，一家人围着，她挺着大肚子，一个人跑到医院生孩子，医生以为她未婚先孕。孩子病了，她一个人大半夜送孩子去医院，三天三夜不合眼，直到孩子病好出院……他不明白，人这一病，咋脾气就这么不可理喻了呢？他想起娘曾经说过，病人脾气不好，都是让病给"拿"的。

想着这些杂七杂八的事，他回了家。推开门，她眼泪一把鼻涕一把的。他叹口气说："你这么闹，不光把自己的身体搞坏了，还得把我的命搭上。到时候，让儿子照顾咱俩吧。"

果不其然，一语成谶。

一天早晨，他想起床却怎么也起不来，被儿子送到医院。他的病，竟也是脑血栓。她着急了，问儿子："你爸怎么样了？"儿子回："一时半会恢复不了，只能慢慢养着。"

他出院回家，她拉着他的手，哭着说："是我把你气坏的。"

她按照医生的嘱咐开始康复训练。从学爬开始，她在前面爬，他在后面跟着，爬了一圈又一圈。她开始学着自己坐起来，他也学着坐起来。她学着站起来，他也学着站起来。她拄着拐杖学着走路，他也学着走路。

日子一天一天过去。某一天，她扔了手中的拐杖，走了起来。他也一把扔了手中的拐杖，跑过来抱着她，喜极而泣。她吃惊地问："怎么，你的病？"

他笑笑，说："我给你讲个故事吧。"

有一个精神病人，以为自己是一只蘑菇，于是他每天都撑着一把伞蹲在房间的墙角，不吃也不喝，像一只真正的蘑菇一样。有一天，心理医生也撑了一把伞，蹲坐在病人的旁边。病人很奇怪地问："你是谁呀？"医生回答："我也是一只蘑菇呀。"病人点点头，继续做他的蘑菇。

过了一会儿，医生站了起来，在房间里走来走去，病人就问他："你不是蘑菇吗，怎么可以走来走去？"医生回答："蘑菇当然可以走来走去啦！"病人觉得有道理，也站起来走走。医生拿出一个汉堡开始吃，病人又问："你不是蘑菇吗，怎么可以吃东西？"医生理直气壮地回答："蘑菇当然也可以吃东西啦。"病人觉得很对，于是也开始吃东西。几个星期以后，这个病人就可以像正常人一样生活了，虽然，他还是觉得自己是一只蘑菇。

她一下子扑到他的怀里放声大哭。她忽然明白了，她就像故事中的病人，而他把自己变成"蘑菇"，陪她慢慢走出痛苦，回到正常的生活轨道。

他说，当爱人深陷痛苦不能自拔的时候，不需要太多的劝解和安慰。她需要的，只是有一个人在她身边蹲下来，陪着她做一只"蘑菇"。

## 靠近阳光，靠近暖

她一出生，便注定是姥姥不疼、舅舅不爱、妗子见了拧两把的主儿。因为母亲已经生下三个女孩子——爱弟、招弟、盼弟。这次，母亲盼着生个大胖小子，没想到生下来的依然是个丫头片子。

母亲号啕大哭，父亲捶胸顿足，爷爷唉声叹气，说："送人吧。咱再也拿不起罚款了。"是啊，这个家已经被罚得家徒四壁了。奶奶看了她一眼，叹口气说："不管怎么说，她也是咱王家的血脉呀！留下吧。"

她长得丑，两只眯缝眼，老跟没睡醒一样。好像父母生前几个孩子的时候，都用了心，到她这儿，就懈怠了。冬天，她的手脚生着冻疮，头发经常脏得打起绺儿，虱子在头发上酣畅地繁衍生息，鼻孔上永远拖着两条青翠欲滴的鼻涕。饿了自己找吃的，渴了自己找水，穿姐姐们的旧衣服、旧鞋。她身上的衣服七长八短的，调皮的大脚趾经常从鞋里跑出来东张西望。

没有人关注她，她就像一棵生命力顽强的野草一样，在人们眼皮底下爬着滚着长大了。由于家境困难，她没有上过一天学，勉强从姐姐的旧书本里认识几个简单的字。三个姐姐相继出嫁后，她成了家里的顶梁柱，赶车使牛，耕耧犁耙，样样精通。她最大的遗憾，就是没文化，外出办事，怕人家瞧不起，经常把一支钢笔别进上衣口袋。等人家让她写字时，她傻了眼，红着脸嗫嚅着说："钢笔没墨水了。"

二十岁时，她嫁给邻村一个老实巴交的男青年。公婆身体不好，常年打针吃药。孩子出生后，家里捉襟见肘，给孩子买奶粉的钱都成了问题。她开始考虑怎么才能挣点钱补贴家用。看到乡亲们买些日杂百货都要去几十里地的县城，她灵机一动，不如开个土产日杂商店吧。丈夫犹豫道："咱没文化，能行吗？"她说："走一步，说一步吧。"说干就干，她和丈夫把临街的配房打开一个小门，用旧木板钉了一些货架，去批发市场批发了一些土产日杂用品，小小的杂货店开张了。

去城里进货时，不会写的字，她就画图。比如，想写"剪刀"两字，她就画一把剪刀；想写"纱窗"两字，先写一个"杀"字，然后在长方形里面画几个格子；想写"筛子"，就画一个圆形，里面再画上一些小格子。她做生意实在，不坑人，不唬人，薄利多销。就这样，杂货店越来越红火。生意忙不过来，她招聘了一名服务员看门店。

她知道，做生意没文化不行，开始跟着儿子一起学习小学课程。像饥饿的人见到面包一样，她如饥似渴地学习。晚上，儿子做作业，她跟着儿子一起做作业。有不懂的问题，她请教儿子，儿子有时也说不清，她心里特别着急。经过一番深思熟虑，她做出了一个大胆的决定——和儿子一起去上小学。她去找校长说明情况，校长不答应。她毫不气馁，一次、两次、三次，反复恳求校长给她一个机会，她真的太需要学习文化知识了。几个月后，校长终于被她感动，答应了她的请求。于是，她成了小学三年级的一名旁听生。每天迎着朝阳，背着书包去上学，是她梦寐以求的事情，如今，真的实现了。

白天上学，晚上寻找新的商机。在积累了第一桶金后，她和朋友一起投资做建材生意，做啤酒生意，后来她又涉足多个行业。五十岁的她和小儿子一起参加了中考，拿到了一张初中毕业证。随后，她考驾照，学英语，把自己的生活安排得充实又精彩。她还在城里给父母买了房子，把他们接过来住。母亲心里过意不去，说："你是老小，可家里亏欠你太多了！"她呵呵笑着说："我的爹娘，是千金不换的宝贝呢。"

如今，她经营着多家公司，资助着五十多个贫困生，一直到大学毕业。她说，自己吃过没有文化的亏，愿意让孩子们都有机会接受教育。有人问她："是什么力量，让你这样努力？"女人笑笑说："我一直喜欢几句歌词：心里有好多的梦想／未来正要开始闪闪发亮／就算天再高那又怎样／踮起脚尖／就更靠近阳光。"

是呀，靠近阳光，就靠近了温暖。

## 十天迈一步

搬进这个小区的时候，小区两侧开了好几家超市。最初，不知道哪家商品齐全、物美价廉，就都光顾了几次。几次过后，就分出了伯仲。

其中一家超市不仅商品种类多，屋内整洁有序，而且女老板说话那叫一个脆生，就像汪曾祺小说里描述的："我一辈子也没有听见过这么脆的嗓子，就像一个牙口极好的人咬着一个脆萝卜似的。"

顾客一走进来，女老板马上从凳子上站起来，笑容满面地招呼："刚下班呀？来点啥呀？"她的笑绝不是那种职业性的，更不是临时强堆起来讨好顾客的，而是从内心流露出来的喜悦。她的喜悦似乎能感染人，让你的不良情绪能够很快灰飞烟灭。

时间长了，顾客都管女老板叫小芳，我也跟着叫。我不知道她是姓"方"，还是名字里面有个"芳"，姑且叫她"小芳"吧。小芳三十岁左右，圆脸，皮肤白，丹凤眼，齐刘海，一头齐肩的黑发，长得不算漂亮，但是挺喜庆。经常穿一身加白条的黑色运动服，黑白分明，很精神。

男老板，高，胖，不大爱说话，经常在一旁捧着手机，看电影或者聊微信。但是，只要小芳指挥他去干什么，他立刻站起来，笑呵呵地去做。男人的眉眼及脸的线条都很柔和，是个慈眉善目的人。有时候，别人开玩笑说："小芳，让你老公多干点活。"小芳就说："我老公凌晨四点就去菜市场批菜了，挺不容易的。想玩会儿，就玩会儿吧。"

一眨眼，三年过去了，小芳的孩子回老家跟着奶奶上小学，小芳似乎也圆润了一些。

晚饭过后，我经常到小区附近的一个街边公园散步。公园中心有一个广场，每到晚上，很多人在那里跳广场舞。音乐铿锵，舞姿优美，常引来路人围观。

有一天，我在跳舞的人群里，不经意间，看到了一个熟悉的身影，是小芳。她转过脸来时，也看到了我，笑着走过来说："姐，你出来遛弯了？"我点头，说："你跳得挺好呀！"

她笑了，似乎赧然，喘了口气，说："我天天在超市里坐着，感觉腰粗了，屁股坐大了一圈儿。看着别人跳广场舞，特别想跳，可就是不好意思来学。我老公给我在网上下载了广场舞视频，我在家偷偷练了二十天。然后，天天在这广场边上站着看人家跳，站了九天，就是抹不开面子迈出这一步。"她拍了我肩膀一下，感叹道："哎哟喂，老难了！"接着，她又哈哈大笑起来，指着广场边沿说："第十天，我终于迈出了这一步。从这边上走到队伍后面就一大步，这一大步，我走了十天。"她笑得很爽朗，浑身轻松，好像什么都放下了。

说完，小芳打个招呼，又回到队伍里面接着跳起来。我仔细看了看小芳跳舞的地方，到广场边上的距离真的也就一大步。但是，人的一生当中，谁都有可能面对过这样艰难的一大步。不是吗？

## 美丽婚书

在这之前，我没见过比它好看的婚书。在这之后，我不确定能见到比它更好看的婚书。

这是一张来自中华民国时期的结婚证，被收录在河间诗经文化研究者田国福出版的《诗经长物》一书里。

虽历经七十多年的岁月，依然能看到它的精美。它不像是一张结婚证书，更像是一张美丽的书画作品。文字四周是两条缠缠绕绕无尽头的红线，右上角有"红丝永缔"印，证书边框有龙凤、花草、祥云等喜庆吉祥图案，中间底纹为诗经中的《关雎》诗句。

清秀的小楷，记录了如下内容：吴联铭，浙江省余姚人，年二十八岁。沈朝霞，江苏省吴县人，年二十三岁。经介绍，于中华民国三十三年（1944年）十月八日下午二时，在上海贵州路新新第一楼举行婚礼。

其证婚词为："佳偶天成，良缘永缔。情敦鹣鲽，愿相敬如宾；祥叶螽麟，定克昌于厥后。谨以白头之约，书向鸿笺，好将红叶之盟，载明鸳谱，此证。"证书上面分别落款结婚人、证婚人、介绍人、主婚人姓名并签章。

一纸婚书今犹在，不见当年立书人。

这张婚书背后，究竟有着怎样的故事？后来的后来，他们过着怎样的生活？他们相敬如宾、白头偕老了吗？

我久久凝视着婚书上这对夫妻的名字，猜想着他们的模样、性情、衣着、语言以及种种。

1944年十月八日，那该是一个金光灿灿的日子吧。时值浅秋，天空高远，云淡风轻，阳光像小鱼一样跳跃着，世间万物都像被洒了一层金粉。那个叫沈朝霞的女子，着一袭华美旗袍，穿过民国烟雨，穿过旧上海悠长的弄堂，风情款款地走来。那个叫吴联铭的男子，着一件中式长衫，戴圆框眼镜，风度翩翩地走来。他们操着吴侬软语，在上海的街道携手漫步，你侬我侬。他们该有"倚门回首，却把青梅嗅"的含羞不语，赌书泼茶道寻常的情投意合；抑或"画眉深浅入时无"的缠绵缱绻，"死生契阔，与子成说"的相依相随吧？

此后，战乱、饥荒等天灾人祸接踵而来，他们是顺风顺水地安度此生？还是跋涉了岁月的风刀霜剑后，在颠沛流离中支离破碎？抑或历经坎坷，他们仍相濡以沫、不离不弃，就像沈从文的情诗里所说："我们相爱一生，还是太短。"

这些，我无从知晓。

遇人，执手，白首。最是简单，亦是最难。

同样在1944年，胡兰成与张爱玲写下婚书："胡兰成与张爱玲签订终身，结为夫妇，愿使岁月静好，现世安稳。"

只要爱了，天是欢喜的，地是欢喜的，你是欢喜的，我也是欢喜的，所有时光都是柔软的。

张爱玲与胡兰成逛街，她穿一件桃红色单旗袍。胡兰成说好看，张爱玲道："桃红的颜色闻得见香气。"

张爱玲喜在房门外悄悄窥看胡兰成。她写道："他一个人坐在沙发上，房里有金粉金沙深埋时的宁静，外面风雨琳琅，漫山遍野都是今天。"

可胡兰成转眼间就牵了别人的手。非色衰，而爱驰，红尘路上山长水远，他需要太多的风景陪伴。

爱情来的时候，桃花灼灼，走的时候，雨落纷纷。

即使张爱玲低到尘埃，也未换来婚书上的"岁月静好，现世安稳"。

这世间，情起容易，最难的是一往情深。

1930年，我的姑奶奶，十八岁，一纸婚书，嫁到邻村。

婚后，她与姑爷爷生下三个儿子，日子波澜不惊。

抗日战争爆发后，姑爷爷去国民党部队当兵。

此后，姑爷爷再无音信。其间，两个儿子不幸感染霍乱，先后不治身亡。姑奶奶一个人含辛茹苦抚养孩子照顾老人。

战争结束，姑爷爷依旧没有回来。很多人劝姑奶奶改嫁，她都拒绝。

人们都以为，姑爷爷不是死于战乱，就是跟着部队去了台湾。没料想，姑爷爷另娶他人，没去台湾，在另一个城市安家落户。这个消息，如晴天霹雳。姑奶奶不信，她哆哆嗦嗦从衣柜里，拿出一纸发黄的婚书，手抚婚书，喃喃地说："我可是他明媒正娶的妻呀！"

姑奶奶独守空房五十四载，孤身至死，再未嫁人，更没有等到哪怕是只言片语的解释。

姑奶奶去世时，骨灰盒里除了一张姑爷爷年轻时的照片，还有她精心保存了一辈子的婚书。

上面写着："两姓联姻，一堂缔约，良缘永结，匹配同称。看此日桃花灼灼，宜室宜家，卜他年瓜瓞绵绵，尔昌尔炽。谨以白头之约，书向鸿笺，好将红叶之盟，载明鸳谱。此证。"

婚书上的白头之约，只是姑奶奶一个人的念念不忘，是她终其一生也未企及的梦。

胭脂泪，留人醉，几时重，自是人生长恨水长东。

此刻，吴联铭和沈朝霞的美丽婚书，静静地摆在我面前。我一遍遍地读着婚书上那几行字。

短的是文字，长的是人生。

我不知道他们的故事，有些遗憾，但更多的是庆幸。我可以自作主张，以自己的体会和感知，用文字赋予他们一个圆满的结局。

世事多变，生命无常。我只希望没有战争，没有饥荒，没有瘟疫，而他们不必有倾国倾城的容貌，更不必有轰轰烈烈的海誓山盟和大起大落的荣华富贵，只要有烟火人生的相依相携，平淡岁月的相知相伴，已经足够。

他们只是千万人中一对平凡的夫妻，男人忠厚老实，女人温柔善良，有两三个孩子，有自己的院子，养猫养狗，养鸡养鸭，种菜种花。他们夫妻和睦，孩子健康，不与世事相争，家有余粮，手有余钱，日子平安喜悦。

他们就这样携手从青丝到白发，不离不弃，慢慢老去。这是婚书上的白头之约，也是尘世间最质朴的相守和幸福吧。

## 秫秸花开

小时候，村里很多人家院子里都种着秫秸花，墙根下，篱笆旁，大坑边。花高过人，绿叶层层叠叠，花骨朵挤挤挨挨，茶碗大的、重瓣单瓣的、红色粉色的花，肆无忌惮地盛开着。风吹过来，它们摇曳着，把一股甜丝丝的香吹到人的鼻孔里，钻心入肺。

秫秸花是人们给村庄做的新衣服，更像是村庄的棉布花围裙。尽管，它不似别的花，或娇艳，或高贵，或素洁，或清幽。它们很普通，红花绿叶，粗粗拉拉，俗不可耐，像勤劳憨厚的农村男人，像泼辣直爽的农村媳妇，让人觉得踏实。村庄穿上这样的花围裙，一定很妥帖，很舒服。

人们常说，秫秸花虽然粗俗，但像庄稼人一样温暖善良。普通农家院，有男人，有女人，有娃，还有鸡鸭猪狗，又怎能缺少一大丛秫秸花呢？男人在花下，修理农具，喂鸡喂狗；女人在花下，梳头抹脸，洗衣择菜；小孩子在花下追逐打闹，喝水撒尿。秫秸花，在那里帮衬扮靓。

如果你在夏天的傍晚来到村庄，隔着篱笆，可以看到这样一幅画面：一幢一幢的房屋周围，开着热烈奔放的秫秸花，屋顶上有炊烟袅袅升起。房屋和篱笆是冷色调的，是静止的；而秫秸花和炊烟则是暖色调的，是动态的。这一冷一暖、一静一动完美地烘托出了村庄温馨和谐的生活气氛。

在这淡淡的甜香中，一丛热烈开放的秫秸花下，一家人围坐一起，说说笑笑，吃晚饭。一条哈巴狗在旁边摇着尾巴，急切地晃来晃去，期盼着主人的施舍。村里的女人们喜欢没事的时候去串门，赶上主人正在吃饭，来人也不客气，自己拎着个板凳子，在秣秸花下一放，坐下，一边赏花一边闲聊。"你看这花，开得比去年还大呢！""是呢，你说鸡也啈、猪也拱的，它咋就那么皮实呢？"

这秣秸花，常让我想起一个与它有关的女人。她是秣秸花开的时候，来到村里的。夏天的一个傍晚，她躺在一丛秣秸花下，痛苦地呻吟着，身子蜷缩着，硕大的肚子上下起伏着。村里陆续有人围过来。"这个女人要生孩子了！快去叫接生婆。"春生奶奶指挥人们，把她搀扶到大队部屋里。一会儿，接生婆背着小包袱，"呼哧呼哧"地跑过来。晚上，队长让几个女人轮番值班，说："不能在咱的地盘上出了人命。"

女人折腾了一宿，快天亮了，生了一个女孩。村里的女人们，这个端一碗汤，那个拿几个鸡蛋过来，女人狼吞虎咽地吃，吃完就神情呆滞地看着窗外。问她是哪里人，怎么会到这里？她茫然地摇头，有时哭，有时笑。人们得出了结论，这个女人的脑子有毛病。女人生完孩子，没有奶水，春生奶奶就让村里奶孩子的女人们轮番去给孩子喂奶。

长期住在大队部，也不是个事。怎么安置这娘俩呢？有人提议把女人许配给村里的光棍老刘头。队长点了头，张罗起来，女人们帮着收拾老刘头的三间破屋子，拆洗被褥；男人们帮着清扫院子，修整篱笆。选了个晴朗的天气，队长派人用带篷子的马车，把女人送到了老刘头家。

春生奶奶和几个老太太，常到老刘头家去看孩子。秋天树叶一落，几个老太太就把家里的旧衣服拆洗干净，做成小棉袄小棉裤，送过去。春生奶奶叹口气说："这个孩子命苦呢，大家多帮衬着点。"那些不去老刘头家的人们，其实对这娘俩也是很关心的，只要看见老刘头就问："孩子咋样呀？没闹病吧？女人精神好点不？"老刘头嘿嘿地笑，人们就知道，这娘俩挺好的。男人看见老刘头，总是开玩笑说："老刘头，你算闹着了！一分钱不花，家里一下添两口人。"

那时，我们一群半大孩子，最高兴的事，就是在老刘头光秃秃的篱笆上探着头，一起大声喊："大光棍，娶媳妇儿；带个娃，秫秸花……"听到喊声，老刘头会隔着窗户喊一声："小心揍你们！"我们哈哈大笑着跑开。

春天，老刘头的篱笆边上长出了一排绿油油的小苗儿。春风吹着，春雨淋着，小苗长成了大棵子，是秫秸花。女人抱着孩子，在秫秸花下玩。女人干净了，白了，胖了，是个美人呢。

我们去篱笆前，不再起哄了，因为我们找到比起哄更好玩的事了。那就是在秫秸花下，看女人唱戏。女人唱："叫一声王俊卿，你来得正好，顾不得女孩儿家粉面发烧，我的心止不住突突突突地乱跳。有句话我要问问你呀，仔细你听着，婚姻事应不应的我不恼，好不该说我不值半分毫……"女人唱得有板有眼，字正腔圆，我们在一旁看得入了迷。

小女孩在女人咿咿呀呀的戏曲声中，牙牙学语，蹒跚学步。夏天，老刘头家的篱笆前，开了一墙的秫秸花，红的粉的，重重叠叠，映照得三间破房子有了生机。老刘头去洼里种地，女人抱着孩子跟在后面。老刘头锄地，女人在地头唱戏。人们放下手里的农具，痴痴地听着、看着，好像着了魔一样。

秋天，秫秸花落了，一辆汽车接走了女人和女孩。

老刘头的篱笆边上，每年夏天仍旧开满了秫秸花，只是再也听不见咿咿呀呀的唱戏声了。

一晃三十多年过去了。有一天，村里来了一个气质优雅、穿着时尚的女人，由县领导陪着。

女人是来村里投资的。她修了路，建了农场，盖起了敬老院、幼儿园。进村的道路两旁，种了几公里长的秋秸花。夏天，花开成两道墙。一进村，那花仿佛是一张张热情的笑脸，远远地迎着人们。女人还在村中心建起了一个剧场，剧场的名字叫秋秸花剧场。

剧场落成剪彩，女人讲了一个故事。

四十多年前，华北地区的一个评剧团里，有一个女孩，是评剧名角。她是孤儿，以剧团为家。有一个男人死缠烂打地追求她，女孩未婚先孕，先是被剧团开除，又被男人狠心抛弃。一连串的打击，让她的脑子受了刺激，精神有些不正常。后来，她稀里糊涂走到一个开满秋秸花的村子，在村里生下一个女孩。在村里的安排下，她嫁给了一个光棍。这个光棍是个好人，对她和孩子很好。后来，剧团的朋友经过多方打听找到她，把她和孩子接了回去。女人治好病后，继续唱戏、教戏。临终时，她说一定不能忘了秋秸花，还有那个开满秋秸花的村子。

原来，她就是那个被我们喊成"秋秸花"的女孩呀！那个唱戏的女人竟然是个评剧名角呀！晚上，我做了一个梦，梦见挤挤挨挨的秋秸花下，女人咿咿呀呀地唱着："叫一声王俊卿，你来得正好，顾不得女孩儿家粉面发烧，我的心止不住突突突突地乱跳。有件事我要问问你呀，仔细你听着，婚姻事应不应的我不恼，好不该说我不值半分毫……"小女孩在花下憨笑。

## 有花开，就有美好在

　　我去时，男人正坐在轮椅上，用喷壶喷花。金黄色的旱荷花，红色的杜鹃花，还有可爱的多肉植物，经过清水的润泽，一律仰着水灵灵的小脸儿，喜眉笑眼的。他被五颜六色的花簇拥着，像个坐拥江山的王。

　　男人的上半身，坐在轮椅上直挺挺的，想要转头或者转身，都要靠移动轮椅来解决。他的脊椎上，打着长长的钢板和钢钉，稍微一动，就钻心的疼。

　　"姐，你看这旱荷花，开得多好。这是草本植物，开完花，打了花籽，把花籽收藏起来，明年可以接着种。这些多肉植物，掰下一片叶子，放到土里，就可以发出芽来。这是我用石头、苔藓和文竹，组成的盆景……"他像个孩子似的，絮絮地说着他的那些花儿，眼里闪着欢喜的波。

　　坐轮椅时间长了，他就用两只手臂，撑着轮椅的扶手，吃力地把身体抬起来，稍微活动一下，再坐下。或者让别人帮忙把两只脚抬起来，放到凳子上，待一会儿。不论春夏秋冬，他的下半身，永远盖着一块深蓝色的布。起初，我以为他怕冷，他不好意思地解释，因为大小便失禁，只能长期穿着开裆裤。那块布，是他的遮羞布。

　　五年前，他意外触电，从高高的屋顶上跌落。从昏迷中醒来时，他发现下半身没有任何知觉。叫天天不应，叫地地不灵，他甚至想到了死。看着妻子和两个女儿哭红的眼睛，他的心像被针狠狠扎了一下，有血在滴。

　　花光了家里的积蓄，又借了亲戚朋友的钱，做了几次手术，他还是没能站起来。妻子带着他出院回家。这个一米八多的中年汉子，痛苦不堪又焦躁不安，不是满面愁容躺在床上，就是冲着妻子大发雷霆。他恨自己没用，连大小便都不能自理。妻子越对他好，他越想发脾气。他不想耽误她，想和她离婚，让她找个正常人过日子。她不离，他就骂她，随手抓到什么，就狠狠地砸向她。事后，他后悔了，就用拳头捶打自己的脑袋。

　　冬天过去，他精神稍微好点的时候，会坐着轮椅在院子里转转。院子西南角，堆着一堆空花盆，那是他以前养花用的。他从小爱养花，以前家里摆满了花花草草。他出事后，那些花无人打理，都香消玉殒，魂归故土。他瞅着那些大大小小的空花盆，长叹一声。想他出事前，家是多么温馨呀！他一早起来，打扫院子，浇花种菜。妻子收拾屋子，洗衣做饭。两个女儿，叽叽喳喳地进进出出。一家人围坐在饭桌前，一边说笑一边吃饭，家里整日欢声笑语。如今，家寂静得像个空房子，只剩下呼吸声、脚步声和轮椅转动的声音，妻子、女儿整日红肿着眼睛，连大气都不敢出，说话、走路都小心翼翼。唉，人不像人，家不像家，就像做了一场噩梦呀！他苦笑了一下。

　　无意间低头的刹那，他的眼睛被一丝绿意牵住。一个空花盆的边缘，羞怯地探出了一点点绿。他仔细端详，是一棵细脚伶仃的旱荷花。它柔柔弱弱地从干硬皲裂的泥土里，挣扎着挺起一拃长的身子，撑起一个金黄色的瘦瘦的小脸蛋儿。它缺光少水，看上去病恹恹的。这棵旱荷花一定是去年落下的花籽，又发芽的。

　　它也是一个小生命呀！想它在坚硬的泥土里沉睡了一个冬天，不知经历了怎样的磨难和挫折，又被春天唤醒。他怜爱地端起花盆，放到窗台上，浇水，松土，用小木棍和细铁丝给它搭好架子。它好像懂得知恩图报一样，竟然一路高歌，边长边开，缠缠绕绕，成了一大蓬。一朵朵金黄色的喇叭形的花，吹着胜利的号子，肆意绽放着。

金黄色的花朵，像燃烧的火苗，点燃了他那坚硬而空洞的心。一颗心如这缠绕的花，逐渐变得柔软。想发脾气时，看看花；心烦时，跟花说说话；腰椎疼痛时，看看花。他想，对于花来说，能活着，能盛开，就是快乐。对于他来说，他还活着，还有一双手，有一个清晰的头脑，还能把一盆花照拂好。在一朵花面前，他突然泪流满面。

他，竟然被一朵花治愈了。

从那天起，家里的花花草草又多了起来。他的家，成了花店。很多人都来这里买花。他向买主推荐的第一种花，必是旱荷花。像很多买主一样，我也买了他亲手培育的旱荷花。

我把花端回家，放在窗台上，看它一点点缠绕、生长、开花。阳光照在它身上，金黄色的花朵，波光潋滟的。旱荷花的花籽成熟了，我一边收集花籽，一边对着花说："谢谢你给我的花籽！"捧着几粒花籽，就像捧着一个小小的婴儿。我的眼前，浮现出他捧着花籽的样子，他也是带着一颗感恩的心收集花籽吧。因为，每一粒花籽，都是无限的希望和美好啊！

朋友告诉我，旱荷花的花语是爱，是永恒，是幸福和胜利。有花开，就有美好在呢。透过那金黄色的喇叭形的花朵，我仿佛看到了幸福和胜利，在冲着他招手。

## 玫瑰女孩

小文的头发是自来卷儿。

从小到大，小文最讨厌自己的头发，像顶着无数个鸡蛋卷儿。她的头发是遗传爸爸的基因，因为爸爸的头上就顶着一堆爆米花。小文一看到爸爸头上的爆米花，气就不打一处来，她说："老爸，要不是你，我能顶着这么一堆鸡蛋卷儿吗？"爸爸在一旁嬉皮笑脸地说："爆米花、鸡蛋卷儿怎么啦？那可是人间美味呀？别人想要，还没有呢？"小文嘴一噘，眼一瞪，屁股一扭，像风一样飘走了。

上小学的时候，一个男生和小文打架，小文虽然没有男孩力气大，但也不甘示弱，两个人基本处于不相上下的架势。正当小文有些扬扬得意的时候，一帮调皮捣蛋的男同学在一旁起哄架秧子，男孩瞬间没了面子，指着小文的头发大声说："你这个卷毛狮子狗！"小文当场崩溃，眼泪像断了线的珠子，啪啪往下掉，一转身，跑到座位上呜呜痛哭。虽然小男孩最后道了歉，小文还是哭得稀里哗啦，根本停不下来。

从此，"卷毛狮子狗"的绰号，像噩梦一样跟随着小文。只要听到这几个字，小文感觉身上的汗毛都竖了起来。

升初中的时候，小文死活不上二中，非得去离家远的三中。就因为班里同学都去二中，她就要去一个谁都不认识她的学校。爸爸劝，妈妈哄，小文主意已定。"三中的教学条件、师资力量，哪里都不如二中。再说了，离家那么远，三年比别人多走多少路，耽误多少时间，你算过吗？"妈妈赌气不理她。

还是顶着一头爆米花的爸爸劝了妈妈，再劝她，两边和稀泥。"老婆，孩子青春期，你就忍让一下吧。""宝贝闺女，你妈有点更年期，别让你妈生气了。想去三中可以，你得想好了，三年都要比别人起得早，回得晚。"

最后，爸妈拗不过她，送她去了三中。

去三中以后，没人认识她，也没人跟她叫"卷毛狮子狗"的绰号，她暗自庆幸。

戴着大眼镜的数学老师提问，在课堂上巡视一周，最后指着小文说："那个头发自来卷儿的女生回答。"她的脸腾地红了，想好的答案，"咕咚"一声咽下去了。老师看她直挺挺地站着，说："不会呀？那就坐下，认真听别的同学回答。"

一堂课，她什么也没听进去，耳朵里就响着一句话："那个头发自来卷儿的女生。"

上高一时，她喜欢翻看时尚杂志，知道头发可以用拉直膏和夹板拉直。周末，她兴冲冲地动用了自己的小金库，找了一家美发馆，整整坐了三个小时。围布撤去后，一头又顺又直的头发呈现在镜子里，像黑丝绸。她心里这个美哟！第一次昂首挺胸、面带微笑地走在大街上。

到了高三，再也没有时间去拉直头发了，她只好每天顶着无数个鸡蛋卷儿，在教室、宿舍、食堂三点一线地行走。鸡蛋卷儿就鸡蛋卷儿吧，偏偏学校洗澡不方便，水还是凉的，冬天实在懒得洗头。这下好了，头上不光是鸡蛋卷儿，还是冰激凌鸡蛋卷儿。

摸着头上那些冰激凌鸡蛋卷儿，小文愤愤地说："别嘚瑟！考上大学再好好收拾你们。"

为了将来能好好收拾这些鸡蛋卷儿，小文发奋读书。她想好了，学金融，学理财，将来要多挣钱。

小文如愿考上了一所不错的大学。大学里，一切都是那么美好。女同学长发披肩，裙裾飞扬。男同学白T恤，牛仔裤，活力四射。

小文恋爱了，男生是学校团委的团干部，模样帅气，歌唱得还好。小文给他打饭，给他拿快递，给他排长长的队伍买新款手机，像个小迷妹一样讨好他。他不喜欢她的自来卷儿头发，小文开始留长发，隔两三个月就拉直一次头发。他们在一起散步时，男朋友会时不时用手抚摸一下她的头发，像微风拂过发梢，美好又浪漫。

初冬的一天，小文突然看见男友身边依偎着一个娇小漂亮的长发女生。小文的心就像行道树的落叶一样，向下坠啊坠。小文认识，她是学校文艺队队长，长得漂亮，像个洋娃娃，说话还嗲声嗲气的，弹得一手好钢琴。最重要的是，她有一头浓密顺直的长发，像瀑布一样。小文哭着跑回宿舍，三天没吃饭。第四天，实在饿得受不了了，爬起来，吃下闺蜜买回的两个包子、三个烧卖、一大盘鱼香肉丝、一大碗皮蛋瘦肉粥，惊得闺蜜目瞪口呆。

从那天起，小文不再收拾头发了，她顶着一脑袋鸡蛋卷儿，天天去图书馆，一坐就是半天，准备考研。有句话说，上帝为你关了一扇门，总会为你打开一扇窗。经过一年艰苦奋战，小文考上硕士研究生了。她不再关心头上的鸡蛋卷儿，而是把全部精力放到学业上。

某天，小文正埋头写论文，一个男生从她身边经过。男生走过去，复又回头，笑着说："你头上的玫瑰花真好看。"小文疑惑地抬头，男生笑呵呵地向她挥挥手，走远了。想着男生的话，小文偷偷笑了。

晚上，小文照镜子时，忽然想起男生说的话，她头一次发现自己的头发并不难看，确实像一朵朵玫瑰花。小文笑了。这一笑，镜子里的她，就有了明眸皓齿的感觉。

　　夏天，小文和同学一起去爬山。爬到半山腰，她满头大汗，累得走不动了，一屁股坐在路边的大石头上。还是那个男生从她身边经过，笑着说："看你头上的玫瑰花，像刚刚被水浇过哟。"她笑，他也笑。男生一笑，露出一口整齐的小白牙。

　　这个男生成了小文的男朋友。他们一起做实验，一起写论文，一起学英文，一起锻炼。毕业论文答辩时，小文旁征博引，引经据典，老师们颔首称赞。周围的人都说小文越来越知性，越来越美丽了。不知从哪天起，小文开始喜欢自己的头发了，她成了一个头顶玫瑰花，美丽又自信的玫瑰女孩。

　　再后来，男生成为她的丈夫。婚礼上，他说，小文是他心中最美的玫瑰女孩。小文说，感谢他，让自己变得更好。

　　作家张小娴说，好的爱情使你的世界变得辽阔，如同在一片一望无际的草原上漫步。而坏的爱情，使你的世界愈来愈狭窄，最后只剩下屋檐下一片可以避雨的方寸地。原来，最好的爱情不是改变自己来讨好对方，而是在这段感情里成为最好的自己。

## 尘事三章

### 装修"三剑客"

他们是给我家装修房子的工人。

一个叫老黑，四十多岁，不到一米七的个子，又黑又胖，说话大嗓门；一个叫小宣，二十多岁，白白净净，说话慢声细语，像个中学生；另一个叫老三，和老黑年纪相仿，瘦高，长脸，说话有些磕巴，走路松松垮垮的。我跟他们开玩笑，叫他们"三剑客"。

他们三个人干活特有默契，不用说话，一个眼神就知道对方需要什么。力气活儿，老黑一马当先；精细活儿，老三上；登梯爬高的活儿，小宣像猴子一样灵敏。他们一边干活，嘴也不闲着，经常拿小宣开涮，说小宣晚上睡觉磨牙打呼噜说梦话，说小宣半夜起来撒尿走错屋，差点撒到厨房里……小宣只是傻笑，有时也辩解几句。有一次，我请他们吃饭，要了一个香辣虾。老黑和老三一个劲儿地给小宣夹大虾，他们说小宣就爱吃虾。

最初，他们每天骑摩托车从乡下赶过来，晚上再赶回去。老板嫌他们每天跑来跑去耽误事儿，就给他们在城里租了人家闲置的毛坯房子当宿舍。

一天早晨，我从新房子那儿过，顺便看一眼他们装修的进度。在门外，就听到他们吵吵闹闹的，特别热闹，走进去一看，小宣正笑得喘不过气来。老黑脸红脖子粗地指着小宣嚷，老三吭哧瘪肚地帮着腔。我开玩笑说："你们干吗呢？欺负小孩呢？"

原来，晚上小宣提前回出租屋睡觉，老黑和老三去大排档"串啤"，到了夜里十二点，准备回去睡觉，一摸兜，才发现出租屋的钥匙丢了。敲门，不开。打小宣的手机，没人接。再打，一直无人接听，还总是回复："我在电影院看电影。"没办法，两人在马路牙子上坐了一晚上，骂了小宣一晚上。两个人商量好了，第二天早上好好收拾小宣一顿。

等早晨把小宣喊醒，他迷迷瞪瞪地说："我把手机放在另一个屋里充电了，关着门，没听见电话响。"老黑说："小宣，你睡得真像头死猪！"老三不肯善罢甘休，继续追问："手机总回复'看电影'是怎么回事？"小宣一脸无辜地说："我也不知道呀！"我说："可能是手机设置的问题。"小宣像抓住了救命稻草一样，赶紧说："大姐说得对！大姐救命！"我实在忍不住地笑了，他们三个也哈哈大笑。

后来，我发现一到周五，小宣就浑身洋溢着掩饰不住的喜悦。我问："小宣，有什么高兴事呀？"小宣不说话，抿着嘴乐。老黑说："这还看不出来呀？小宣想他对象了，今天就可以回家了。"小宣脸红了。老黑又说："有啥不好意思的？我也想你嫂子啦，老婆孩子热炕头是咱庄稼人的三宝！不用说，你嫂子早就包好饺子等着我呢。啥叫幸福呀？这就叫幸福！"

新房装修好了，他们收拾东西要去别的小区了。临走，老黑说："大妹子，有啥活儿你就说话啊！"我应下，看着他们说说笑笑地走下楼，心里竟有点依依不舍的感觉。

# 装卸工老王

老王，五十岁出头，又黑又瘦，干的是最受累的活儿——装卸工。

因为装修房子，我打电话要了一车沙子、一车水泥。那边送货的人问："要带装卸工吗？"我问："什么价？"他说："你们自己商量，一般卸两车，五六百块钱吧。"想想大热的天，自己去街上找装卸工也麻烦。我回："带吧。"

我去楼下等。半小时后，一辆拖拉机开过来，几个装卸工从上面跳下来，裤腿卷得老高。一个黑瘦的老头大声问："是你们家要的料吧？"我说："是。"他伸着手指头说："六百啊！"我想跟他开个玩笑，就问："少点行吧？"他说："都是这个价，也就少个二三十块钱。再少了，我们就不干了。"我说："行。"

听车上的人喊他"老王"，我也那么喊他。正纳闷怎么把沙子弄到三楼呢，老王变戏法一样弄来一堆蛇皮袋子，把沙子全部装进袋里，开始扛着袋子上楼。天气热，一会儿，他们身上的衣服都湿漉漉地贴在身上。老王把脚上那双旧解放鞋脱了，光着脚搬沙袋。家家户户都在装修房子，楼梯上除了沙子，就是一些水泥块。我叮嘱老王："赶紧把鞋穿上吧，别扎破脚。"老王擦擦脸上的汗，喘了口气，说："没事，早练成铁砂掌了！穿鞋忒热。"

搬完了所有的沙子，他们又开始搬运新拉来的水泥。我去超市给他们买来矿泉水，老王摆手说："用不着，一会儿喝自来水就行，自来水解渴。"他们对着自来水管子咕嘟咕嘟喝一顿，顺势再洗把脸。

趁着他们休息的空儿，和老王聊了会儿天。我问老王："看你岁数不小了，怎么还干这么重的活儿呀？"没等老王说话，旁边有人搭话："别看老王岁数大，扛沙子一点都不比年轻人差。他家三个孩子都是他扛沙子供出来的。"老王笑笑："没别的能耐，就有一身傻力气。"

我问他："孩子都上什么学呢？"他答："老大上大学呢，老二上高中，老三上初中。"我说："家里负担够重的。""可不是吗！孩子们都喜欢上学，奖状都贴了满满一墙啦。别管多累，只要回家一看那满墙的奖状，心里就跟吃了蜜似的那么甜。"老王黑瘦的脸笑成了一朵菊花，是墨菊。

运完了所有的料，我拿出六百元钱给老王结账，老王接过去又在裤兜里摸摸索索，摸出两张湿漉漉的十元纸币，递给我，我没接。

没过几天，瓷砖店里的人打来电话，说我买的瓷砖已经到货，马上送过来。我正低头清扫地上的水泥块时，一个工人低着头，抱着足足有一百斤重的一大箱地砖进来了。

我指着刚清扫过的地方，说："放那儿，放那儿。"那人放下砖，一抬头，我笑了，他也笑了，是老王！

老王说了一句："缘分呀！"我说："你咋啥都扛呀？"他说："装卸工可不啥都扛啊！"他哈哈大笑。

老王他们几个人上上下下地搬运瓷砖，简直是挥汗如雨。那么重的瓷砖，那么瘦小的身子，我总担心老王的身体吃不消。每次搬起瓷砖来，老王的手臂和小腿上的青筋都鼓得老高。我说："慢点呀，王师傅，千万别把腰扭了。"一句话，居然把他感动得无以复加。他连连说："大妹子，谢谢啊！谢谢啊！"弄得我有点不好意思。

送走了老王，看着屋里堆得高高的地砖，我试着搬了一下，纹丝不动，太重了。想想老王要搬着它一次一次地上楼，心里一热，脑海里又浮现出老王佝偻瘦小的身影，青筋暴突的手臂，还有那笑得像墨菊一样的脸……

那朵墨菊里，有吃过的苦，流过的汗，更多的是满满的期待与憧憬。

## 清洁工刘姐

初秋，女人来我们单位做清洁工。女人姓刘，五十岁左右，又瘦又高，头发用发夹别在脑后，干起活来动作轻盈，干净利落。有人在她身边经过时，她总是停下来，给人一个微笑，等人走过去，再低头擦地。

我注意到她，是从她穿的毛衣开始的。那天，从她身边经过，她抬头冲我笑笑，身上穿着一件黑色的开衫毛衣，毛衣的下摆是一圈很精致的红玫瑰。我随口说道："好漂亮的毛衣呀！在哪儿买的？"她笑着说："我自己织的。"我这才发现她不仅是个手巧的女人，长得也好看。

晚上，我去公园跳广场舞，看见队伍旁边有一个男人坐在轮椅上，跟着音乐用手比画着动作。我们散场后，女人从队伍中走出来，她的脸红扑扑的，鼻尖上有一层细细的汗珠。女人整理了一下头发，向着轮椅上的男人走去。女人推着男人一边走一边说话。听不清女人和男人说话的内容，但是能听到两个人不时发出愉快的笑声。不知男人说了一句什么可笑的话，女人笑得直不起腰来，还娇嗔地轻轻打了男人肩膀一下。我才知道，那个男人是她的丈夫，因为一场车祸导致下肢瘫痪。

年底，我跟着单位的人去她家慰问。她的家就在我们办公楼后面一片低矮的平房里，那里已经被政府划入拆迁范围，每一排平房侧面都画着一个大大的红圆圈儿。入冬前，很多人已经搬走了，只有女人一家还在留守。

她家的小院子极干净，走进屋里，更是窗明几净。一盆郁郁葱葱的吊兰，令人赏心悦目。屋角一座红泥垒起的小火炉，呼呼地响着，烧得正旺，把冬寒燃成春暖。沙发上铺着手工钩花沙发巾，茶几上铺着绣着红玫瑰的雪白盖布。对她的手艺，我们大加赞赏。她笑笑说："沙发用久了，有的地方都磨破了，茶几上面的漆掉了，铺上遮遮丑。"

男人坐在轮椅上，在家加工手工活儿，气色很好，没有颓废的样子。男人冲大家笑笑，指着我说："我见过您。您在公园跳舞，我也在公园跳舞。只不过您是用脚跳，我是用手跳的。"男人的话把一屋人全逗乐了。

从她那温馨的小屋走出来，我的眼前还晃动着男人女人温暖的笑容。我想，生活也许避免不了苦难，却从不会拒绝一颗向美而行的心。

他们都是最寻常、最普通的人，毫不起眼，卑微如尘，却又坚韧如树，从泥土里发芽、生长，开出质朴、芬芳的花朵，为这个世界增添一分美丽。

## 沈从文抄录的寻人启事

在沈从文先生和妻子张兆和的书信集《我在呼吸和想你》一书中，有一件非常有意思的事。1934年初，沈从文先生返回故乡湘西，船至桃源时，看到一则寻人启事，感觉很有趣，便一字不改地抄在信末，寄给妻子张兆和看。

寻人启事原文如下："立招字人钟汉福，家住白洋河文昌阁大松树下右边，今因走失贤媳一枚，年十三岁，名曰金翠，短脸大口，一齿凸出，去向不明。若有人寻找弄回者，赏光洋二元，大树为证，决不吃言。谨白。"

沈从文在信中写道，这人若多读些书，一定是个大作家。读罢，不禁莞尔，我实在佩服这个写寻人启事的钟汉福，如此幽默诙谐。启事一字不多，一字不少，字字珠玑，如同一幅漫画速写，寥寥数笔，形神毕现。

我对这七十余字产生了浓厚的兴趣。

钟汉福是一个什么样的男人？纨绔子弟，青年才俊，还是乡野民夫、抠脚大汉？"贤媳"金翠，年方十三岁，尚未成年，嫁为人妇，做童养媳，应该家境贫寒。她为何去向不明，因丈夫家暴，与婆婆怄气，或者另有隐情？那棵郁郁葱葱的大松树，是否还在？这则短短的启事背后，演绎了怎样的悲欢离合……无从考证，不得而知。

时光流转，岁月更迭，多少渺如微尘的生命，多少爱恨情仇的过往，统统化作云淡风轻，灰飞烟灭。然而，"童养媳"这几个字，如同一颗石子投入水中，我的内心荡起一圈圈涟漪。《呼兰河传》中的小团圆媳妇一下子浮上心头。那是一个十二岁的小姑娘，做了童养媳。曾经"头发又黑又长，梳着很大的辫子，脸长得黑乎乎的，笑呵呵的"，曾经"看见我，也还偷着笑"。因为她"太大方了，不像个团圆媳妇"，因为她"不怕羞！头一天来婆家，吃饭就吃三碗"，于是，被婆婆狠狠地打，用鞭子抽，吊在梁上打，用烧红的烙铁烙脚心，最后被打得不正常了，再被庸医、"云游真人"、跳大神的接二连三地摧残侮辱，终于被折磨而死。埋了小团圆媳妇，回来的人第一句话竟然是："酒菜真不错……"这就是萧红笔下童养媳的命运。读来，满腔悲凉油然而生，让人心痛不已。

　　不知道年少的金翠是否也经历了如此磨难。我猜想，金翠生逢乱世，自幼家贫，母亲早逝，父亲续弦，小小年纪，由继母做主卖与钟家，做童养媳。在钟家，她被吆来喝去，当牛做马，辛苦劳作，伺候老小，却处境艰难。叹息、泪水、怨怼，在强大的宿命面前，毫无意义。起初，是忍；后来，是恨；最后，萌生了逃离的想法。去哪里，她不知道。不管去哪儿，忍饥挨饿，都要与命运做一次抗争。哪怕被捉回来，打得半死，她也不后悔。

　　某个月黑风高之夜，她趁人不备，轻手蹑脚，躲过了婆家人的耳目，一步一步，逃离了这深宅大院。然后，在好心人的帮助下，寻一僻静地方，隐姓埋名，慢慢长大。待到成年，遇一良人，在万家灯火深处，做世间最普通的夫妻。两人举案齐眉，相濡以沫，生两三个孩子，房前种花，屋后种菜，过平平常常的烟火人生。

　　想那寻妻未果的钟汉福，经历了焦躁、愤怒、怨恨，终归平静，后另娶他人，过上了平淡而幸福的生活。金翠，只是一个童养媳，不过是他生命中的匆匆过客。"小舟从此逝，江海寄余生。"云烟散去，相忘江湖，一别两宽，各生欢喜。如果是这样，那应该算是一个圆满的结局。

我不知道，他们的结局如何，但是这两个名字就这样一脚迈进了我的心里。让我欢喜着他们的欢喜，疼痛着他们的疼痛。大千世界，芸芸众生。钟汉福和金翠，不过是普普通通的小人物，小人物的痛楚和困境，历史不会记得，更不会记录。但是，白洋河文昌阁的那棵大松树，一定会记得他们，也一定记得曾经的喧嚣，过往的繁华，还有寂静夜晚金翠的仓皇出逃，婆家人发现后的气急败坏，以及钟汉福在树下的信誓旦旦。人难过百岁，然，树可过千年。不管它是否看到金翠被"弄回""赏光洋二元"的场景，它都担当了"证人"的使命，成为事件的亲历者、记录者、无言的诉说者。如果树还在，它的年轮里一定刻上了这个故事。

关于童养媳，幼时，曾听祖母讲过一个故事。女孩十三岁，生在贫穷人家，兄妹众多，生活维艰，不得已，其父做主，让她做童养媳，换来三袋子玉米。来到婆家，她才得知未来的丈夫是个卧床病人。她每日辛苦劳作，给男人煎药喂药，伺候男人吃喝拉撒，男人动不动就发脾气，她忍气吞声，还经常被婆家人打骂。这样的日子，像个看不见的无底洞。心底凄凄，愁深似海，她的心一点一点沉下去。如果悔婚，家里肯定还不起那三袋玉米。她思来想去，决定铤而走险，逃出去。深更半夜，她趁一家人熟睡，偷偷跑出门，一夜急行几十里，来到一个陌生的地方。在外忍饥挨饿，风餐露宿，流浪数月后，她才敢返回家中，躲过了婆家的讨债。

这个女子很幸运，后来，找了一个疼她爱她的男人，生儿育女，白发苍苍地老去。垂暮之年的她，得了阿尔兹海默症，很多事都记不住，却对年少时做童养媳和逃跑的事，记得一清二楚，时间、地点、细节分毫不差。"三袋子米换一个人，一条人命就值三袋子玉米呀！"接着，是她长长的叹息。

寻人启事中的金翠是否被找到，并"弄"回？如果没有，她后来又流落到了何方，嫁给了何人？无从知晓。不管怎样，"童养媳"这个词，以及那个时代，已永远成为历史。隔着遥远的时空，我愿意给钟汉福和金翠，遥寄一份美好的祝福。

## 往前一步是幸福

### 一

当初她与他谈恋爱时，遭到了他母亲的强烈反对。他母亲嫌她个子矮，当着她的面说："爹矬，矬一个；娘矬，矬一窝。儿子，你和她结了婚，将来生个小矬子可咋办呀？"她流着泪跑出他家的门。他要追她，被母亲一把拉住。"一条腿的蛤蟆找不着，两条腿的女人还不有的是呀！"恶狠狠的话语砸过来，她的自尊像玻璃一样，碎了一地。

美好的梦想被残酷的现实打败，她退缩了，发誓这辈子就是嫁不出去，也决不会嫁到他家去。她向他提出分手，他恳求她："再给我点时间，我去说服我妈。这辈子，我非你不娶。"

他去求母亲，母亲坚决不同意。他去找说客，亲朋好友轮番上阵，母亲就是不答应。

没有办法，他与她先斩后奏，偷偷登记结婚。他带着她去见母亲，她拎着大兜小兜的高级补品。哪承想，婆婆不光没让进门，还把东西狠狠地扔了出来。听着那些瓶瓶罐罐咣咣当当地在楼梯上跳舞，她的心不由自主地沉下去，沉下去。

日子像流水一样，一转眼，他们的儿子三岁了。他常带着儿子去看母亲，而她决不踏进婆婆的家门一步。当初婆婆的尖酸刻薄、冷酷无情像一把刀子直插进她的心脏，每想一次，她的心就狠狠疼一次。

那天，他去婆婆家迟迟没有回来。她不放心，下楼去迎他。寒风中，她整整站了两个小时，他还是没有回来。她终于忍不住给他打了电话，电话里，他哽咽着说："我妈中风了，刚办完住院手续。今晚我回不去了，你先睡吧。"放下电话，她慢慢上楼。

坐在沙发上，往事像电影一样，一幕幕出现在眼前。她在心里不知说过多少次狠话，甚至诅咒过那个不通情理的老女人。可是，当她听到婆婆中风的消息后，却没有一丝一毫的快乐。

第二天，她去上班，忍不住和姐妹们说起婆婆住院的事。姐妹A说："真是恶有恶报呀！你婆婆以前太作了！"她嗫嚅着说："我想去医院看看她。"姐妹B说："你犯贱呀！忘了当初她怎么对待你了吗？忘了你被赶出家门时有多狼狈吗？你忘了，我们可忘不了！"

怎么能忘呢？往事清晰如昨。正因为从来没有忘记婆婆对她的伤害，在年复一年的反复咀嚼中，曾经的伤痕被反复揭开，导致伤痛永远不能痊愈。对婆婆的恨像一个巨大的包袱，压得她喘不过气来。

经过深思熟虑，她决定了——去医院看婆婆。她炒了自己最拿手的两样菜，装在保温桶里，向着医院走去。推开病房，她轻轻地喊："妈，我来了。"婆婆扭头看到她，惊，窘，不好意思，突然哽咽着说了一声："孩子，妈对不起你！"

她泪如雨下，心里面多年的壁垒，轰然倒塌。一颗心，如快乐的小鸟一样，飞翔起来。

## 二

她与他热恋时，她说自己脾气不好，遇事爱发火。

他笑着说："你发火，我就做你永远的灭火器。"一句话，把她逗乐了，她伸出小粉拳去捶他，他一把揽她入怀。

相爱的人看对方，就像是在万花丛中，觅得一朵开得最好的花。心里的欢喜，一蓬一蓬地开了。

婚后的日子，浪漫的爱情被柴米油盐的琐碎替代。真如她婚前所说，她脾气确实不好。

第一次发火，是因为她准备炒菜时，发现盐没了。她在厨房招呼，让他去超市买盐。他正坐在电脑前忙碌着，随口应了一声，却没动。等她炒完菜时，发现他还在电脑前聚精会神地坐着。她的火气一下子蹿起来，气呼呼地冲过去，冲他吼道："你耳朵聋啦？听不见我喊你吗？你不是说过老婆的话就是圣旨吗？这还没怎么着呢，我的话你都不听了。"眼泪顺着她的脸颊流下来。"老婆，我错了！千万不要生气！我现在就去买！"他哄她，她不依不饶。他做鬼脸，一番甜言蜜语，再加上自我批评，直到她破涕为笑。

第二次发火，是在街上。为买一件什么东西，他只提了一个小小的与她不一致的意见，她就恼了，甩手就走。他在后边追，她在前边把高跟鞋踩得咚咚响。他追上她，去挽她的胳膊，被她狠狠地甩掉。他跑到前边去抱她，她使劲挣脱，惹得路人纷纷侧目。他只好一路跟着她，一路喋喋不休地道歉，一路把自己批评得一无是处、体无完肤。快到家的时候，她终于回头斜睨了他一眼。他在这一眼里收到了她发出的信号，上前轻轻握住她的手，她脸上的怒气才慢慢消除。

这样的桥段不断上演，终于有了最厉害的一次。这一次，她又为一件什么事，大发脾气。他说："够了！我受够了！"说罢，摔门而去。她的火气在胸中不断地上涌，随手抄起一件东西向地上摔去，她又要"喷火"了，却不见了"灭火器"。此时，房间里一片寂静。她突然怔住了，然后慢慢地跌坐在沙发上，泪如泉涌。他不是说过吗？要做她永远的灭火器。他厌倦了吗？

屋子是冷的，心也是冷的。冬日的漫漫长夜，她辗转反侧，一夜未眠，想起他对自己的种种好来。冬天，每天早晨他都提前起床，做好早饭，才叫她起床。晚上，他给她打好洗脚水，等她洗完脚，他才洗。她冲他发火，很多次是无理取闹。

她站起来，从衣柜里拿出恋爱时给他织的围巾，向他的公司走去。她要让他感受到来自她的温暖。在今后的日子里，她要和他彼此拥抱，相互取暖，一起温暖地度过。

三

一直不喜欢她，也没有和她说过几句话。

她说话语速极快，噼噼啪啪，像炒豆子一样，且长得不好看，可以说是丑。黑胖的脸上嵌着一双小眼睛，不化妆，穿着朴素，在一堆打扮入时的女人中，显得有点另类。

有一次，去她的办公室，她正坐在办公室里捣鼓花草。她的格子间里摆满了花花草草，一种藤类的叫不上名字的绿色植物在办公室里攀爬绕圈，都是她自己培育的。

她说，等退了休，就租块地，种各种各样的花，然后，在花丛里盖一间房子，住在里面，闻着花香，听着鸟鸣，过"采菊东篱下，悠然见南山"的生活。说这话时，她微闭着眼睛，一副陶醉的样子。

看到她身上穿一件手工编织的毛衣，很精致，问她："这毛衣是自己织的吗？"她说："是呀！"旁边的同事说："刘姐手可巧啦！每年都给贫困儿童织很多件毛衣。"她笑着说："这么点小事，你还老说！"刘姐出去后，同事悄悄和我说："刘姐心地可善良了，资助着几个贫困儿童。有孩子给她写回信，我才知道，刘姐不让说。"

那天，去她办公室，她正和同事热烈地讨论如何把萝卜条腌得更脆更好吃。她连比画带说，萝卜洗净，切成五厘米长、一厘米见方的条，晾晒至八成干，加入精盐、胡椒粉、花椒粉、白糖、姜粉、生抽……最后，她总结说："一小碟腌萝卜条，再来一碗玉米粥，这就是神仙般的生活呀！"一屋的人，全被她逗乐了。

从同事口中得知，刘姐妯娌四人。婆婆最不喜欢刘姐，因为她长得丑，还不会说甜言蜜语，老太太总是偏袒别的儿媳妇。等老太太老了，得了病，别的儿媳妇都躲得远远的，只有刘姐在床前嘘寒问暖。"谁让她是我老公的妈呀！人家那么帅的儿子跟咱这么丑的女人过了半辈子，照顾人家也是应该的！"刘姐说着说着，唱起来了，"往前一步是幸福，退后一步是孤独……"

美国作家马克·吐温说过："生命如此短暂，我们没有时间去争吵、道歉、伤心、斤斤计较。我们只有时间去爱，一切稍纵即逝。"是的，幸福和美好就在前面等着我们。努力去爱吧，别给生命留下遗憾。

## 请给我七天光明

我已经很老了。

我记不得走过多少个春夏秋冬，经历多少次风霜雨雪，它们看老了我，我也"看"老了它们。

我患白内障很多年了，我的世界里，只有无边的黑暗、心跳和呼吸。

我的丈夫走了，儿子也走了，我生命里最重要的人都走了，只有我还在。家，没有了。我多想去另外一个世界，和我的亲人团聚。

年轻的时候，我和丈夫日出而作，日落而息。家里有干不完的活儿，浑身有使不完的劲儿。那时的我，有一头乌黑的长发，饱满的额头，健康且黝黑的面庞，以及紧致有弹性的肌肉，挺拔健壮的身体。辛苦的劳作之后，饥饿如同一只调皮的虫子，常来骚扰我，我的肚子就发出咕咕的叫声。我的食欲真好呀，吃什么都那么香！我强大的胃，就像一个砂石料搅拌机，哪怕吞下石头块儿，也能碾成粉。

那时，我的世界很大，有疼我爱我的丈夫和可爱的儿子。我的周围有山，有水，有望不到尽头的田野，还有那么多的人来人往。

后来，我的世界越来越小，小得只剩下我自己和无边的黑暗。

日复一日的劳作，摧毁了我的身体。我驼背严重，几乎呈90度弓，眼睛患白内障，失明好多年了。我的腹部长了一个很大的肿瘤，呼吸成了一件很困难的事情。

很多次死神在接近我，我甚至看到了他的微笑。可是，我不敢死，我怕我找不到回家的路。我在和死神进行着一场力量悬殊的拔河比赛。我拼尽全身的力气，拉扯着手中的绳索，颤颤巍巍，脚步踉跄，一步步走向深渊。恐惧、黑暗一起向我袭来，将我笼罩。

直到，我遇到他。

尽管我看不到，但是我听到了他的声音，那么温和，就像一道皎洁的白月光。我感觉到了他的呼吸和手的柔软，他在为我检查眼睛。

我想做白内障手术。然而，手术风险太大了，他在犹豫不决。是的，我如此衰老，生命垂危。

我很着急，用沙哑的嗓音说了一句方言："阿泅治浅秀依嘞。"

我的意思是，我想亲手给自己做一件寿衣。按照我们家乡的风俗，老人去世时，需要自己给自己做寿衣，我唯一的心愿就是能亲手给自己缝制一件寿衣。

短暂的安静之后，我感觉他在做着艰难的决定。终于，我听到他说："准备吧。"

驼背让我无法平躺在手术台上，他找来三床被子，帮我把驼背放平，站着为我做手术。

纱布揭开的时候，眼前一片光明。我喜极而泣。

我多想看一眼那个为我做手术的年轻医生，当面说一声"谢谢"。可是，他已经离开这里了。

我开始精心准备，为自己缝制一件寿衣。从早到晚，一针一线，我缝得极其认真，极其缓慢。每一寸布匹的纹理都妥帖安稳，每一个针脚都平整细致。这是我人生当中最后一件衣服，我要穿着它去见我的亲人。

这几天，我除了缝制寿衣，就是反反复复看丈夫和儿子的黑白照片。我在衣服上特别缝了一个口袋，把丈夫和儿子的黑白照片轻轻地放进兜里。用细密的针脚，缝住了口袋的开口。这样，照片就再也掉不出来了。

我再好好看看这个世界，看看家乡的山山水水，我就要走了。

临终前，我请人转告那个年轻的医生："这些年，我一个人什么也看不见，在黑暗中很孤独，我很想回家。谢谢你，帮我找到了回家的路。"

我穿上亲手缝制的寿衣，抚摸着装有丈夫和儿子照片的衣兜，我笑了。

七天后，我微笑着踏上了回家的路。

我是江西的王阿婆，在我生命垂危的时候，遇到了那个年轻的医生。感谢他给了我七天光明。他的名字叫陶勇。


注：陶勇，首都医科大学附属北京朝阳医院眼科主任。他在随医疗队到江西做公益活动时，遇到了患有晚期白内障的孤寡老人王阿婆，并为她做了难度很大的手术。

## 你是"猴子"派来的救兵

白大姐是在春节刚过完时来我婆婆家的。

彼时，我们急着给得了脑血栓的婆婆找保姆。亲朋好友、微信中介，能用的方法都用上了。电话接到几个，不是人家的情况不合适，就是我们提的条件，人家不满意。

直到白大姐打来电话。电话里，我们简单聊了几句，便约好面谈。

午后，她坐公共汽车，到我家来。五十多岁，高个子，娃娃脸，大眼睛，东北口音，爱笑，一说话跟演小品似的。

她是吉林人，老公是本地人，以前夫妻都在东北工作。内退后，她跟老公回老家生活。有一个儿子，在广州工作。

"老头在市里一个烤串店打工，帮人家穿串。我在家闲着也没事，我不爱串门，就想出来打个工。"她乐呵呵地说，"我不腻歪老人，我们家老婆婆就是我一个人服侍的。"

二十四小时陪护。跟她商量工资，她说："你们看着给吧，挣钱多少无所谓。"

第二天，她便带着被褥来到婆婆的住处。

听过、看过太多不良保姆的事，我的心是悬着的：一是知人知面不知心，不知她是否会嫌弃老人；二是婆婆性格内向，怕两人不好相处；三是婆婆以前在医院工作，有些洁癖。

我要悄悄地观察。下班回家，地是刚擦过的，锅碗瓢盆是刚清洗过的，用了多年的不锈钢锅盖，突然开始闪着耀眼的光芒。以前，一直斜靠在墙上的扫帚和墩布，也被整齐地挂在卫生间墙上。

白大姐说，她以前在家政公司干过，对打扫卫生很在行。她给我看她随身带的工具包，钳子、镊子、改锥、水果刀，一应俱全。婆婆多日阴云密布的脸上，竟有了些许笑容。

吃饭时，白大姐先喂婆婆吃，自己后吃。她边吃边说："电饭锅的内胆里面有些划痕，最好不要用了。涂层被破坏后再用，对身体不好。"我说："那个锅用了好多年了，买个新的吧。""不用买新的，去商场换个内胆就行。"她特意嘱咐。

我拿走了电饭锅内胆，准备去商场买个新的换上。因为忙，这事便没了下文。

等我再去婆婆家，白大姐指着一个半旧的电饭锅说："俺们老家正好有个旧电饭锅，闲着没用，我让老头儿给捎来了。"

我觉得很不好意思。她乐呵呵地说："那有啥，儿子刚从广州寄来一个新锅，旧锅就闲下来了，正好拿来用。"

白大姐的儿子小李结婚一年多了。他和媳妇原来都在重庆一个公司打工，两个人都是学路桥设计的。结婚前，小李身体有些异样，他没当回事。刚结完婚一周，他突然昏迷，被送到医院后，确诊为病毒性脑炎，住了四十多天医院才康复。出院后，经同学推荐，他一个人去了广州打工。

"夫妻俩隔了一千多公里，一个在广州，一个在重庆。有事，我们干着急，也帮不上忙。我们老两口就是想着，趁着身体好，挣点钱，将来他们买房，我们给凑个首付。"白大姐的脸上有一丝愁容倏地闪过，但很快消失殆尽。"世上的事，哪有十全十美的。"她像对我们说，又像是对自己说。

天越来越暖和了，婆婆的精神和身体状况也越来越好。有一次，我进屋，白大姐正和婆婆拍着手说："五九六九沿河看柳，七九河开八九雁来，九九加一九，耕牛遍地走……"

"你看，等这窗外的树都绿了，我就推着你去公园。我锻炼身体，你也跟着透透风啊！"白大姐指着窗外的树，对婆婆说。婆婆高兴地点头。

婆婆的床头上放着扑克牌和两个核桃。扑克牌是白大姐用来教婆婆算加减法的，算对了，白大姐就竖起大拇指说："你真棒。"她还要求婆婆也竖起大拇指。两个核桃是白大姐从我买的一袋核桃里挑出来的，让婆婆拿在手上把玩。"锻炼手指的灵活性。"白大姐说。

秋天，婆婆因为腿疼，住进了医院。第一天晚上，白大姐在医院陪床。第二天早晨我去医院，白大姐有些无奈地说："昨晚老太太折腾了一夜，不睡觉。白天，你尽量陪她聊天，输完液，推着她在走廊里遛遛。"

第二天傍晚，我和大姑姐都要求陪床，让白大姐回家休息。白大姐千叮咛万嘱咐，早晨几点起床，起床后穿哪件衣服，几点去餐厅打饭，饭后吃哪些药，吃完药先去厕所再输液，等等，事无巨细。然后，白大姐拎着东西准备回去。

没过十几分钟，白大姐又气喘吁吁地返回病房，笑着说："还是我在这儿陪床吧。老太太习惯我在身边了，我怕你们弄不了。"彼时，我和大姑姐正满头大汗笨手笨脚地把婆婆从床上往轮椅上转移。我们着急，婆婆也着急。她吼："你白大姐呢？你白大姐呢？"

我直起腰，长吁一口气，由衷地说了一句："白大姐，你是猴子派来的救兵吗？"

前几天，去婆婆家，看白大姐戴着老花镜缝小孩衣服。还没等我问，白大姐笑逐颜开地说："一个好消息，一个坏消息，你想先听哪个？"我回："当然是先听好消息啦。"

"好消息就是，我儿媳妇怀孕了；坏消息就是，我将来可能去看孩子。"

白大姐的表情像个孩子一样夸张而生动。

虽然又面临找保姆的难题，但是，我真心替白大姐感到高兴。祝愿好人一生平安。

## 粉蒸肉

男人有一手绝活，粉蒸肉，做得极好吃。

大米洗净，晾干，小火炒，用料理机磨成粉，五花肉切片，拌调料，下米粉，把肉和米粉抓匀，上锅蒸。接着，整个房间都氤氲着让人难以抗拒的香味，那是女人的最爱。

只是，男人已经好久不做了。

男人经营着一家公司，很忙，经常赴饭局或者出差。

日子如一只摇橹的小船，咿咿呀呀地，划过一片水域，又一片水域，女人的脸上渐渐有了岁月的痕迹。虽说是家庭主妇，可她一刻也不得闲，买菜做饭，接娃送娃，收拾家务，辅导作业，和老师沟通。家里的大事小情，七大姑八大姨来访，老家有红白喜事，女人都得照应周旋。还有公公婆婆、老爸老妈都年纪大了，体检看病，打针吃药，哪样事儿，不得女人操心。

男人的头上其实也有了白发，但是，男人是个要求完美、很注意形象的人。每天早晨洗脸梳头时，看到白发，就会拔掉。正在卫生间打扫卫生的女人，瞥见了男人的动作，说："头发最好不要拔，越拔越多，还可能会引起毛囊炎。"

男人"哦"了一声，手却继续在头发里扒拉。

女人的话似乎一语成谶。只几年的工夫，男人的白发越来越多，大有势不可挡之势。白发再也拔不清了，男人开始去美发中心染发。

生意好的时候，男人红光满面，走路是轻松的，说话是愉悦的，连笑都是有感染力的，男人回家的次数却越来越少。女人做好了饭，问："回来不？"男人说："忙啊！"每次的理由虽然不一样，但是，都是不能推辞的。比如，以前的老领导带着考察团来公司考察了，以前被领导照拂过，得热情款待；广州的老同学来了，情同手足，得操持本市的同学聚一下；南京的重要客户来了，那是莫逆之交，得好好招待一下……

做生意，就像过山车，有时冲上顶峰，有时又跌入谷底。有一段时间，男人的生意很不景气，他想绝地反超，全国各地到处飞，找商机，访客户，像只高速旋转的陀螺。男人穿的西装平时板板正正，皮鞋擦得一尘不染，头发打理得纹丝不乱。现在，衣服出了褶子，也顾不上；皮鞋上蒙了一层薄薄的灰尘，也没时间擦；忙得顾不上染发，头顶上新长出的一圈白发，像秋风中摇曳的苇花。

半个月后，男人无功而返，身心俱疲。此刻，他需要一个舒适的热水澡，洗去一身的疲惫；他需要一场倾诉，来缓解内心的焦灼与无助。从机场出来，他疲惫地拉着箱子，去了一个住处。开门进去，一个年轻漂亮的女孩从屋里跑出来，一下子扑到他身上，嗲嗲地说："老公，你可回来啦。"他回应着，进屋，女孩搂着他的腰，突然很夸张地喊了一声"哎哟喂"，然后拽着一缕白头发，说："这头发也太难看了吧？都成老头子啦，快去染染吧！"

男人心里隐隐有些不痛快，好似小虫子轻轻在心里啄了一下，脸上仍是云淡风轻。本想在这里过夜的男人，放下给女孩买的进口香水，找了个理由，告辞回家了。

晚上，男人洗完澡，胡噜着头发，对着镜子自言自语："老喽！明天去染头发。"

女人一边收拾男人换下来的衣服一边说："染啥呀？染发剂都是化学成分，对身体特别不好。每一个年龄段都有独特的魅力，健康比什么都重要。"女人顿了顿接着说；"做生意，有赚就有赔。有钱，咱多花；没钱，咱少花。不管赔赚，咱都踏踏实实的。"

男人一愣，转头看向女人，女人正低头弯腰擦卫生间的地。女人的头发有了丝丝缕缕的白发，背不似以前那么直了，腰上也有了赘肉。女人擦地，洗衣服，收拾卫生间，对一切熟稔于心，看起来那么踏实。男人目不转睛地盯着女人的背影，若有所思。

第二天早晨，女人还没起床，就听到厨房里传来轰隆隆的料理机工作的声音——男人在做女人最爱吃的粉蒸肉。

男人去楼下倒垃圾，顺手从兜里掏出一把钥匙，在手心里掂了掂，扔进了垃圾桶。

从此，男人的家里经常飘出粉蒸肉的味道。

## 爱也会打盹

他和她恋爱、结婚、生子，如很多人的婚姻一样，爱情被一点点转化为亲情。

最初，在别人眼中，他们的爱情、婚姻是门当户对的。两个人的家都在外地，且都是机关公务员，过着撑不着也饿不着的体制内生活。

婚后十几年里，她的事业顺风顺水，职务如芝麻开花节节高。都说岁月催人老，然，她比年轻时更添了几分风韵。而他，大有把办公室坐穿的势头，多年不仅连个"长"字也没挂上，脸上还多了几分沧桑。

聚餐时，总有朋友拿他俩打趣："哥，你绝对是上等牛粪，营养好，效力足，看把嫂子这朵花滋润得多美！"

玩笑听得多了，她的心里有了一丝丝烦恼。这烦恼如同鱼缸里的水草，丝丝缕缕地生长着，缠绕着，在她心里的角角落落，安营扎寨，生根发芽。她对他的态度，就多了几分不耐烦。

周日，他叫她一起去商场逛逛，买些日用品。在商场里，他遇到了多年不见的初中同学。两个人聊起来，没完没了。她站在旁边，心急如焚，委婉地提醒了一下，两人都没有善罢甘休的意思。她干脆打了声招呼，转身走了。等她买齐了大包小包的东西，快走到地下停车场时，他的电话来了。

他气喘吁吁地跑下来，一边发动车一边说："好久不见的同学，就多聊了一会儿。"她阴着一张脸，冷冷地说："你以为大家都像你这么无聊？知不知道浪费别人的时间就是犯罪！"他不再说话，沉默着开车。

凌晨，他的手机突然响起，是他妹妹打来的。老父亲病重，要他速回。

他胡乱收拾了几件衣服，和单位领导请了假，匆忙登上了开往家乡的长途客车。

她很忙，加班，应酬，一个人忙得团团转。她觉得，没有他，日子一样地过。

她加班到深夜，回家，想洗个热水澡。打开水龙头，却没有水。"睡了吗？"她试探着给他发了一条微信。他的电话立刻打过来，问："是不是没有热水啦？打开洗手盆下面的开关，如果还是没有水，就是水卡该充钱了。水卡在卧室衣柜的第二个抽屉里……"

她嘴里答应着，已经困得睁不开眼睛，心想明天再说吧。这些事，以前都是他一手操办，她从来没有管过。

第二天，一睁眼，她发现卧室的灯竟然亮了一宿。昨晚划着手机，就睡着了。手机忘记充电，已经关机了。她想起，他在家时，每天晚上临睡前，都会从她手里拿过手机，帮她充上电，然后熄灯。

她穿衣起床，饿着肚子，开车去单位。出门才发现，气温下降。临近中午，因为着凉，她的胃又隐隐作痛起来。"这破天，真没准儿。"她在心里暗暗嘀咕，他在家的时候，每天早晨，都会提醒她，根据天气预报加减衣服。她还嫌他太啰嗦了。

下班回家，家里冷冷清清，她想打开电视，找到遥控器，却不会用。这么多年，她已经习惯他的照顾了。

她忽然开始想他了。拨通电话，他高兴地说："老父亲的病一天比一天好，明天出院。后天中午我就回去了。"

她开车去车站接他。下车时，他手里拎着一个很重的包。他把包举到她面前，兴奋地说："里面都是你喜欢看的书，我在医院附近的书店买的。"她高兴地接过来，如获至宝。

　　他开车，她坐在副驾驶。等红灯的时候，她的左手轻轻地握住了他的右手，如同握住了一个万金不换的宝贝。

　　爱，不过是个淘气的孩子，有时开个玩笑，有时疲倦打盹，有时捉个迷藏，需要我们找到它，提醒它。另外，我们更要提高警惕，当它到来的时候，和我们爱的人好好享受每一分钟。

## 小路

小路出生时，是难产。

他娘折腾了一宿，疼得龇牙咧嘴。他爹急得在旁边打懵懵圈儿，一身汗接着一身汗。他奶奶在旁边嘟囔，别人生个孩子跟拉泡屎似的，到她这儿，怎么这么难？

接生婆一开始在床边站着大声喊："使劲儿！使劲儿！"到后来，坐在床边喊："使——劲儿！使——劲儿！"再到后来，她实在喊不出来了，气喘吁吁地说："送医院吧，我实在没办法啦！"她奶奶说："生个孩子，多大的事呀，上什么医院呀？"

时间一分一秒地过去，小路他娘折腾了一宿又一天，疼得死去活来，面色灰白，气若游丝，才被送进医院。医生一看，急赤白脸地说："咋这么晚才送来？羊水早破了，孩子已经缺氧啦！赶快剖宫产！"他奶奶斩钉截铁地回："俺们坚决不做剖宫产，就自己生。"

费尽周折，小路终于生出来了，脸憋成了紫茄子，呼吸微弱，不会哭。医生把他放进保温箱里，一待就是四个月。

"脑瘫，孩子这辈子注定是个残疾人了。"医生的话如五雷轰顶，小路的娘哭晕了过去。

小路长得像娘，一张娃娃脸，浓眉，眼睛不算大，但是黑眼珠多，像两颗黑葡萄。一笑，还有两个酒窝，挺喜庆。就是比别的孩子发育慢，两三岁了还不会走路。后来，会走路了，摇摇晃晃，身体像个钟摆。说话还含糊不清，只要一说话，嘴斜眼歪，五官错位。

爹娘不甘心，带着他辗转各地，求医问药。他的右腿和右脚踝先后做过两次手术。做完手术，就无休止地在病床上躺着，期待奇迹发生。但是，每次都以失望告终。娘带着他看中医，拿中药，做针灸。"我喝的那中药汤子，快赶上黄河水那么多了。每天扎针灸真怵头呀！只要往诊疗床上那么一躺，就不由自主地打哆嗦。"小路呵呵笑着说。

后来，小路的娘给小路生了一个弟弟、一个妹妹。

娘因为小路的事，心存芥蒂，平时根本不上奶奶家去，过年过节，就是去了，在院里站一下就走。娘愤愤地说："要不是你奶奶，我家路能这个样子吗？她把孩子毁了。"小路笑着劝娘："娘，要是没有我，只有弟弟妹妹多好，也不用你这么操心。"娘哭着说："路呀，你说这个，娘心里不好受。你也是娘身上掉下来的肉呀！"娘的眼泪，像决堤的海。

小路学习不好，只上到初二，就辍学回家了。娘说："路呀，学点手艺，将来我和你爹不在了，起码你能养活自己。"小路一开始跟着亲戚去学镶牙，去了几个月，回来了。他手不灵活，脑子也不灵活，学不会，干农活又没力气。他就在村子里晃，跟老头老太太们在墙根下晒暖，听他们讲家长里短的事。晚上睡不着的时候，他就想，这辈子能一眼看到头，没有爱情，没有婚姻，无儿无女，孤独地老去。睡着了，有时会做梦。梦里，他有一双自由的脚，不仅能走路，还会飞，想飞到哪儿就飞到哪儿。醒了，才知道是梦。

同村的一个姐姐看他游手好闲，让他学按摩、足疗。姐姐也是残疾人，学了中医，结了婚，开了一家残疾人按摩足疗店。他一开始挺抵触，觉得给人家做足疗丢人。姐姐说，靠自己双手挣钱，那叫本事。

小路跟着姐姐来店里，学了半年，出师了。他说："亏了姐姐对我要求严格，我这手艺才越来越好。"店里大部分是残疾人，有的店员眼睛看不见，小路就当拐杖，一摇一摆地扶着他们上楼下楼。这个喊："路，给拿条毛巾。"那个叫："路，给打盆水。"他都爽快地应着："来了，来了。"

我是在脚扭伤后，去店里做康复治疗时，认识他的。他干活实在，不偷懒，客人都喜欢找他。做一次肩颈按摩，他能挣十五块钱；做一次足疗，挣二十三块钱。第一个月挣了一千五百块钱，小路回家先给奶奶两百块钱。奶奶死活不要，抹着眼泪说："路哇，奶奶对不起你呀！"小路劝奶奶："奶奶，我这不都挣钱了吗？"奶奶又破涕为笑，问他："恨奶奶吧？"他说："我谁也不恨，我认命。"

小路的爷爷奶奶都七十多岁了。爷爷身体不好，脑血栓反反复复闹了三次，一次比一次厉害，走路经常摔跤。奶奶身体还行，每天早晨五点就去烧烤店穿羊肉串，穿一串挣两毛钱，晚上九点多才回家。他劝娘："奶奶这些年也不容易。我都不埋怨奶奶，你就别恨奶奶了。"小路的娘又哭了。后来，娘对奶奶的态度有所好转，做了好吃的饭菜，常给奶奶端过去。

有人劝小路，挣了钱别全交给你娘，自己留点。他说："我不留，都交给我娘。我现在一个月三千块钱了，我娘说，攒多了，到时候在城里买处房，给我娶上媳妇，她就踏实了。"

中秋节前夕，小路请假上街给奶奶、姥姥、爹娘，还有姐姐的父母买来月饼、烧鸡。一律大红的盒子、金色的字，金光闪闪的。他兴奋地说："放了假，顺便给全家做做按摩、足疗，让他们也放松放松，享受享受。"

小路手里忙着，脸上笑着，浑身洋溢着难掩的喜悦。他的笑声特别响亮，尽管嘴是歪的，眼是斜的，但眼里有粼粼的光闪烁着。

## 世界这么好，好好爱着吧

### 一

这个冬天，失眠，就这么猝不及防地来了。

各种药物吃下去，都没有效果。无数个深夜，我一分一秒地熬过去。

随便在网上搜索一下，失眠、抑郁、自杀，每个字都像一把闪着光的尖刀，刺向我脆弱的神经。天空似乎都成了灰暗的颜色。

我开始了与失眠抗争的日子，去市里看中医，每周一次，七十五公里。

排了长长的队伍，挂了号，坐在医院的走廊里等。走廊里，人来人往，步履匆匆。

我的视线穿过黑灰色的人群，落在一双浅紫色的棉鞋上。那是一双普通的棉鞋，鞋面上有一对可爱的浅紫色毛毛球。

穿紫色棉鞋的是一个瘦弱苍白的老妇人，坐在轮椅上，被一个胖乎乎的年轻女人推着。

年轻女人手里拿着几张化验单，一边推着轮椅一边和老妇人说着话。随着轮椅轮子的转动，老妇人棉鞋上的紫色毛毛被微风吹拂着，灵动可爱。

那一瞬间，我的心开始柔软起来。我想到了微风吹拂下的湖水，在阳光照耀下，波光粼粼，像无数小鱼在跳跃；我想到了春风吹拂下的垂柳，婀娜多姿，绿意盈盈，有鸟儿在上面啁啾；我还想到了秋天的格桑花海，五彩缤纷的花朵上面栖着美丽的蝴蝶。我的嘴角不由自主地上扬，微笑。

听到医生叫我的名字，我走进诊室。那个和蔼的中医笑着说："今天心情不错呀！"

我笑，他也笑。号完脉，他说："脉象好了不少，多喝水，注意保暖。"

看完病，抱着一大袋子中药，迈着轻盈的步伐，坐车回家。听着车里欢快的音乐，我想，我的失眠总有一天会好起来的。那个瘦弱的老妇人，也会好起来的。

大家都会好好的吧。

# 二

常去那个洗车店洗车。

店主是一对年轻夫妇。男人高高大大，女人小巧玲珑。男人洗车，女人管账。两人干活都实在，嘴也甜，张嘴就是"哥""姐"地叫着。

男人的父母也在洗车店帮忙。老头胖胖的，总低着头干活。老太太瘦高，爱说爱笑。她说以前就爱打麻将，儿子开了洗车店以后，没空打麻将了。

年轻夫妇有两个上小学的男孩，还有一只叫豆包的棕色小狗，常摇着尾巴跟在主人身后。一家子虽然忙忙碌碌，却也其乐融融着。

有一天，去洗车店，不见了男人的父亲。男人叹口气，说父亲查出患了尿毒症，住院治疗呢。

不久，男人的父亲去世了。老太太更瘦了，低头洗车，不似以前那么爱说爱笑了。

某天跟人吃饭，席间有人说起洗车店的男人得了脑血栓，洗车店关门了。众人皆感叹，生命无常。叹过之后，也就渐渐淡忘了。

冬天的一个周末，从洗车店路过，看见洗车店门前一片忙碌。我把车开过去，女人笑着迎上来，两个孩子也加入了擦车的行列。

跟她聊天，女人指着不远处的男人说："万幸啊！治疗及时，没落下啥后遗症。"我发现洗车店原来的四间门脸变成了两间，旁边那两间成了一个小超市。女人叹口气说："给公公治病把积蓄都花光了，老公又住院，这几年挣的钱全给医院了。这不，为了节省开支，把那两间房转租了。"

洗车店的门上，挂着一个"快递代消点"的牌子，字写得歪歪扭扭，还有错别字。不时，有快递小哥过来送货。原来，女人把附近小区的快递业务揽过来了。洗车的空隙，她还要去附近送快递。

叫豆包的小狗依然跟在主人身后，只是身上脏乎乎的。女人笑着说，哪有空管它呀！想把狗送人，两个孩子都不愿意。

去屋里结账。屋里乱糟糟的，货架上一层尘土，地上堆着一堆快递包裹，桌子上横七竖八地摆着锅碗瓢盆。

让人眼前一亮的是，窗台上一盆蒜苗葱茏茂盛着。冬日的阳光拂在上面，蒜苗好像披上了华丽丽的锦衣，明媚又美好。

想象着女人种下蒜苗的时候，一定种下了等待，种下了希望。

有等待、有希望的人生，一定是丰盈富足的。

# 三

去一个老人家中走访。

三间低矮的青砖房，破旧的木门窗，院里几只鸡在啄食。屋子里黑洞洞的，墙上挂着一个装满黑白照片的镜框，还贴着几张发黄发黑的贴画和一张中国地图。油漆斑驳的桌子上，一台老式电视机在咿咿呀呀地唱着戏曲。

家里只有一个七十多岁的老太太，个子矮小且黑瘦。老太太心脏不好，还患了哮喘。她唯一的儿子因为抢劫进了监狱，男人患肝癌去世了。跟她聊天，她气喘吁吁地说几句就开始咳嗽，一咳嗽，脖子上松弛的皮肤似乎就要脱落下来。

"老头子生病，把家里的钱花光了，还欠了不少债。还不是被家里那个臭小子给气的。丢人现眼呀！年纪轻轻的，干点啥不好，偏偏去抢劫。"她重重地叹了一口气。

村里乡里为老太太办理了低保。

老太太从附近村里领来塑料花，做手工。插一盘，能挣两毛钱。她说："能干多少是多少，总比待着强，尽量不给政府添麻烦。欠了亲戚朋友的钱，人家说不要了，我也得想法还上。盼着儿子早点出来，给他娶媳妇。"

我跟她合影，她扭捏着，不好意思地说："我这衣服有点脏，头发也乱。你等会儿，我换换衣服，梳梳头。"她快步进屋，从柜里找出一件黑底子大红花的上衣。换好衣服后，拿过一面镜子，开始梳头，把花白的头发梳得纹丝不乱。

照片洗出来，效果很好。老太太身穿大红花上衣，鹤发童颜，显得很精神。我给她送照片去，她眯着眼一边用手摩挲一边仔细端详着，笑容从她的眼角、嘴角漫开来，像极一朵盛开的菊花。

好久，好久，我忘不了她的笑容，忘不了那朵最美的菊花。

这世上的每个人都脚步匆匆，步履不停，虽各有悲欢苦乐，但谁不是一边吐槽命运一边仍然在努力活着？谁不是在冬天的阴冷里期盼春天的花开？

世间的人和事，大抵如此吧。

## 抬头见喜

老家过年时，除了贴春联，还会贴些写有"抬头见喜"的小红帖。当那些小红帖，像叽叽喳喳的小鸟一样栖在各处时，农家小院就有了喜庆的气氛。

大红底子上，黑色的毛笔字龙飞凤舞着，如蝶在飞，如花轻绽。抬头见喜，轻轻读出来，已不再是普普通通的几个字，而是希望，是美好，是愉悦。

屋里的墙壁，终年被烟火熏着、烤着，满是岁月的痕迹。红帖一落脚，就像一个燃烧的火把，点燃了黑夜。光秃秃的树上，红帖一落下，就如一只红嘴小鸟，在树上婉转地叫着，春天就要被它吵醒了。大门对着的，或许是一堵墙，或许是人家的房后壁，或许是码着的一堆砖。一年四季，就那么老气横秋，一成不变着。小红帖甫一落脚，如点染梅妆，竟有了别样风情。

"抬头见喜"，让你想到春天的柳。春寒料峭，瘦弱的柳枝上，趴满一只只毛茸茸的小虫子，它们爬着，拱着，争着，抢着，要去看外面的世界。某天，你一抬头，小小的柳芽爆出来了，洁净鲜嫩，柔软纯真，如初生的婴儿。

你想到夏天五彩斑斓的花。山间小径，灌木繁茂，野草葳蕤。绿，深深浅浅的绿，逶迤而来。山行七八里，一抬头，竟然峰回路转，一片花海铺展于山上，五彩缤纷，艳如红缎，紫如云烟，百媚千娇，令人沉醉不知归路。"野芳发而幽香，佳木秀而繁阴。"这样的画面深深地印在你的脑海里，时不时想起。

你想到初秋，人家墙头的扁豆花。老旧的小巷，上了年纪的老房子，木门皲裂，墙壁残破，颓废的气息弥漫着。抬头，却有扁豆花趴在墙头，在秋风中，如蝶如翅，浅笑盈盈。"一庭春雨瓢儿菜，满架秋风扁豆花。"站在这样的扁豆花前，心底好似有一根弦被拨动，一颗心瞬间变得柔软。那紫色的小花瓣，一直在心里明媚着，总在秋风中念起。

"抬头见喜"，这几个字，让你心里有朵花，"叭"的一下，盛开了。

去一个孤寡老人家里，几间破屋，低矮破旧，灰暗逼仄，像掉进一个黑洞。屋内，几件家具歪歪扭扭，油漆斑驳。矮桌上的电饭锅，裹着一层厚厚的污垢。一个满脸皱纹的老太太半躺在炕上，旁边堆着杂七杂八的旧衣服。抬头，视线却被墙壁上一幅艳丽的年画吸引。上面是一个可爱的胖娃娃，挽着两个髻，手里举着一枝莲花，骑着一条摇头摆尾的大鲤鱼。老太太见我盯着看，笑着说："在集市上买的，才两块钱。在这儿坐着，一抬头，就能看见，多喜庆呀！"她疾病缠身，身体衰弱，如寒风中摇摆的枯叶。当她被病痛折磨、心情阴郁的时候，抬起头的刹那，看见的是一抹明艳的春色。

认识一个十二岁的女孩。女孩母亲、祖母先后去世，父亲每日辛苦打工。她照顾弟弟，收拾家务，早早承担起这个年纪不该有的重担。女孩瘦骨嶙峋，沉默寡言，总是低着头，后背拱起一大块，让人说不出的心疼。她的弟弟，拖着长长的鼻涕，穿着不合身的衣服，脖子上有厚厚的泥垢，脚上的鞋已看不出颜色。女孩的屋里很凌乱，衣服、被褥胡乱堆在椅子上、床上，书桌上摆着一堆书本和两盒没吃完的泡面。一抬头，满墙的奖状，金灿灿的，像一道光，照亮了这间杂乱不堪的屋子。问女孩："这些奖状都是你的？"她点头，眼睛快速地斜着向上瞄了一眼，复又低下头。我却在她那快速而又微小的动作里，捕捉到了一丝喜色、一丝骄傲，就那么一闪而过。想她在疲惫不堪的时候，在思念亲人的时候，在遇到困难的时候，一定会抬头看看它们，心里便生出无限温暖和希望。

"抬头见喜"，多么温馨和美好的画面呀。"喜"，可以在墙上、树上；可以是一张红帖、一树柳芽、一朵花、一幅画，抑或一张张奖状。我们还可以让那团温暖柔软的"喜"，常驻心间。它会告诉我们，冰天雪地又有什么难耐呢？在没有花开的时节，希望、美好和愉悦就在前面。只需抬头，便可看到。